THREE-BODY ENCYCLOPEDIA EDITORIAL BOARD

《三体百科》编辑委员会 编

三体世界指南

THREE - BODY WORLD GUIDE

中国大百科全书出版社

图书在版编目（CIP）数据

三体世界指南 /《三体百科》编辑委员会编 .-- 北京：中国大百科全书出版社，2022.7

ISBN 978-7-5202-1155-0

Ⅰ . ①三… Ⅱ . ①三… Ⅲ . ①幻想小说 - 小说研究 - 中国 - 当代 Ⅳ . ① I207.42

中国版本图书馆 CIP 数据核字 (2022) 第 100085 号

出 版 人：刘祚臣
策 划 人：蒋丽君　刘　杨
责任编辑：程忆涵
特约审稿：程力华　帖慧祯
书籍设计：丁　辰
图文制作：薛　成
责任印制：邹景峰

出　　版：中国大百科全书出版社
地　　址：北京市西城区阜成门北大街 17 号　邮编：100037
网　　址：http：//www.ecph.com.cn
电　　话：010-88390718
印　　刷：小森印刷（北京）有限公司
字　　数：300 千字
印　　张：14.75
开　　本：889mm × 1194mm　1/16
版　　次：2022 年 7 月第 1 版
印　　次：2022 年 7 月第 1 次印刷
书　　号：978-7-5202-1155-0
定　　价：198.00 元

LOADING...

地球往事读取中

《三体百科》编辑委员会

顾　问	刘慈欣
主　编	姚海军
副主编	吴　岩　严　锋

《三体世界指南》

撰　稿	张梦缘（导览、事件）
	程　鹏（人物、阵营、未来社会）
	赵佳铭（人物、宇宙地图）
	李光兴（思想、飞船武器、特别篇）
书籍设计	丁　辰
角色插画	孙　在
场景插画	JIMING.X
童话插画	@Rao 克力

“浩瀚的星空永远能够承载
我们无穷的想象力。”

CONTENTS
目录

“这是个好时光，很适合回忆。”

——《三体 III·死神永生》

时间之外的往事

《三体》

2007年春天，接连出现科学家自杀事件，纳米材料学家汪淼亦被卷入，军方邀请他担任卧底，让他打入与事件有关的“科学边界”组织弄清真相。汪淼想了解杨冬自杀的情况，结识了杨冬的未婚夫丁仪和母亲叶文洁。很快，汪淼的视野里开始出现一串诡异的不停跳动的倒计时，然而没有人知道其原理，也不知道倒计时的尽头是什么。汪淼一度崩溃，是原本惹人讨厌的粗鲁警察史强安慰了他，使他重新振作起来。在接触“科学边界”的过程中，汪淼发现一个叫作“三体”的VR游戏，游戏世界宏大华丽又透着一丝诡异。成功破解了游戏世界的秘密后，汪淼获得了加入地球三体组织（ETO）的资格，并得知遥远的外星文明——三体世界真实存在。原来，三体星系拥有三颗运行规律难以捉摸的太阳，自然环境十分恶劣，为了获得能够安全生存的家园，三体文明决定入侵地球。视网膜上的倒计时便是三体文明为了阻碍地球科技发展、令科学家们恐慌而制造的假象。ETO则是一群精英人士组成的反叛者联盟，他们对人类彻底失望，希望三体文明降临改造地球社会。在一次线下的秘密聚会中，汪淼惊讶地发现，叶文洁竟然是组织的最高统帅！就在这次聚会上，叶文洁讲述了“文化大革命”时期她参与红岸工程时故事的真相，也是组织成立的缘起——原来之前她对汪淼说的，远远不是当年的全部实情。

当时在冷战背景下，为了在军备技术竞赛中不落后于超级大国，中国政府在大兴安岭建立了红岸基地，开启了红岸工程。红岸工程表面上是在研制能够摧毁敌人太空设备的武器，它真正的目的却是探索外星文明的存在，争取率先与外星文明建立联系。后来红岸工程被认为是一个失败的项目，在1980年代后逐渐衰落和边缘化，最后只承担一些普通的天文工作。这是叶文洁曾经告诉汪淼的部分，而真相是，在“文化大革命”中痛失亲人、心怀仇恨的叶文洁，意外在研究中发现了太阳的电波放大功能，她与三体文明取得了联系，却对所有人隐瞒了这个事实。后来，叶文洁把这件事告诉了与自己成为朋友的环保主义者伊文斯。继承了父亲财产的伊文斯建立起第二红岸基地，真的收到了来自三体世界的回复。伊文斯邀请叶文洁来担任组织统帅，地球三体运动由此诞生。

回忆到此为止，现实中，史强已经带队将聚会地点包围，一番斗智斗勇后，ETO成员被全部抓捕。在对叶文洁的审讯中，军方获知第二红岸基地——“审判日”号上存有大量ETO降临派截留的三体信息。为了完整地夺取这份重要信息，史强提议用汪淼研发的超强度纳米材料“飞刃”，在“审判日”号必经的盖拉德水道上空，挂上一面肉眼不可见的切割网。切割网如同一把死亡之琴，因此这一行动被命名为古筝行动。最终，“审判日”号被切成四十多片，而保存三体信息的服务器得以成功复原。这个阶段性胜利使人类获悉了三体文明的具体科技水平和前往地球的真实目的：毁灭地球文明并占领地球。前往地球的三体舰队已经出发，将于大约四个世纪后抵达太阳系，而地球上人类的每一个行为都处于智子无处不在的监视之下。整个地球陷入三体即将入侵的阴影之中，进入危机纪元。

《三体 II · 黑暗森林》

古筝行动后，人类笼罩在被三体舰队入侵的恐惧下。面对三体文明压倒性的技术优势，联合国决定充分利用人类思维的封闭性，对抗智子监视，在主流防御计划外推出面壁计划，选中四位面壁者。他们肩负以战略欺骗击败三体的重要使命，拥有调取各种资源的权力，并且无需做出任何解释。

第一位面壁者是前美国国防部部长弗里德里克 · 泰勒。他宣称要建立一支以宏原子核聚变为武器的独立太空力量，并为此招募敢死队，而实际上他的计划是在末日之战前袭击地球主力舰队，从而得到一支不可战胜的量子幽灵军队。他的计划被破壁人猜中并公之于众，他自知罪无可恕，却无需接受任何审判，自杀是他从面壁者身份解脱的唯一方式。

第二位面壁者是委内瑞拉总统曼努尔 · 雷迪亚兹，他将水星作为氢弹发射基地，声称要部署一百万颗氢弹实现内侧行星防御，实则计划利用氢弹大爆炸使水星坠入太阳引发连锁反应，最终使太阳系成为死地，以此威慑三体让其停止入侵。他的计划也被识破，昔日敌对国家的代表主张以反人类罪审判雷迪亚兹。他设法逃回祖国，却被人民以乱石砸死。

第三位面壁者是英国脑科学家与政治家比尔·希恩斯,他制造出了能改变人类信念的思想钢印。钢印族诞生后，他进入冬眠、前往末日。但其实他是一位彻底的失败主义者，思想钢印不是烙印“人类必胜”信念，而是将“人类必败”植入意志。希恩斯一直成功伪装自己，直到很晚才被识破，然而漫长的时间带来无尽的不确定性，钢印族最终不知所踪。

第四位面壁者是中国的社会学学者罗辑。他一直无心承担面壁者责任，却利用权力找到了梦中情人庄颜，还生了一个女儿。泰勒临终前来倾诉，联合国以妻女为人质相要挟后，他终于开始工作，最终领悟黑暗森林法则，成为自己的破壁人。在要求发出“诅咒”一颗遥远恒星的咒语后，ETO 的基因导弹紧随而至，罗辑生命垂危、进入冬眠。与此同时，三体舰队向太阳系发出十个高速探测器。

在逃亡暗线中，中国太空军军人章北海自父亲去世起，几乎与四位面壁者同时行动，准备自己的计划。他将自己伪装成坚定的胜利主义者，同时积极寻求一切发展恒星际飞船的可能性，为此不惜暗杀无辜的工质飞船派科学家。ETO 也曾注意到他的行动，却无人识破其逃亡主义者身份。暗杀成功后，章北海亦进入冬眠前往末日。

近两百年后，罗辑、希恩斯与章北海在第一个探测器抵达前被唤醒。此时，人类社会在经历了大低谷的伤痛后，恢复繁荣，人类自信于科技进步，对与三体之战极其乐观，面壁计划也被遗忘。然而三体探测器并不是礼物，末日之战倏然降临，一颗水滴让人类舰队全军覆没，只有提前叛逃的章北海为人类保留下的五艘战舰飞往深空。

绝望笼罩。这时，人们发现被诅咒的星星已经爆炸，罗辑再次成为面壁者，被视为救世主。而逃亡战舰间发生的黑暗战役，同样验证着黑暗森林法则：文明的坐标一旦暴露，将很快引来高等文明对其的毁灭性打击。水滴已在第一时间将太阳封锁，但是，最后的面壁者开始了绝地反击。罗辑以消极应付雪地工程为伪装，将自己的生命与编码三体世界坐标的核弹链相连。在一切的起点——杨冬与叶文洁的墓前，召唤傲慢地沉默了两百年的三体世界。以同归于尽相威胁，他终于获得平等谈判的机会，成功阻止三体入侵。后来，三体文明协助人类建立引力波广播系统，地球文明与三体文明达成微妙的平衡，威慑纪元由此开启。

《三体 III · 死神永生》

威慑纪元的鼎盛时期，人类社会恢复了尊敬生命等积极正面的感情及高水平的道德伦理。曾因发射“诅咒”导致一颗恒星毁灭的罗辑受到了社会审判，再加上罗辑年事已高，下一代执剑人的选举被提上日程。

唯一合法拥有一颗恒星的程心从冬眠中醒来，成为公众心目中最佳的候选人。在智子的劝说之下，又亲眼见证了这个时代的美好与脆弱，原本无意承担执剑人使命的程心相信了智子，愿意为守护两个世界的文明与善良参选，最后顺利当选第二任执剑人。

然而在执剑人交接仪式上，三体的六个水滴就从潜伏处开始向地球全力加速。原来三体从未放弃入侵地球，智子劝诱程心成为执剑人，是为了利用程心的善良与犹豫。很快，地球上的引力波系统被全面摧毁，黑暗森林威慑失败。

不久之后，智子宣布接管地球，强制要求全人类迁移到澳大利亚。此时深空中的“万有引力”号察觉到异常，在“蓝色空间”号的帮助之下发出了引力波广播，人类社会由此进入广播纪元。

三体星系的坐标被广播后，很快遭到了来自高等文明的毁灭性打击，智子也准备撤离地球。在智子离开前，她邀请罗辑和程心进行了一次茶道谈话，暗示了地球发布安全声明来避免打击的可能性，并传达了从两百多年前的阶梯计划中存活下来的云天明想与程心见一面的消息。

云天明是程心的暗恋者，因患癌症自知时日不多，临终前他偶然获得一笔财富，却全部用来在群星计划中匿名买下一颗星星送给程心。然而，他的大脑却因程心所提议的阶梯计划，被她亲手送往深空，成为漂流宇宙的缸中之脑。后来才得知真相的程心，在悲伤和懊悔中选择冬眠……两百多年后，在这次迟来的约会中，尽管全程被智子监视，云天明还是通过三个童话故事给地球传递了重要情报。一是指出了人类文明存续的两个可能路径——曲率飞船和黑域计划。二是暗示了高等文明的打击手段是二维化。然而由于人类认知的局限性，始终未能理解代表二维化的故事信息，也就没有立刻开始研发曲率飞船逃亡。掩体计划成为主流选择，人类开始在四大行星背后建立容量足够大的太空城。

预期中的毁灭性打击在一百多年后降临，途经此地的高等文明向太阳系发射了一枚二向箔，使整个太阳系最终跌落二维。只有程心和艾 AA 在罗辑的坚持下，乘坐唯一一艘秘密研发出来的曲率飞船“星环”号逃离了太阳系。

艾 AA 提醒程心与云天明的约定，“星环”号带两人跨越二百八十六光年，来到属于程心的星星。云天明真的来赴约了。然而在即将见面之时，程心却因意外事故与关一帆一起被困在黑域中，不得不进入冬眠。再次醒来时，一千八百九十万年已经过去……自然规律就是如此残酷的东西。但程心依然收到了云天明送给她的最后一个礼物，一个用三体科技定制的小宇宙。云天明希望她与关一帆在小宇宙中躲过宇宙坍塌，前往新宇宙。

程心和关一帆在小宇宙中安然度过一年后，收到了回归运动声明。程心最后一次担负起生而为人的责任，将小宇宙的质量归还大宇宙，只在小宇宙中留下了人类和三体人的共同记忆，还有一个生态球。三体文明与地球文明的故事自此结束。

主要角色

地球往事揭幕人

汪淼

纳米材料专家，受军方之托调查“科学边界”组织的秘密，并因此接触到了三体游戏。汪淼揭示了游戏的谜底，即三体世界的物理环境。借此机会，汪淼顺利潜入地球三体组织内部卧底，协助军方打击了地球三体组织。在“古筝行动”中，汪淼研究的高强度纳米材料“飞刃”起到了至关重要的作用。

汪淼是《三体》第一部的线索人物。书中借汪淼的视角表现了三体星系的状态、三体人的生存环境、叶文洁的过往经历等关键设定和情节，但因为存在感逊于史强、叶文洁等个性鲜明的角色，汪淼被戏称为“人形摄像头”。

人物档案 CHARACTER FILE

所　属	地球防务安全部
出生时间	1960 年代
死亡时间	危机纪元
家庭成员	妻子、儿子
职　业	材料科学家
信　仰	科学
影响与评价	研究出高强度纳米材料“飞刃” 在三体游戏中揭露游戏的谜底 卧底地球三体组织，协助军方抓捕其统帅叶文洁

相关条目 RELATED ITEMS

古筝行动 100
地球三体组织 138
三体游戏 199

属性雷达图 ATTRIBUTE RADAR CHART

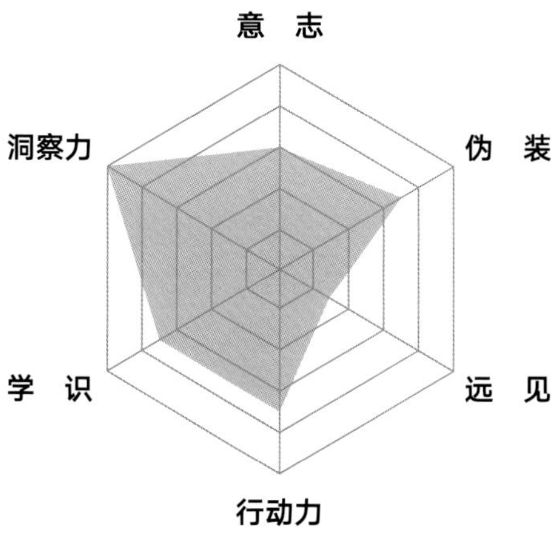

意 志	6	扛住"倒计时""宇宙闪烁"等众多诡异现象，意志力不弱。但面对强大的三体文明时精神崩溃，在史强安慰下才找到活下去的动力。
伪 装	7	出色地完成了调查科学边界、卧底地球三体组织的任务，而且完全没有被怀疑，哪怕是阅人无数的叶文洁也没有察觉。
远 见	3	研究领域在对抗三体文明中本来大有用处，但第一部结束后就再也没有出现，也没有留名青史。也许汪淼志不在此。
行动力	7	领导重大科研项目。同时极为迅速地在众多纷扰之中完成了军方交代的任务。
学 识	7	纳米材料专家，业余爱好摄影，也小有名气，是多方面全能选手。
洞察力	10	破解难度极高的三体游戏，足以见其深厚的洞察力。且看人很准，对杨冬、史强等人的性格把握非常到位。

人物关键词 CHARACTER KEYWORDS

揭幕者

"哥白尼"是汪淼在三体游戏中的 ID。和现实中揭露天体运行规律的哥白尼一样，汪淼在三体游戏中揭露了那个混乱诡异的世界中最深层的秘密——一颗拥有三个太阳、昼夜交替混乱的地狱行星。这是汪淼在全书的高光时刻，读者也借此一睹书中最核心的科幻设定。有趣的是，汪淼不仅是三体游戏中的揭幕者，还是整个《三体》故事的揭幕者。在单行本《三体》中，汪淼是全书出现的第一个角色。实际上，《三体》正文的头两个字就是"汪淼"，恢弘壮丽的《三体》故事随之徐徐展开。

低调的英雄

汪淼一开始只是一位普通学者，没有和叶文洁一样经历过灵魂的拷问，没有和史强一样有同犯罪分子周旋的经验，但这样一个白面书生却解决了难度极高的三体游戏、成功卧底地球三体组织、协助抓捕一号人物叶文洁。他所做的一切似乎都没什么显眼之处，但是他却在这平平淡淡之中有条不紊地完成了所有任务，事了拂衣去，深藏功与名，做得如此完美，以至于读者都没有意识到他的作用。平时低调，遇事靠谱，汪淼正是那种在生活中带给我们惊喜和感叹的人。

侠骨柔情

《三体》中充满了对于终极问题的思考，在极端环境的压迫之下，许多角色的性格也因此显得极端。在此之下，充满“人味”的汪淼也就更为难能可贵。他平时会用摄影来记录身边的美。家庭和睦，妻子体贴、儿子活泼开朗。在执行古筝行动之前，也最先想到了不要伤及无辜的问题。而且此时的汪淼已经不再是故事一开始时的文弱学者了，经历了倒计时、三体游戏和叶文洁被捕，他已经和史强等人一样，知道自己在面对的敌人是什么。但汪淼仍然有着对人类中每一个个体的悲悯。这正是“已识乾坤大，犹怜草木青”。

江湖已远

作为《三体》第一部的重要角色，汪淼却在第二部、第三部中彻底消失。经历冬眠的史强想要了解汪淼的生平，还需要查找档案，可见他在历史上也没有留下名字。也许在经历过纷乱复杂的风波之后，汪淼内心更渴望的还是平静恬淡的日子。每天做好自己的工作，和妻子一起关注着孩子的成长，空闲时间搞一搞摄影，安然度过余生，最后在近百岁高龄去世。这样看上去似乎过于平凡的人生，却是罗辑、丁仪和云天明曾追求而不得的。

人物名言 CHARACTER HIGHLIGHTS

“倒计时的尽头是什么？”

视野中出现了一串倒计时，不分昼夜、不论场合，精准而冷酷地走向终点。这样超出常理的现象，换成谁恐怕都要步入疯狂。但与倒计时本身相比，倒计时结束时会发生的未知事件也许更让人焦虑。汪淼也因此向申玉菲和叶文洁两次提出了这个问题，当然，也没有得到任何答案。1200 个小时，一秒又一秒地流逝。虽然缓慢，但却无法阻挡。倒计时不断流逝，有如钝刀割肉，一步步侵蚀着汪淼的心理防线。虽然只有汪淼一个人可以看到倒计时，但面对未知的强大力量时的绝望与恐慌，却是每一个地球人在等待三体人入侵时心态的绝佳写照。

“整个宇宙将为你闪烁。”

面对恶魔一样的倒计时，汪淼体现出了一个科研人员的不屈不挠。申玉菲背后的水很深，这一点汪淼很清楚，但汪淼不是这么容易就被吓退的。他的坚韧和好奇仍然让他鼓足勇气，一步步地朝着最终的真相逼进。“整个宇宙将为你闪烁。”三体文明借着申玉菲之口，向汪淼狂妄地展示着自己的力量。欲戴王冠，必承其重。如果在探寻真相的道路上一去不回，那么就要忍受整个宇宙加于一身的压力。这句夸张狂妄到略显中二的话，是三体人对地球人在技术和心理两方面都完全碾压的最好注解。

“我们是虫子！”

当科技高度发达的三体文明展现在人类面前，当智子利用人类无法理解的高科技直接将“你们是虫子”几个字投射到作战中心所有人的视网膜上面时，一直承受巨大压力的汪淼终于崩溃了。颓然的汪淼喝得半醉，对面前的丁仪和史强绝望地喊出了这句话。为了让汪淼和丁仪重拾信心，史强带着他们来到了蝗灾下的麦田。蝗虫遮天蔽日，自从刀耕火种的远古时代起就与人类共存，却从来没有被真正战胜过。重新感受到生命尊严的汪淼将酒洒向大地，敬给虫子，也敬给地球文明永不言弃的精神。

主要关系者 RELATED CHARACTER

申玉菲

性格干练冷静的女科学家，和汪淼因工作相识。汪淼通过她接触到了“科学边界”，在因倒计时而绝望时也曾向她求助。申玉菲让汪淼停下至关重要的纳米材料研究项目，并告知汪淼，一旦重启研究，整个宇宙将为汪淼而闪烁。事情果然如申玉菲所言，她所做的一切都在冷酷地宣告着：她背后有着人类无法企及的力量。其实，申玉菲是地球三体组织的成员。她这么做的目的是恐吓汪淼，使其停止高强度纳米材料的研究，因为该项研究可能帮助人类制造出太空电梯等关键设施，对三体文明不利。后来申玉菲因与同属地球三体组织的极端“降临派”潘寒意见不合，被潘寒枪杀于家中。

特立独行的警探

史强

前解放军军人，后担任市局反恐大队队长。史强为人直截了当，行事无视纪律和规定，因多次违纪被停职，其间老上级常伟思将他调入地球防务安全部。史强带领汪淼来到了地球防务安全部会场，并用计激怒汪淼，让他同意接受卧底任务。在汪淼的协助下，史强带队抓捕了 ETO 统帅叶文洁，并提出了古筝行动的方案，杀死 ETO 降临派领袖伊文斯。面壁计划提出后，史强负责面壁者罗辑的安保工作，帮助罗辑找到了罗辑想象出的理想女友庄颜。之后史强因白血病进入冬眠，苏醒后与罗辑重逢。末日之战后的一个夜晚，罗辑向史强讲解了本书的核心设定——黑暗森林理论。

人物档案 CHARACTER FILE

所　属	地球防务安全部
出生时间	1950 年代
死亡时间	未知
家庭成员	妻子，儿子史晓明
职　业	警察
影响与评价	刺激汪淼同意卧底“科学边界” 在 ETO 聚会中抓捕叶文洁 提出古筝行动的方案 多次保护罗辑使其免遭暗杀

相关条目 RELATED ITEMS

汪淼 006
古筝行动 100
罗辑 032

属性雷达图 ATTRIBUTE RADAR CHART

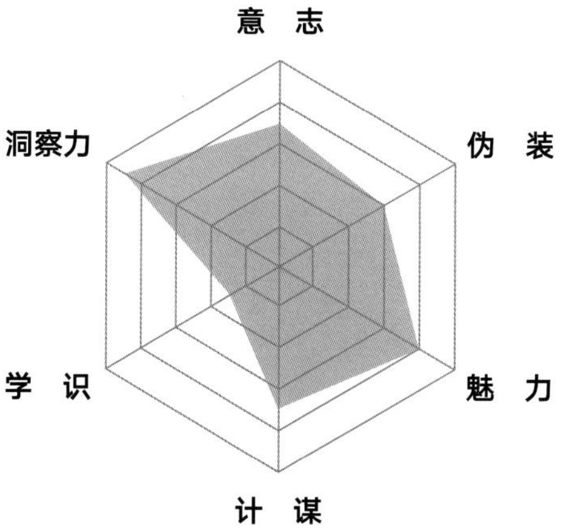

意 志	7	多次成为汪淼、罗辑和丁仪的精神支柱，虽然多少有一点“无知者无畏”的成分在里面，但其意志力仍然不可小觑。
伪 装	6	面对核弹少女的致命威胁依旧能从容不迫地使诈，应该具有相当不错的伪装能力，只是平时表现不多。
魅 力	8	大家喜闻乐见的“不走寻常路”的警察形象，嬉笑怒骂的独特风格在《三体》沉重的基调中独树一帜。
计 谋	7	虽然缺乏章北海、罗辑等人经天纬地的大谋略，但他的小聪明也常常让读者叹服。
学 识	3	缺乏学术背景，解决问题主要以直觉和临场反应见长，但人生阅历很丰富。
洞察力	9	看似粗狂豪放，其实心细如发。在 ETO 聚会上的表现体现了他深入骨髓的洞察力。

人物关键词 CHARACTER KEYWORDS

率性妄为

当警察的时候，史强可以说是劣迹斑斑：擅自行动导致人质身亡、挑拨黑帮火拼、大搞刑讯逼供。为了实现自己的正义，他从不在乎规矩和纪律。面对解放军少将常伟思、美国上校斯坦顿等高级官员或者汪淼、罗辑等学者，史强也从不掩饰自己的真性情。史强也许不是一名好警察，但正如史强自己所说，人类社会中普通的法律乃至战争法已经不适用于 ETO，既然 ETO 与全人类为敌，那么也就没什么好忌讳的。史强的性格正是面对 ETO 的最佳人选。

粗中有细

虽然看上去性子大大咧咧，但是史强多年的犯罪侦查经验让他有着极其敏锐的洞察力。史强对细节观察入微，对其他人心理的揣测更是达到了读心术级别。ETO 聚会时，史强面对数名顽抗者和难以对付的核弹女孩毫无惧色，出色地完成了任务，一战封神。表面上的不拘小节和实际上的明察秋毫形成了强烈的反差，也让史强更为令人信赖。

胜友如云

在《三体》的主要人物中，史强无疑是学识最低、见识最少的。论及对世界的理解，他不如汪淼、丁仪等学者；论及见识和谋略，他不如章北海、罗辑等忍辱负重的权谋家。即便加入地球防务安全部，史强所做的也一直都是军事和安全方面的任务。但正是这样的一位“大老粗”，却成为汪淼和丁仪的主心骨、罗辑的救命恩人和至交好友。也许那些惯于思考宏大命题、思考终极真理的人，正需要一个直爽细心、直觉准确、有街头智慧和生活阅历的帮手。

一窥真理

末日战争后，水滴锁死太阳。在星空之下，罗辑向史强讲述了黑暗森林的全部理论，读者也从这段情节之中首次了解到了《三体》全书的核心设定。作为面壁者，罗辑一直把黑暗森林理论深深掩埋在自己的内心深处，而他初次完整阐述黑暗森林理论，面对的不是全体人类，不是联合国高层，也不是专家学者，而是普普通通、时任小区警务长官的史强。这种微妙的不对称也许有着更深的暗喻：史强是《三体》主要角色中最贴近读者的，罗辑把深埋心中的黑暗森林理论告知史强，正代表着大刘将隐藏在字里行间的设定告诉读者。

人物经历 CHARACTER EXPERIENCES

1979 年	参加对越自卫反击战
2006 年	因多次违纪被停职
2007 年	被常伟思调入地球防务安全部，结识汪淼，抓捕叶文洁 提出古筝行动的方案
危机纪元 3 年	带领罗辑前往联合国，负责其安全工作 应罗辑要求找到庄颜，之后因罹患白血病进入冬眠
危机纪元 205 年	从冬眠中苏醒，与罗辑重逢，助其躲过六次“暗杀” 从罗辑处了解到黑暗森林理论

人物名言 CHARACTER HIGHLIGHTS

“邪乎到家必有鬼。”

当整个宇宙为了汪淼而闪烁之时，史强安慰汪淼的话。彼时的汪淼正处在深深的绝望和自我怀疑之中，他求助的对象中，有人表示关心，有人表示不相信，也有人试图让他在疯狂的道路上走得更远。

唯有史强轻巧地躲开了这无法解决的难题，举重若轻地说出了“邪乎到家必有鬼”这句三体读者津津乐道的名言。这句话也是史强行事原则的最好写照。

面对一个可能摧毁整个世界观的难题，汪淼、丁仪等人走向了自我怀疑和消沉，杨冬更是选择了自杀，反而是没有什么文化的史强利用直觉一眼看出了问题的症结所在。在沉重压抑、强调理性的《三体》中，这种轻巧迎敌、直觉为先的态度也是史强独特个人魅力的来源。

“这……也太黑了吧……”

当罗辑讲述过完整的黑暗森林理论后，史强发表的感慨。史强的性格刚毅直率，书中他的发言原本极少用到省略号，因此足见黑暗森林理论对史强的世界观造成的冲击。身为前军人、反恐大队大队长、与 ETO 斗智斗勇的英雄，史强竟感慨至此，也可以看出黑暗森林理论的可怕。或许每一位读者读到这里，都能体会到这种感受：深深的震惊、压抑和绝望。这句话也和前文中“黑，真他妈的黑啊”形成了呼应。

其实在这句话之前，史强还用一句简单明了的感叹表达了自己面对黑暗森林理论的震惊。那句话似乎什么也没有表达，但是又包含了最复杂的情绪，是每一个人在面对这种震撼性理论时最为真实的写照。有兴趣的读者可以在原书中查找一下。

主要关系者 RELATED CHARACTER

史晓明

史强的儿子。在危机纪元初期，凭借父亲在地球防务安全部工作的名头贩卖“逃亡基金”，诈骗了苗福全和张援朝数十万元，并因此被捕入狱。

出狱后史晓明经商致富，在大低谷之前为再见史强一面进入冬眠，先于史强苏醒，并在史强和罗辑苏醒后接二人来到冬眠者居住的社区，和社区的邻里一起讲述了二人冬眠时期的历史。读者借此了解到了大低谷、第二次启蒙运动、第二次文艺复兴等历史事件。

这一段情节虽然表现形式是邻里间的对话，看起来很家常，但却有着强烈的史诗感。介绍这些历史事件的邻居来自不同的历史阶段，他们以亲身体验为基础的讲述也让这些历史尤为鲜活。那句著名的“给岁月以文明，而不是给文明以岁月”就出现在这里。

向全人类复仇的 ETO 统帅

叶文洁

《三体》第一部真正的灵魂人物。叶文洁在青年时代经历父亲惨死、朋友背叛等诸多苦难，养成了外表波澜不惊、内心冷酷决绝的性格。在红岸基地工作时，叶文洁利用太阳广播了地球的位置，并指引三体文明前来入侵地球，希望借助其力量改造人类社会。离开红岸后，叶文洁结识了伊文斯并透露了三体文明的存在，在伊文斯创立地球三体组织后担任其精神领袖。女儿杨冬自杀，叶文洁向前来扫墓的罗辑透露了宇宙社会学的两条公理，引导罗辑思考出黑暗森林法则，为人类文明留下最后一丝希望。随后在组织聚会中被史强带队逮捕。在了解了三体文明想要灭绝人类的真正目的，并最后一次登上红岸遗址后，叶文洁去世。

人物档案 CHARACTER FILE

所　属	地球三体组织
出生时间	1947 年
死亡时间	2007 年
家庭成员	父亲叶哲泰、母亲绍琳、妹妹叶文雪；丈夫杨卫宁、女儿杨冬
职　业	红岸基地研究员、清华大学天体物理学教授、ETO 统帅
信　仰	科学、三体文明
影响与评价	发现太阳能量的镜面增益反射理论，并成功利用太阳向宇宙发射大功率广播 回应三体文明，揭开地球文明和三体文明斗争的序幕 启发伊文斯创立地球三体组织并担任精神领袖 悟出宇宙社会学理论的两条基本假设并透露给罗辑

相关条目 RELATED ITEMS

红岸工程 094
地球三体组织 138
宇宙社会学 158

属性雷达图 ATTRIBUTE RADAR CHART

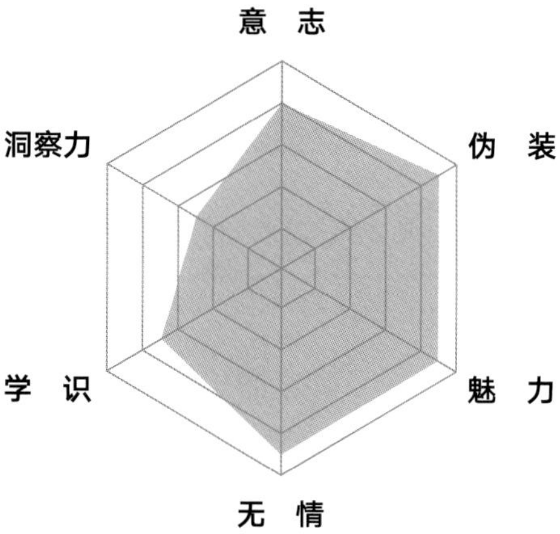

意 志	8	二十岁就经历一系列人间悲剧，但顽强地活了下来，并且完成了对全人类的复仇。复仇后更是一生坚持 ETO 的大业不动摇。
伪 装	9	极为出色的伪装者，一面是和蔼的老奶奶，一面是冷酷无情的 ETO 统帅。
魅 力	9	复杂的经历铸造了叶文洁独特的个人魅力，甚至被三体迷称为“第一部真正的主角”。
无 情	9	青年时的惨痛经历铸造了她无情的性格，无论是报复全人类还是杀死丈夫，叶文洁都在极短时间内做出决定。叶文洁也许适合做执剑人。
学 识	7	天体物理学家，红岸基地技术骨干，发现了如何利用太阳放大通信功率，是重要技术“宇宙广播”的奠基人。
洞察力	5	一味相信科技水平更发达的文明一定有更高的道德标准，因为盲信而铸成大错。

人物关键词 CHARACTER KEYWORDS

历经风霜

在本该无忧无虑的花样年华，叶文洁却经历了苦痛的人间悲剧。二十岁时，她几乎亲眼见证了父亲的惨死，还目睹了母亲和妹妹背叛家庭而去。随后她只身一人来到苦寒的大兴安岭，朋友白沐霖又背叛了她。这一切产生的仇恨和苦痛都如同刻在石头上的文字一般，刻在了叶文洁心中。在收到三体文明的信号后，叶文洁的第一反应是“警觉地四下看看”“不动声色地迅速操作”，在决定人类命运的关键时刻，叶文洁又“毫不犹豫地”回复了三体文明。叶文洁酷若寒冰的性格，正来自她遭遇的凄风冷雨。

红岸悲歌

红岸基地本可以成为叶文洁人生的新起点。合适的工作、体贴的丈夫，生活似乎在渐渐变好。但三体文明打破了这片宁静，道貌岸然的雷志成更是成为最后一根稻草。回复三体文明的一刹那，叶文洁完成了对全人类的复仇。红岸基地的情节颇有一点黑色幽默色彩，寻找外星文明的计划最后引来了外星文明的入侵，“已阅，狗屁不通！”更是成为三体迷之间的梗。但这份黑色幽默没有为叶文洁带来一丝快乐，复仇也没有让她解脱。最后她离开了红岸基地，只带着痛苦、仇恨和未被发现的罪行。

ETO 领袖

在《三体》书中，读者第一次看到的叶文洁是一位和蔼可亲的邻家奶奶，她提起亡女杨冬时的哀伤和爱意，也让每一位读者都对她生出一丝同情。谁也不会想到，这样一位可爱可亲又可怜的老科学家，却是地球三体组织的精神领袖。直到此时，我们才意识到，苦难和仇恨并没有在叶文洁心中散去。时隔多年，叶文洁依旧带着厚厚的面具行走世间，她把苦痛深深埋在心里，从未忘记，更从未忏悔。

暗夜微光

但无论如何，叶文洁并未完全抛弃自己对人类的眷恋。杨冬的意外自杀，对叶文洁的打击也许远比她想象的要大，在她自己也无法分辨的动摇中，叶文洁向罗辑透露了自己悟出的宇宙社会学两大基本公理，启迪罗辑思考出了黑暗森林法则，给了人类最后的一线生机。多年前的大兴安岭，齐家屯的温暖炭火在她毅然背叛全人类的冰原般的心灵上曾融出小小湖泊，跨越时光，隐隐映照着叶文洁在杨冬墓前传达的话语，那是她心底对人类的最后一丝爱意。

人物经历 CHARACTER EXPERIENCES

1947 年	出生
1967 年	父亲叶哲泰于“文化大革命”中被殴打致死
1969 年	在“上山下乡”运动中来到大兴安岭，因白沐霖的背叛惨遭迫害 受杨卫宁之邀加入红岸
1971 年	发现太阳能量的镜面增益反射理论，利用太阳发射大功率宇宙广播
1973 年	和杨卫宁结婚
1979 年	10 月 21 日午夜收到三体文明信息，凌晨回复，请三体文明入侵地球改造人类社会 当日下午，杀害雷志成、杨卫宁
1980 年	生下女儿杨冬
1982 年	回到北京，在清华大学物理系担任天体物理学教授 结识伊文斯
1985 年	告知伊文斯三体文明的存在
1988 年	伊文斯成立第二红岸基地，组建 ETO，叶文洁担任精神领袖
2004 年	退休
2007 年	女儿杨冬自杀 将宇宙社会学公理透露给罗辑，之后在 ETO 聚会中被捕 得知三体文明的真实目的，最后一次登上红岸遗址 去世

人物名言 CHARACTER HIGHLIGHTS

“消灭人类暴政，世界属于三体！”

这句话是 ETO 的口号。已经无从考证这句话到底是谁的首创，但我们在书中第一次看到的这句话就出自叶文洁之口。当这样一位看上去知性、和蔼又哀伤的老人挥舞起瘦削的手臂，坚定地喊出“消灭人类暴政”之时，我们才能在这强烈的反差中体会到 ETO 对于人类恶行的刻骨憎恨和深深绝望。作为回应，在场的所有 ETO 成员共同喊出了“世界属于三体”的口号。我们并不清楚每一个人背后的故事，但是也许每一位 ETO 成员背后，都有着一段和叶文洁一样的惨痛人生。毫无疑问，ETO 是邪恶的，但想要避免这种邪恶，我们似乎更应该去关注每一位个体的生活和幸福。

“这是人类的落日……”

在生命的最后，叶文洁又攀上了雷达峰，回到了红岸基地的旧址。面对如血残阳，叶文洁说出了这句话。叶文洁一直期盼着人类社会丑恶一面的彻底毁灭，期盼着更高等文明的降临。但在生命的最后一段时光，她得知了她所期盼的三体文明的真相，这句话中也许有悔恨，也许有悲伤。叶文洁深知三体文明的强大，因此她完全相信人类社会将会毁于三体之手，但是正如她多年前反抗自己的命运一般，她还是给罗辑留下了反抗三体人的最后希望。如果叶文洁在天有灵，看到罗辑成功建立威慑、挽救人类于危亡之时，是不是也会感到一丝欣慰呢？

主要关系者 RELATED CHARACTER

杨卫宁

叶哲泰的研究生，后担任红岸基地总工程师。杨卫宁将落难的叶文洁从大兴安岭救出，留她在红岸基地工作，并与叶文洁结婚。在叶文洁为了保护三体世界的秘密、设计谋杀雷志成时，毫不知情的杨卫宁意外卷入。叶文洁不得已割断二人攀爬的绳索，杨卫宁和雷志成一起坠崖身亡。

历经风霜的叶文洁也许对杨卫宁并无爱情，但杨卫宁是她在那段冰冷的岁月中感受到的唯一温暖。面对审讯，叶文洁精确地回忆起几十年前的谋杀案发生的时间，也体现出她对杨卫宁的愧疚。看着在一根绳索上返回的杨卫宁和雷志成，叶文洁决绝地割断绳索，这也暗喻了叶文洁面对三体文明时的选择：温情可以舍弃，复仇之心永存。

人类的落日

ETO 的实际掌控者

麦克·伊文斯

麦克·伊文斯可能生于美国，其父是一位跨国石油公司的总裁。伊文斯十二岁时，目睹了一场漏油事故导致的生态灾难，立誓拯救濒危动物。1980 年代，伊文斯来到中国西北的一个小山村，致力于挽救一种濒危鸟类，并因此结识叶文洁。三年后，伊文斯对无止境地破坏环境的人类感到失望，向叶文洁倾诉时获知了三体世界的秘密。此后伊文斯依靠父亲的遗产组建 ETO，并成为 ETO 的真正操控者。伊文斯是 ETO 组织中“降临派”的核心，希望三体文明彻底灭绝人类。他是极少数与三体文明有直接交流的 ETO 成员，并获知了许多其他人（包括叶文洁）并不知晓的信息。2007 年，伊文斯死于古筝行动。

人物档案 CHARACTER FILE

所　属	地球三体组织
出生时间	未知
死亡时间	2007 年
家庭成员	父亲、哥哥、姐姐
职　业	生物学者、地球三体组织创立者
信　仰	物种共产主义、三体文明
影响与评价	创立物种共产主义学说 建立第二红岸基地，成为地球三体组织的实际创立者、掌控者，“降临派”的领导者

相关条目 RELATED ITEMS

地球三体组织 138
“审判日”号 176
古筝行动 100

属性雷达图 ATTRIBUTE RADAR CHART

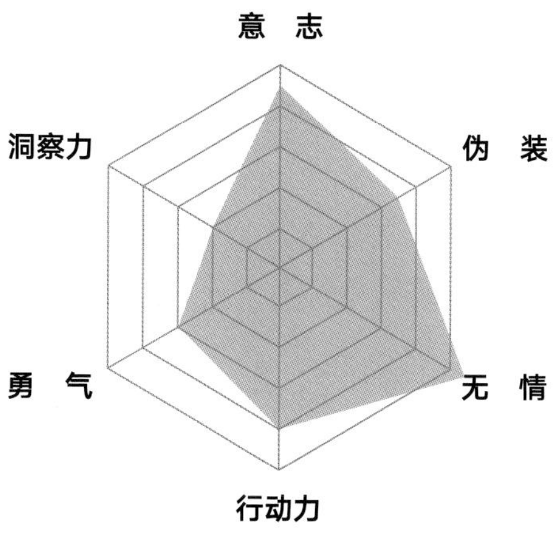

意 志	9	和富豪之家决裂去做自己想做的动物保护事业，不惜违背道德和法律去追求自己心中的降临之梦，不可否认伊文斯有着超强的意志，虽然他没有走对方向。
伪 装	7	将自己决绝的反人类理念隐藏在降临派的思想之下，欺骗叶文洁和 ETO 多年。
无 情	11	全书最为决绝无情的人。一心走在灭绝人类的道路之上，与维德、章北海等人因为守护而放弃部分主观情感截然不同。
行动力	8	为了践行环保理念，孤身在中国小山村植树多年。为了反抗人类，花费三年时间即组建了庞大的地球三体组织，有着超强的行动力。
勇 气	6	敢于和父亲决裂而且只身来到中国小山村，敢于组建 ETO 这样的反人类组织，伊文斯是有勇气的，但是他却始终不敢直面自己内心的偏激和犯下的错误，在歧途上越走越远。
洞察力	4	伊文斯对于人类、对于社会甚至对于三体人都有自己独特的看法，然而这种看法实在是过于偏狭，可以说他“只见一叶，不见森林”。

人物关键词 CHARACTER KEYWORDS

童年阴影

十二岁时，伊文斯目睹了父亲公司的油轮造成的生态灾难。大海表面覆盖了厚厚的一层石油，变得黑暗黏稠；海鸟羽毛被油浆覆盖，在极度痛苦之中死去；夕阳将血红色的微光投射在黑色的海面上，慢慢沉入海面之下。地狱一般的景象给少年伊文斯留下了深深的心理阴影。十三岁生日时，伊文斯许下了生日愿望：成为救世主，拯救一种濒临灭绝的物种。我们愿意相信，此时的伊文斯真的只是一个爱护动物的善良男孩，但父亲的不支持、身边人的不理解，让他一步步走向极端主义的深渊。

一念成魔

在书中初次登场时，伊文斯也许还真正坚持着自己的物种平等的信念。他是一位身体力行的环保主义者，村子里的人送他外号“白求恩”，叶文洁和同事也对伊文斯赞赏有加。但在三年后，当他和叶文洁再次见面的时候，现实的引力已经让伊文斯在心中放弃了自己的理想，深深的无力感让他转向了对人类的背叛。在森林与月色中默默地聆听了叶文洁讲述三体文明的故事后，伊文斯并未做过多犹豫。叶文洁三年没有收到伊文斯的消息，但当伊文斯再次归来之时，随他而来的是第二红岸基地和两千名 ETO 成员。

执迷不悔

相比于精神领袖叶文洁，伊文斯掌控了 ETO 的实际运营事务，他也因此获取了关于三体文明的更多信息，而且他将信息牢牢地掌握在自己手中，并未对其他人透露半分。正因如此，伊文斯对于人类的背叛才显得更加不可理解：叶文洁对人类的仇恨大多来自其自身遭遇，她只是想追求具有更高道德观的世界；但是伊文斯明知三体文明的暴虐真相，甚至可能知道黑暗森林法则，仍要选择继续背叛人类。叶文洁虽然有罪，但所有人都能理解她的行为。相比之下，极少有人能和伊文斯产生共情。

身死道消

作为最纯粹的降临派，伊文斯不惜牺牲一切来换取人类的灭亡。与其说他是为了三体人的生存，不如说他只是单纯期盼着人类的毁灭。然而颇为讽刺的是，在《三体》三部曲的全部主要人物中，死于古筝行动的伊文斯无疑是死得最惨的，伊文斯的死亡也是《三体》中唯一一段对于惨死的直接描写。这也隐隐透露出对伊文斯的讽刺：他希望人类遭受天罚，但却最先走向毁灭。

人物经历 CHARACTER EXPERIENCES

具体时间未知	12 岁，目睹父亲公司的油轮触礁，因石油泄漏而死亡的海鸟对伊文斯产生重大影响
1982 年	结识叶文洁，向叶文洁介绍自己的物种共产主义理想
1985 年	因一直保护的森林被砍伐向叶文洁写信求助，从叶文洁处得知三体文明的存在
1988 年	创立地球三体组织并建立第二红岸基地，推举叶文洁为统帅
2007 年	下令谋杀魏成和申玉菲 从三体文明处接受命令，下令谋杀罗辑 死于古筝行动

人物名言 CHARACTER HIGHLIGHTS

“我们是同志了。”

在叶文洁对伊文斯透露了三体文明的存在后，伊文斯对叶文洁说出了这句话，这句话也成为 ETO 迎接新成员的欢迎词。“同志”这个词有着浓厚的共产主义色彩。伊文斯称自己是物种共产主义者，使用这个词看似很合理，但其实，他只是窃取了这个名词而已——在他宣称的物种平等之中，不包括人类。他也应该很清楚，如果三体人来到地球，地球上的其他生物处境只会更糟。

《三体》中还有另外一处使用了“同志”这个词：常伟思等人所在的作战中心。而且常伟思对 CIA 和北约成员也使用了这个词，这一点看似不合理，但在场的人都并未提出任何异议。这是书中的一个对比：这两个群体都有着相同的志向，但一个为了破坏，而另一个为了守护。

“我们不知道外星文明是什么样子，但知道人类。”

这句话是降临派的信条，出自伊文斯之口。对于大部分降临派，这句话也许是正确的。但是对于伊文斯来说，这句话正好应该反过来：他知道外星文明是什么样子的，但是不知道人类。

叶文洁评价说，伊文斯对地球上的其他生物有着使命感，这种使命感导致他憎恨人类。也许在伊文斯心中，人类应该保护地球上的所有生物，但是人类没能做到。这种对于人类不切实际的要求导致了伊文斯的疯狂。在《三体》的世界观中，文明是很密集的。人类在茫茫宇宙之中既不伟大，也不卑微。对人类的过高要求同样是一种傲慢，这也照应了那句名言：弱小和无知不是生存的障碍，傲慢才是。

主要关系者 RELATED CHARACTER

潘 寒

生物学家，极端环保主义者，“科学边界”成员，ETO 降临派重要人物。伊文斯曾派潘寒刺杀 ETO 成员申玉菲和数学家魏成。潘寒成功谋杀申玉菲，此事也引起了汪淼和史强的警觉。潘寒带领汪淼加入 ETO，并在汪淼参加的第一次 ETO 聚会中因谋杀申玉菲一事被叶文洁问责，在叶文洁令下，潘寒被核弹女孩杀死。

潘寒在书中着墨不多，但潘寒的谋杀对象却很能够说明一些问题。申玉菲和伊文斯有路线之争，可以理解为 ETO 内部斗争，但魏成是一位不问世事的数学家，仅仅是因为魏成的研究成果可能会对三体问题的解决有帮助，导致三体文明不来入侵地球，伊文斯就下令谋杀魏成。这充分说明伊文斯已经彻底走向疯狂：地球三体组织的领袖并不是为了三体文明而考虑，他的一切努力仅仅是为了惩罚地球人。

站在人类物理学顶端的人

丁仪

世界顶尖理论物理学家，因为未婚妻杨冬自杀而被卷入“战争”。丁仪在相当长的一段时间内并未走出杨冬之死的阴影，物理学的黯淡前景也让丁仪异常颓废，在史强的鼓励之下，丁仪才重新振作起来。危机纪元早期，丁仪在国际空间站从事粒子物理研究，发现大量的智子已经来到太阳系，此外他还领导一个可控核聚变研发小组并成功实现可控核聚变。为了亲眼看到三体文明的先进技术，丁仪进入冬眠，并在水滴到达地球前几年苏醒。丁仪代表人类接触并考察水滴。水滴启动后，在近似太阳核心的超高温中，丁仪死亡。

人物档案 CHARACTER FILE

所　属	地球文明
出生时间	1970 年代
死亡时间	危机纪元 205 年
职　业	物理学家
信　仰	科学
影响与评价	参与研究可控核聚变技术 通过太空实验发现智子已经在太阳系中广泛分布 代表地球文明接触水滴 建议“量子”号和“青铜时代”号飞船进入深海状态，使其在末日之战中幸存

相关条目 RELATED ITEMS

智子 180
水滴 181
末日之战 111

属性雷达图 ATTRIBUTE RADAR CHART

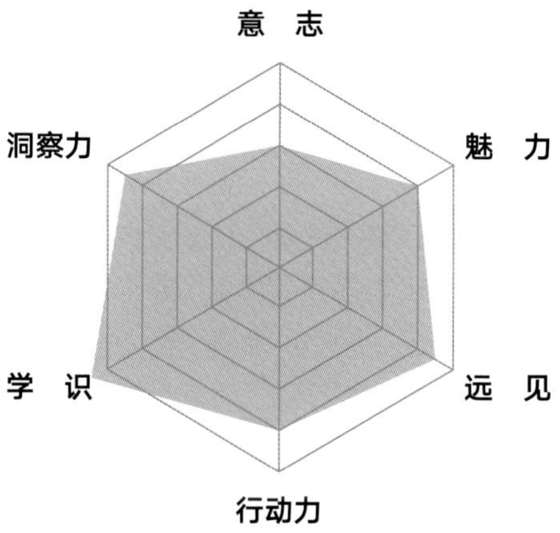

意 志	6	在《三体》第一部一直处在消沉之中，但在史强的激励之下重新找到勇气。
魅 力	8	典型的天才科学家型角色，超高智商、广博学识、准确直觉和不拘小节的性格使其具有独特的个人魅力。
远 见	9	末日之战之前建议飞船进入深海状态，劝说白艾思进入冬眠以延续物理学研究，对章北海和泰勒的建议也都句句不落空。
行动力	8	亲自去国际空间站研究高能粒子，独立领导可控核聚变研究，对自己坚持的想法有着超高的行动力。
学 识	11	大刘笔下物理学规律的化身，对理论物理学的了解属人类顶级水平。
洞察力	9	具有精准的直觉和对事物敏锐的观察力，在末日之战开始前即判断出水滴的危险性。

人物关键词 CHARACTER KEYWORDS

科学化身

丁仪在全书中（以及大刘的很多作品中）一直是科学的至高化身，大刘也常常借助丁仪之口解释很多科学理论和科幻设定。在和《三体》同世界观的《球状闪电》中，丁仪甚至曾说过“我这条命已经有主了，那就是物理学！”这样的话。在《三体》中，因为智子封锁、人类社会剧烈变动等原因，已经年岁渐长的丁仪少了一些轻狂，多了一些责任感，但其实在丁仪的内心深处，他还是那个发疯一般热爱着物理学的科学狂人。在生命最后，丁仪明确知道水滴来者不善，却仍然义无反顾，只为了一睹更高层次的科技究竟是什么样子。

放浪形骸

也许是太过于执着并不存在于尘世之中的色彩，丁仪对于礼仪、社交规矩等俗务毫无兴趣，行事也异常天马行空。带着烟斗上国际空间站、用粗俗的语言和美军军官吵架、用“声称要死在三大舰队司令面前”的方式来逼迫舰队同意他代表人类接触水滴、在全球直播面前不顾自己德高望重的老科学家身份大谈自己的初恋女友和对女孩的看法……这种典型的“天才科学家”形象让丁仪多了几分可爱，多了几分真诚，也多了几分人格魅力。但我们都知道，在丁仪貌似癫狂的外表之下掩藏着深深的使命感和责任感，也许正是因为背负的思想过于沉重，他才需要形式上的无拘无束来释放自己的压力。

英雄末路

纵然身怀屠龙之技，丁仪在《三体》中做出的成就却相对有限。读过大刘的同世界观小说《球状闪电》的读者可能更怀念那本书中的丁仪——谈笑之间以一己之力奠定了全书的科学基石。但是在《三体》中，丁仪在理论物理学上的科研之路被智子堵塞得严严实实，不得不转向应用技术，再也没有在理论物理学上做出太大贡献。丁仪后来致力于突破智子的封锁，但却始终没有成功，最后只能选择在七十余岁进入冬眠，以图在人生的最后时刻目睹一下三体文明的高深科技。在丁仪身上，我们甚至看到了同样因为时代发展和技术所限无法再在理论层面取得更大突破的牛顿和爱因斯坦，也看到了英雄末路的无奈和悲伤。

魂兮归来

《三体》三部曲在时间和空间上跨度很大，有如编年史一般厚重苍凉，其中的人物也如同流星飞逝，极少出现对已经死亡的角色的回忆和塑造。但丁仪就是其中的一个例外。在调查二向箔时，丁仪借助白 Ice 的思维再次出场，仍然天才，仍然放浪。白 Ice 头脑中的丁仪将人类对于宇宙规律的理解又深入了一层，直通三维宇宙的末日。而“宇宙规律可能已经被修改过”的想法，更是发人深省。我们不知道这些场景中哪些来自真实的回忆，哪些又出于虚幻的梦境，但就在这似真似幻之中，不在人世的丁仪恍然已升华为一种符号，代表着人类对于宇宙真理永远不停的思考。

人物经历 CHARACTER EXPERIENCES

2007 年	未婚妻杨冬自杀，参与对地球三体组织的调查
危机纪元初期	在国际空间站工作，发现智子已经全面封锁人类的物理学 领导研究的可控核聚变技术取得突破
危机纪元 40-50 年	进入冬眠
危机纪元 198 年	从冬眠中苏醒，在北京大学任教
危机纪元 204 年	建议自己的学生白艾思进入冬眠
危机纪元 205 年	在末日之战中代表人类接触水滴，在水滴启动的超高温中身亡

人物名言 CHARACTER HIGHLIGHTS

“孩子们啊，我这两个世纪前的人了，现在居然还能在大学里教物理。”

在接触水滴之前，丁仪和三大舰队的几位军官说出了这句话。与此同时，丁仪还建议舰队进入深海状态。舰队的军官并不能理解他，但是出于对丁仪的信赖与敬畏，还是让两艘舰船进入深海状态，最后它们也成为末日之战极少数的幸存者。

与书中很多名言警句相比，这句话看上去很普通。在最初阅读《三体》的时候，我们很可能也不会特别注意这句话，但再次重读，我们很难忽视这句话之中隐藏的深深苦痛和悲凉。丁仪内心深知人类文明在基础科学层面的落后，但是在周遭人群的盲目乐观中，他不被世人理解的智慧只会更加凸显他的无力和绝望。这位超凡的天才实在是承受了太多。

“傻孩子们，快——跑——啊！”

面对强大到不可理解的水滴，丁仪意识到了人类即将面对的灭顶之灾。他转过身去，拼尽全力对全体舰队喊出了这句话。但就在片刻后，水滴启动，丁仪和随行人员融于烈火，三大舰队近乎全军覆没。

不知道丁仪是否在电光火石之间回顾了自己波澜壮阔的一生。青年时的不羁、中年时的理性、老年时的沉稳，此时却已经都不在他的考虑当中。他没有在人生最后关头耍酷，也没有因为准确地计算出人类退无可退而放弃拯救，而是不顾自己德高望重的身份声嘶力竭地呼喊。此时的丁仪忘记了自己的超然和灵性，心中只剩下一个慈爱老人对人类文明最纯粹真挚的不忍和呵护。

主要关系者 RELATED CHARACTER

白 Ice

原名白艾思，生于危机纪元，丁仪的博士生。丁仪在参加末日之战前，劝说白 Ice 进入冬眠，替自己看看未来的物理学，并等待研究物理学的更好时机。白 Ice 在危机纪元末进入冬眠，于掩体纪元 44 年苏醒。掩体纪元 67 年，二向箔降临太阳系，白 Ice 前往考察二向箔。发现降维打击的真相后，白 Ice 死于太阳系二维化。

白 Ice 是丁仪在《三体》第三部的化身，他前往调查二向箔的情节和丁仪考察水滴的情节多有相似之处：自己带着强烈的不安、随行的同伴轻敌骄傲，同样和丁仪的最后一程类似的还有事件的结局——水滴毁灭了三大舰队，锁死了太阳；而二向箔彻底将太阳系压扁，地球从此消失在了残酷的宇宙之中。如果说丁仪代表人类接受了宇宙的第一次警告，那么白 Ice 就代表人类接受了宇宙最终的处罚：弱小和无知不是生存的障碍，傲慢才是。假若人类能够收起自己的傲慢，也许地球为宇宙留下的，就不仅仅是猎户旋臂的两丝萤火之光。

遗世独立的物理学家

杨 冬

叶文洁和杨卫宁的女儿，在大兴安岭出生。红岸基地项目撤销后，杨冬随母亲回到北京生活。杨冬在物理学方面颇具天赋，后来也成为一名物理学家，并在学术上取得很大成就。只是她性格孤僻，公众甚至都不知道她的性别。危机纪元前一年，杨冬在参加“中华二号”高能加速器项目时遇到汪淼，美丽、知性而高洁的杨冬给汪淼留下了深刻印象。一年后，杨冬的物理实验被三体文明派来的智子干扰，杨冬对物理学的基础产生了质疑。与此同时，她还发现了母亲叶文洁的隐藏身份是 ETO 的最高统帅。在双重打击下，杨冬选择自杀。

人物档案 CHARACTER FILE

所　属	无所属
出生时间	1980 年
死亡时间	2007 年
家庭成员	母亲
职　业	物理学家
信　仰	科学
影响与评价	自杀后留下含意深远的遗书，引导地球防务安全部和汪淼发现 ETO 的存在 启发丁仪思考宇宙的真相，并传达给白 Ice，使其顿悟二向箔打击的毁灭性

相关条目 RELATED ITEMS

汪淼 006
叶文洁 014
丁仪 024

属性雷达图 ATTRIBUTE RADAR CHART

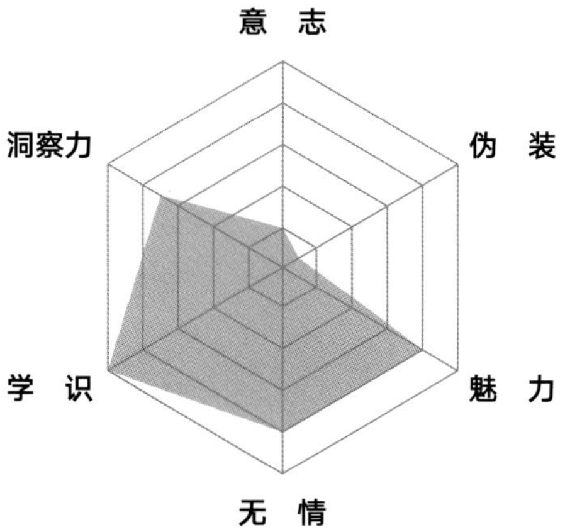

意 志	2	物理学和母亲就是生活的全部。杨冬发现二者都不再是熟悉的样子后，选择自杀身亡。
伪 装	1	处处透露着天然本真的知识女性，没有任何伪装的纯真之人。
魅 力	8	虽然性格孤僻，但杨冬的淳朴自有其独特魅力。汪淼曾为杨冬折服，即便是丁仪这样自视甚高的天才也打算和杨冬结婚。
无 情	8	杨冬对世界一直有一种奇妙的疏离感，斩断了母亲和物理学这两条纽带后，她决绝地离开了这个世界。
学 识	10	年纪轻轻就取得重大学术成就，叶文洁、汪淼、丁仪和罗辑都曾对杨冬的天分和学识表示过赞赏。
洞察力	7	直觉敏锐。《三体》中多次出现“物理学不存在”的论述，但是杨冬对此看得最深也最早。

人物关键词 CHARACTER KEYWORDS

遗世独立

杨冬在《三体》系列的初次登场来自汪淼的回忆。在这段回忆中，汪淼毫无保留地为杨冬送上了最可贵的赞美。“以前，汪淼总觉得自己的摄影作品缺少某种灵魂；现在他知道了，缺的是她。”性格和顺、家庭幸福的汪淼也不吝用这样的话语形容杨冬，可见杨冬带给他的震撼。虽然杨冬性格孤僻，甚至汪淼都不知道她的性别，但她也绝非申玉菲那样冷若寒冰的人。她从并不熟悉的汪淼面前走过时，会“微笑着点点头，没说一句话，但汪淼记住了她那清澈的眼睛”。孤僻的性格，在杨冬身上却体现出了一丝高洁和仙气。正让人想起那句中国古诗：“北方有佳人，绝世而独立。”

道法自然

生于大兴安岭的杨冬，和自然界似乎有着千丝万缕的联系。记录了杨冬小时候画作的是一本桦皮本，杨冬的卧室在汪淼看来“有如护林人的小屋”，屋内的家具都是木桩拼搭而成，甚至连遗书，都写在了一张白桦树皮上。这一切都让杨冬身上的神秘色彩又增加了几分，让她宛如自然女神一般。或许因为杨冬对物理学太过沉迷而选择在生活上走向极简，又或许正是因为对自然的热爱让杨冬沿着物理学一路走向极致。这也多多少少揭示了杨冬自杀的一个隐喻——当最为自然的物理学本身已经不再是自然的，那么作为自然化身的杨冬，当然也就找不到继续活下去的意义了。

香消玉殒

得知母亲叶文洁的真实身份并对物理学的存在性产生怀疑后，杨冬和这个世界的两条纽带都被彻底割断了，她对这个世界再也没有任何眷恋，在睡梦中放弃这个世界而去。毫无疑问，杨冬的性格是有些偏激的，但同样毫无疑问，杨冬对物理学和母亲的执念代表了人性中至为美好的两个方面——理性和情感。杨冬在全书一开始就自杀身亡，似乎也是一个明晃晃的凶兆，预示着在《三体》三部曲的情节之中，并没有太多留给理性和情感的位置。《三体》全书灰暗的基调就这样奠定下来。

人物经历 CHARACTER EXPERIENCES

1980 年	出生
1982 年	红岸基地项目撤销后，随母亲回到北京
1990 年代	和罗辑成为高中同学
2006 年	参加“中华二号”高能加速器项目，遇到汪淼
2007 年	发现母亲叶文洁的隐藏身份是 ETO 的最高统帅 对物理学的客观性产生怀疑 自杀

人物名言 CHARACTER HIGHLIGHTS

“物理学从来就没有存在过，将来也不会存在。”

这句话来自杨冬的遗书。坚如磐石的物理学从未存在过，即便是对物理学不甚了解的普通科幻爱好者，都能明白这句话背后的刺骨寒意。对于将物理学视为终身事业的科学家来说，得出这个结论就更加令人唏嘘。在《三体》三部曲中，我们在多个层次看到了物理学的扭曲：一开始智子的干扰打乱了地球文明的物理学研究，后来的维度攻击更是让整个三维宇宙的物理规律失效，而最后关一帆和白 Ice 梦中的丁仪更是吐露了最为深层的奥秘——任何物理规律可能早就经过了更高等级文明的修改，早就已经不是最原始的那个样子了。而杨冬，却早已经在危机纪元尚未开始的时候就洞穿了这一层奥秘，独自承受着其中的酸楚。

“你相信有上帝吗？”

在杨冬遭受双重打击、精神濒临崩溃之际，她询问一位研究生命演化的科学家的问题。杨冬自然是不信仰宗教的，她口中的所谓上帝，指的或许是那个曾经见过真正的、没有被染指过的宇宙规律的终极文明。然而实际上，杨冬早就知道了答案，只是当时的她可能还不太敢去面对。是的，比人类高级的三体文明可能修改过人类所能接触的物理规律，但是三体文明的物理规律又可能是被更高级的文明修改过的……这个链条，一直可以持续到永远。直到最后，再也没有人能分清什么是真实，什么又是假象。这一切不仅意味着物理学毫无意义，更是对一切感知的终极挑战，这句话也许是绝望的杨冬的最后一根稻草，她希望能在这一片虚无之中，找到一个犹如“上帝”一般的绝对真理，但理性告诉杨冬，这样的真理并不存在。

杨冬想说什么但终于没说出来，于是再次同绿眼镜告别，并努力向他露出一个感激的微笑。她来到大楼外面，仰望初现的星空。

从妈妈电脑上的那些信息中可知，宇宙中的生命并不稀少，宇宙是很拥挤的。那么，宇宙现在已经被生命改变了多少，这种改变已到了什么层次和深度？后一个问题尤其令杨冬恐惧。

她知道已经救不了自己，就停止了思考，努力把思想变成黑色的虚空，但仍有一个最后的问题顽固地留在潜意识中：

大自然真是自然的吗？

——《三体 III · 死神永生》

特别点评 SPECIAL LINK

悲伤的见证者

杨冬在《三体》第一部开篇即已死亡，从未正式出场过。但是，仿佛她的灵魂已融于自然，回归宇宙，她的思想和目光仍然在冥冥之中注视和引导着整个故事。从《三体》第一部开篇的白桦树皮遗言，引导汪淼揭开故事的序幕，同时也预言着人类物理学探索乃至人类命运注定的悲剧。在杨冬墓前，叶文洁怀着复杂的心情将宇宙社会学传递给罗辑，“尽到了自己的责任”，而罗辑最终又在这片墓地对三体第一次说话，成功建立威慑，开启新的人类纪元。在第三部开篇和结束，杨冬自杀的最后一片拼图才被补完——从杨冬到丁仪再到白 Ice，物理学的天才们过早地预见了人类的末日，但他们却什么也做不了，唯有无言地见证。

罗辑

面壁计划公布的第四位面壁者。原为社会学学者，曾在杨冬墓前受叶文洁点拨传授宇宙社会学公理。危机纪元成为面壁者后，先是利用权力放纵，后领悟黑暗森林法则，完成自我破壁。向宇宙发送“咒语”，随即遭 ETO 暗杀而进入冬眠。危机末苏醒后恢复普通人身份，在末日之战和黑暗战役带来的绝望中，因“咒语”被发现生效而再度成为面壁者。以雪地工程为掩护，佯装堕落，暗中筹划，成功建立威慑，成为肩负威慑控制权的执剑人，并与妻女分别。在威慑纪元孤独执剑半生，完成执剑人交接后即被指控犯有世界灭绝罪，后又成为人类抵抗运动精神领袖。

广播纪元参加茶道谈话，为人类带来一线希望。掩体纪元秘密领导光速飞船计划，在冥王星地球文明博物馆“守墓”，最终进入二维巨画。

人物档案 CHARACTER FILE

所　属	面壁者；地球文明
出生时间	1970 年代
死亡时间	掩体纪元 67 年
家庭成员	妻子庄颜、女儿
职　业	大学教师；面壁者，执剑人
影响与评价	唯一成功的面壁者、黑暗森林威慑的建立者 三体文明认可的伟大对手 抵抗运动、光速飞船计划精神领袖 人类守墓人

相关条目 RELATED ITEMS

面壁计划 104
黑暗森林威慑 116
宇宙社会学 158

属性雷达图 ATTRIBUTE RADAR CHART

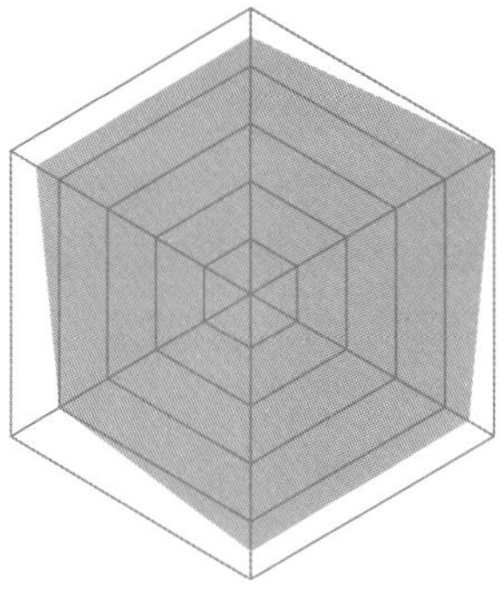

意 志	9	罗辑原本是个洒脱的人，无论三体还是人类，他既无恨意，也不在乎存续与否。但从决意承担面壁者的责任起，他就将自己的生死置之度外。
伪 装	10	在雪地工程的三年，罗辑不惜摧毁自己的形象和健康，苦心孤诣瞒天过海，最终成功开辟威慑的道路。
远 见	9	叶文洁的传授是罗辑思想的起点，他凭借自己的智慧从这一点点线索出发，还原至深至远的宇宙真相，洞见超过同时期的所有人。
行动力	9	一旦下定决心，罗辑的行动力相当强大，无论是试验咒语，还是独自完成核弹链威慑系统，他如果懒洋洋的，那就是不想行动。
学 识	8	罗辑是跨学科人才，他的专业背景也对面壁成功有所帮助。另外他看似散漫，其实一直有认真跟踪最新的科技知识和各种政治新闻。
洞察力	9	罗辑从不为权力或面子挣扎，这使他的思考更加通达透彻，他只需考虑问题的本质。

人物关键词 CHARACTER KEYWORDS

星空恐惧症

在冰湖中顿悟黑暗森林法则后，罗辑罹患“星空恐惧症”。与其他面壁者“恐日”“恐水”不同的是，罗辑的恐惧不是因为负重，而是参透真相后的不寒而栗。在黑暗森林法则下，满天星辰成为文明互相收割的坟场，构筑成森林本身，无数文明在抗争中奔赴灭亡。另一方面，在人类历史中，星辰大海一直是美丽遥远新世界的代名词，而真相的残酷令任何对美好文明的幻想自此破灭。洞悉宇宙真相的罗辑，怎能不心生恐惧？

天降大任，绝地反杀

作为《三体》第二部的主角和第三部的线索人物，罗辑具有曲折而清晰的成长过程。最初他以“花花公子”形象进入读者视野。随着情节的展开，与深渊对峙成为他的宿命。然而与其他三位面壁者不同，带着对面壁计划的排斥和戏谑，他避世放纵，似乎独善其身、不堪大任。但在参透黑暗森林法则后，他虽不敢直视星空，却低下头，宣告自我破壁。最终在至暗时刻绝地反杀，完成威慑，短暂调停两个文明间的死斗。读罢全书，再回顾《三体》第二部开头罗辑登场时，在杨冬墓前的一句话，读者或许能感受到，尽管前后表现迥异，但罗辑的人生观是一贯而终的：“活着本身就很妙，如果连这道理都不懂，怎么去探索更深的东西呢？”

无人感激，唯爱永存

作为动用资源最少的面壁者，罗辑成功伪装自己，建立起对三体文明的平衡性威慑；作为手持两个文明达摩克利斯之剑的执剑人，罗辑沉默守护了地球文明六十余年的岁月静好。握雷霆而悯苍生，罗辑自愿背上爱的枷锁，名为责任。纵观文明史，他的胜利无人能及。“主很在乎”，罗辑屡次被“暗杀”，最终赢得了对手的尊重；无人感激，罗辑几次不负众望，却遭同胞驱逐、审判和遗弃。这样颇具讽刺意味的对比，除了衬托主角从始至终的孤勇大爱，也同步呈现了渺小的地球文明逐步洞悉宇宙真相、挣扎求生的群体心态变化过程。

人物经历 CHARACTER EXPERIENCES

危机纪元前	高中与杨冬同班，后在清华读天文学、社会学，成为社会学教师
2007 年	为杨冬扫墓，遇到叶文洁，对方传授宇宙社会学基本公理和概念，后以此申请课题
危机纪元 3 年	临时女友遭遇车祸，意外被带到联合国总部成为“面壁者”，再遇刺杀 利用面壁者身份移居北欧某地，请史强寻找梦中的女孩，庄颜到来，罗辑坠入爱河
危机纪元 7 年	女儿出生
危机纪元 8 年	经历泰勒自杀与庄颜离开，罗辑领悟“黑暗森林”，完成自我破壁 向 50 光年外的 187J3X1 恒星发送“咒语”，因此遭 ETO 基因导弹暗杀，被迫冬眠
危机纪元 205 年	被唤醒，参加面壁计划终止会议，恢复普通人身份 同日与史强重逢，险遭 ETO 遗留的杀人病毒的连环暗杀，后移居地面生活 末日之战、黑暗战役发生，咒语被发现在 51 年前生效，重新成为面壁者与救世主 告知史强宇宙黑暗森林的真相 按联合国要求领导“雪地工程”，在太阳封死情况下，佯装堕落暗中推进计划
危机纪元 208 年	被失望的居民驱逐，在叶文洁、杨冬墓旁对决三体世界，成功建立威慑 将威慑控制权交给两个国际，仅 18 小时即被返还，正式执剑
威慑纪元 5-7 年	庄颜与女儿苏醒；与 1379 号三体监听员交谈；庄颜与女儿离开
威慑纪元 8 年	引力波发射器建成，进入地下生活，在执剑人生涯中没有再开口说过话
威慑纪元 62 年	101 岁，执剑人交接，被指控犯有世界灭绝罪，交由国际法庭拘押，被水滴入侵打断
威慑后	隐藏行踪，成为人类抵抗运动精神领袖
广播纪元 7 年	参与茶道谈话，代表人类询问安全声明是否存在
掩体纪元 11 年后	接替维德，秘密领导星环集团光速飞船计划
掩体纪元 67 年	近 200 岁，在冥王星地球文明博物馆为人类“守墓”，送走程、艾二人后进入二维巨画

人物名言 CHARACTER HIGHLIGHTS

“面壁者罗辑，我是你的破壁人。”

罗辑参透黑暗森林法则，从冰湖中爬起，寒冷刺骨、浑身战栗，在这种情况下做出的宣言。其含义似乎有两个层面，一方面是洞悉了宇宙真相，意识到肩负的宿命，与沉迷伊甸园的自己决裂，真正自我封闭，开始了面壁者的工作；另一方面，在三体世界的监听之下，这样的正面宣言无疑会将自己置于更大的危险之中，但也体现了背水一战的魄力。这句话紧随“星空恐惧症”之后出现，可以看出罗辑破釜沉舟的勇气和决心。

“我对三体世界说话。”

破壁人罗辑以这句简洁而有力的话语开头，揭开了最后一位面壁者的谜底。罗辑将生死置之度外，以两个文明的毁灭相搏，迫使三体在傲慢沉默两个世纪后终于妥协，威慑纪元由此开始。这场伟大的威慑发生在杨冬和叶文洁墓旁。“坟墓”是人类命运休止的悲伤符号，也是作者对罗辑孤勇承重的意象表达：得叶文洁传道在墓旁，建立威慑时为自己掘墓，沉默执剑半个多世纪的地下住所“像坟墓一样简洁”，最终也以守墓人的身份与地球文明一起迎来终结。

“我不知道你在这儿，知道的话我会常来看你的。”

冥王星地球文明博物馆，再次站在名画《蒙娜丽莎》前，罗辑如是说。现实中一同赏画的完美恋人早已远去，昔日玩世不恭的社会学家经岁月风霜而愈加坚毅，但心中的温情和爱始终未变。正是这份大爱支撑罗辑完成破壁、执剑、守墓的使命。他本有机会和程心、艾 AA 一起乘飞船离开，但却选择了走下飞船，随太阳系一起坠入二维世界。罗辑的一生堪称悲伤坎坷，可他自己却始终拥抱温情与浪漫。“当然不害怕，她知道明天太阳还会升起来的。”悲悯之心、人性之爱如同繁星充盈宇宙般，始终支撑着罗辑的世界。

主要关系者 RELATED CHARACTER

庄颜

危机纪元初，史强为隐居的罗辑寻找到的梦中女孩，后来两人成为恋人。书中并没有正面展现过庄颜的内心世界，但我们仍然可以察觉庄颜的真正想法。如同萨伊所说，从危机纪元 3 年那个雨夜第一次见到罗辑时起，她的心灵就被忧伤笼罩着。罗辑自以为善意的欺骗，对庄颜来说却是沉重的负担——世界沦陷、众生挣扎，真的有人可以独自幸福吗？亲爱的，让我在末日等你吧。庄颜的主动离开是点醒罗辑最后也最关键的一击。罗辑的爱始于幻想，却终于认同与守护庄颜给予世人的爱意。罗辑是守护两个世界战略平衡的原点，而庄颜的爱是罗辑的原点，真挚恒久，润物无声。

执剑人罗辑

章北海

中国军人，曾任海军“唐”号航母政委，后被调至太空军政治部。《三体》第二部的暗线主角。以坚定的胜利主义者形象示人，公开指出太空军面临的最大危险是失败主义。利用太空实习机会伪造陨石雨意外，暗杀了反对无工质飞船技术路线的航天专家。而后作为增援未来计划的提出者，以首批政工特遣队指挥官的身份进入冬眠。两个世纪后被唤醒，因联合舰队中存在钢印族隐患，被赋予“自然选择”号执行舰长的权力。章北海终于可以卸下胜利主义的伪装，挟舰朝水滴入侵的反方向逃亡。此举使包括追击舰在内的五艘星际飞船在随后到来的末日之战中幸存。漫长的逃亡之路开启，章北海拒绝了星舰地球权力委员会主席的职位，而当星舰文明面临资源短缺相互残杀的困局时，又选择担负起责任。黑暗战役爆发，面对自己亲手带到宇宙的“孩子们”，他到底还是迟疑了几秒钟，最终与“自然选择”号一起葬身太空。

人物档案 CHARACTER FILE

所　属	中国太空军；舰队国际；星舰地球
出生时间	1970 年代
死亡时间	危机纪元 205 年
家庭成员	妻子、女儿
职　业	军人
信　仰	人类文明、逃亡主义
影响与评价	刺杀航天要员，使无工质飞船成为主流研究方向 末日之战前劫持“自然选择”号实现逃亡，为人类保留下五艘星际战舰，成为银河系人类的起源、人类文明唯一流传的火种

相关条目 RELATED ITEMS

无工质飞船 189
黑暗战役 114
银河系人类 146

属性雷达图 ATTRIBUTE RADAR CHART

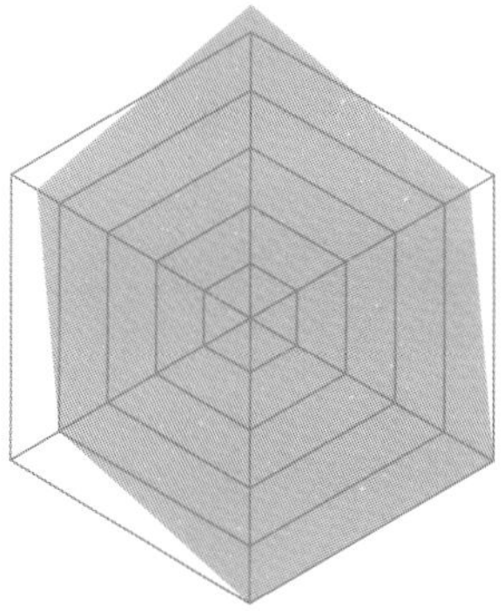

意　志	11	常人无法想象的坚毅强韧，孤身行动，改变历史，保留文明火种，他是拥有钢铁意志之人。
伪　装	9	内心深邃，行动不留任何痕迹，无论是常年相处的搭档或上司，还是老谋深算的政治家，都无法看穿他的完美伪装。
远　见	10	作为未来史学派的继承人和对战争局势有着深刻理解的成熟军人，他从一开始就明白，胜利的荣耀并不存在，逃亡才是唯一的生存道路。
行动力	10	具有超群的执行能力，尤其是“轻描淡写”暗杀老航天的举动，惊呆 ETO 众人的同时，也让他们非常羡慕……
学　识	8	虽然书中并未过多表现，但是显然章北海不仅拥有丰富的军事常识，对社会历史和宇航技术也有相当深刻的了解（暗杀也很精通呢）。
洞察力	9	几乎没有人能看透章北海的内心，但他可以很轻易地看穿别人的想法，不过没关系，他是一个正直的人。

人物关键词 CHARACTER KEYWORDS

编外面壁

章北海先是公开指出搭档吴岳的失败主义根深蒂固，“不适合继续在太空军中工作”。然后向上级报告，为更长远保障太空军的胜利信念，政工干部应该增援未来。几年后，为确保无工质飞船的技术路线，章北海不惜违背军人的纪律铁则，对无辜的航天专家实施冷酷暗杀……他作为坚定的逃亡主义者，成功塑造了胜利主义伪装，不仅瞒过了太空军战友和读者，也瞒过了敌人，以致于 ETO 都将其看作“极端顽固的抵抗主义者”，只有常伟思曾差点识破他的面具，但其声音却被时间掩埋。正是由于成功的伪装，使他获得了挟舰逃亡的机会，最终为人类保留了生存希望。面壁计划是小说第二部的主线，从动机、执行和结果等各个层面来看，章北海都堪称隐藏的“第五位面壁者”。

在四位正式的面壁者中，章北海与泰勒有过一面之缘，不过显然他与另两位面壁者的故事更能形成对照。作为《三体》第二部中最重要的两位角色，章北海和罗辑从未会面，命运却奇妙地首尾交织。希恩斯与章北海则是逃亡主义的同志，因思想钢印的巧合，竟然真的完成接力，将人类的火种播向宇宙。有趣的是，希恩斯不认识章北海，山杉惠子（还有其他 ETO 成员）却对他印象很深刻。

星星与剑

章北海为“自然选择”号加速，要求全舰人员进入深海状态。他的目光让东方延绪想起了太空军的军徽，星星和剑都在其中。这一细节隐喻了章北海即将付诸实践的逃亡计划——以利剑般的决断奔赴星海，一去不返。太空军军徽的意象在此前也反复出现在章北海的故事线中，主体是一颗发出四道光芒的银星，那四道光芒又是四柄利剑的形状。与钢印族的人造信念不同，星星与剑所象征的梦想与责任映射在章北海身上，为他带来一种持久而深沉的力量。在危机纪元的两个世纪中，军徽的变化不大，一如章北海坚定的信念：“一个尽责任的军人，为人类的生存而战。”

冷酷决断

章北海的一生注定是一场孤旅。当众指出吴岳的失败主义倾向，他抛弃了挚友；密谋刺杀老航天，他抛弃了军人的纪律和规则；借助增援未来计划进入冬眠，他抛弃了妻女；携“自然选择”号逃亡，他抛弃了地球；锁定友舰为战斗目标，他为文明的延续抛弃了一切。“任何时代，军人都需要忍辱负重。”章北海层层递进的冷酷决断将逃亡的叙事推向了高潮，既为人类保留了希望，也揭开了残酷宇宙法则的最后面纱。但章北海从来不是真的抛弃道德，他甚至都不是罗辑所不喜的那种“技术免疫者”，在暗杀航天专家前，在准备接受“自然选择”号船员的审判前，他曾在太空、在船舱中短暂地停留，只有在这喘息的片刻，对自然、对秩序之美的感受才能在意志的铁幕上空稍微浮现，透过这个人密不透风的面具的缝隙，闪烁灵魂原本的光芒。对于自己所作所为的不可饶恕，他非常清楚，对死亡的结局亦无不满——终于可以解脱了，从一切的罪行与责任之中。

人物经历 CHARACTER EXPERIENCES

危机纪元 3 年	与搭档吴岳一同被调至中国太空军 面壁计划公布前夕，父亲去世，从此开始编外“面壁” 公开指出吴岳是失败主义者，吴岳随后退出太空军 加入高技术战略研究室；接待面壁者泰勒的考察
危机纪元 8 年	提出增援未来计划，乘空天飞机第一次进入太空，与丁仪相识
危机纪元 12 元	增援未来计划通过，成为首批特遣队的指挥官 与丁仪讨论飞船引擎发展方向，暗下决心 在黄河空间站利用陨石制成的子弹刺杀支持工质飞船的航天人士，无人识破 进入冬眠，等待航天技术进步
危机纪元 205 年	苏醒，希恩斯遭破壁，无钢印嫌疑的章北海成为亚洲舰队“自然选择”号的执行舰长 权限交接后立刻操作“自然选择”号逃亡，使包括追击舰在内的五艘舰船幸免于末日之战 星舰地球成立，章北海拒绝担任权力委员会主席 一个月后黑暗战役爆发，包括章北海在内的“自然选择”号全员死于次声波攻击

人物名言 CHARACTER HIGHLIGHTS

“北海，我只能告诉你那以前要多想。”

章北海向弥留之际的父亲发问，得到了这样的回答。章北海坚定的失败主义信念传承于父亲章将军所代表的未来史学派，据他回忆，逃亡计划产生于他和父亲的最后一面：“他用最后的目光告诉了我该怎样做，我用了两个世纪来实施这个计划。”不仅如此，“语言只是沉默的标点符号”，正是这种父亲的沉默造就了今日的章北海。父子之间的沉默交流方式塑造了章北海多思寡言的面壁者气质，也正是这种气质，一定程度上保障了计划的最终实现。

“自然选择，前进四！”

强制全体船员进入深海状态后，章北海默念出用尽一生所追求的终极指令，这也是这位隐藏面壁者的破壁宣言。旧时“唐”前，人类沉浸在悲观主义情绪中，他用胜利主义作伪装，在绝望中默默寻找希望；而今执舰，太空舰队自信而傲慢，他依然冷峻坚定，按动了操作界面上那个最后的按钮。“我不需要思想钢印，我是自己信念的主人。”背负着叛逃者的污名，“自然选择”号的执行舰长选择在这里启航，承载着人类文明的希望驶向未知却无限广阔的远方。

“没关系的，都一样。”

在生命结束的前三秒，章北海笑了一下，对东方延绪说出了这句话。物资困境必然带来内部争夺，伊甸园将被黑暗吞噬。没人知道他是什么时候悟得的。或许是在星舰地球成立时，或许更早，尽管已经“退休”，但他像那个时代的父母一样，一直在为孩子们操着心。在决意背负一切之前，心灵深处最后的柔软使章北海的动作比对方慢了几秒钟。然而对他来说，保证星舰文明延续下去是第一要务，无论是自己还是别人成为“养料”，都是“自然选择”。这位铁血军人带着理性与温情，坦然完成了自己的最后使命，长眠于茫茫星海。

主要关系者 RELATED CHARACTER

东方延绪

亚洲舰队“自然选择”号战舰舰长，在太空中长大，比章北海还要高出不少，眼睛充满阳光和活力，因此不可能是钢印族。她指导了章北海学习新时代的知识。战舰权限交接后，章北海立刻劫持战舰逃亡，为了保护舰员性命，东方冷静地控制了局面，实际上为章北海争取了缓冲空间。在黑暗战役中，东方难以下决心谋杀同伴，又不能代表全舰选择自我牺牲，无法成为黑暗的新人类，最终遗憾退场，在与章北海的对视中结束生命。东方对章北海一开始既有好奇也有试探，逃亡命运展开后，她是唯一关切章北海疲惫与自责的人。而对章北海来说，东方的注视仿佛他所抛弃的女儿的眼睛穿越了时空，从一开始他就坦诚表达了“有一天不得不杀了你”的愧疚。最终，他确实再次失去了这双眼睛。

弗里德里克·泰勒

面壁计划公布的第一位面壁者，前美国国防部部长。在危机纪元前，曾多次果断处理重大国际危机，广受赞誉。他的著名论述是技术发展削弱大国优势，带来小国崛起。这描述仿佛为雷迪亚兹量身定制，在故事里两人也一再呛声，互相看不顺眼。

成为面壁者后，泰勒四处拜访各国军队，希望重组一支具有牺牲精神、装备球状闪电和宏原子核聚变武器的队伍，在末日之战中对三体舰队进行自杀式攻击。但这是他精心伪装的计划表象——在真实计划中，泰勒的球状闪电瞄准的不是三体舰队，而是人类太空港！他要制造不惧怕死亡的地球量子幽灵舰队，以此与三体抗衡。可惜危机纪元 8 年，破壁人便已出现，带着全部的正确答案和一句“主不在乎”，泰勒成为第一个被破壁的面壁者。他被负罪感和面壁带来的荒谬逻辑折磨，却无法跳出，甚至连乞求谴责都不可能。在绝望中，泰勒拜访了隐居的罗辑，随后自杀。

人物档案 CHARACTER FILE

所　属	面壁者
出生时间	未知
死亡时间	危机纪元 8 年
职　业	政治家
信　仰	失败主义
影响与评价	以建立具有自我牺牲精神的部队为名，暗中计划太空军内部袭击事件，来获得无法再次死亡的人类量子幽灵舰队 被破壁后自杀，泰勒的困局促使罗辑直面现实，正式开始工作

相关条目 RELATED ITEMS

面壁计划 104
行星防御理事会 140
量子舰队 185

属性雷达图 ATTRIBUTE RADAR CHART

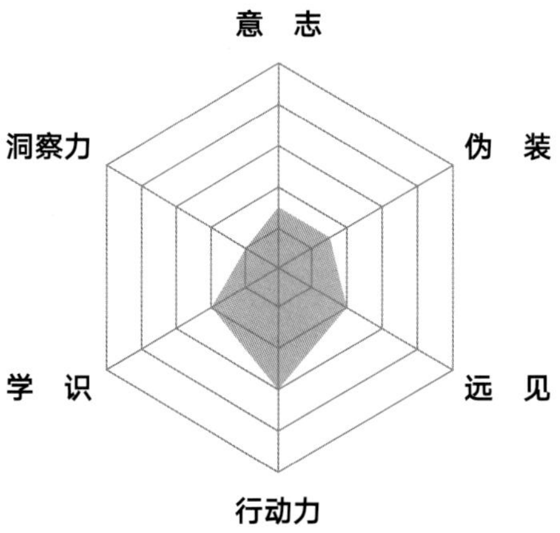

意 志 3 计划的关键在于愿意赴死的“萤火虫”，泰勒所做的仅仅是劝说和失望而已——“毫无牺牲精神”的说辞，是否也包括泰勒自己呢？

伪 装 3 泰勒前期确实在努力掩藏其真实计划，但正如破壁人一号所说，作为碾压一切的美国军事力量的领导者，他忘记弱小、诡秘和狡诈已久。

远 见 4 泰勒对于人类必败的思考，确实是正确的。不过他的想象也就止步于此。

行动力 6 在其他面壁者陷入思考的时候，泰勒倒是非常勤奋地在四处出访。

学 识 4 对于人类社会的军事与政治，泰勒无疑经验丰富，可是他的视角仅限于自己拥有绝对力量时，当强弱颠倒，这些知识都丧失了用武之地。

洞察力 2 傲慢的惯性思维带来蒙蔽，极度的焦虑扰乱心神，泰勒虽尽可能地付出了行动，可在破壁人到来前，他从未看清真实的强弱差距。

人物关键词 CHARACTER KEYWORDS

东寻西觅

面壁计划刚刚启动，罗辑神秘隐居，希恩斯按兵不动，只有泰勒和雷迪亚兹立即投入工作。在拜访了宏原子的发现者丁仪后，泰勒的第一站就是日本鹿儿岛。他给出的理由是：因智子的技术封锁，计算机技术无法继续进步，装备球状闪电武器的战斗机仍需要由人操纵，因此需要一支几乎必死的队伍——一支太空神风特攻队。自认诚意的劝说，却得到对方冷淡回绝。泰勒咀嚼着神风队员的“萤火虫”遗书，又来到中国太空军。这是一次世界线的交错，章北海当然也不会给出他想要的答案，同时指出人类社会不可能退回以牺牲换生存的时代（这倒是他真心的判断）。泰勒感到有些失望，他仍小心隐藏着自己的真实计划，来到中东。长途跋涉，终于会面，眼前的这位“和善顽皮”的科幻迷老人，曾是与美国周旋多年、不死不休的敌人，随着三体入侵，这一切都失去了意义，场面平和中透着一丝讽刺。泰勒仍然没有得到答案：“基地”为仇恨而战，三体消灭一切，包括西方，让这仇恨也烟消云散。他们并不恨三体人。泰勒眼下最后的目标——太空“基地”组织也破灭了。

首遭破壁

时间过去了 5 年，泰勒没有放弃，一边收集着宏原子，一边等待技术进步。就在这时，死神——破壁人悄然降临。太快了。泰勒知道命运正为自己套上绞索，反抗已无可能。这是他罪行的审判，也是窒息般的解脱：泰勒的计划不是自杀性攻击，也不是主动的自我牺牲，他要的是一场超级太空珍珠港，一场惊天背刺。特攻队员不会参与球状闪电攻击，而是加入地球主力舰队——最好成为全部。球状闪电武器也从未打算瞄准三体舰队，人类太空军港才是其真正目标。这些人类舰队将在来自同胞的炮火中化为宏观量子态的幽灵，以无法再次死亡的姿态，继续拯救地球文明。这不是泰勒最初的计划，周游世界后，他认为自愿借助宏原子化为量子态的战士不可能存在，此时他对所谓自我牺牲的期望，仅仅是想着量子鬼魂能够“不计前嫌”继续忍辱负重罢了。然而，究竟谁来成为牺牲者？

无解死局

即使是这样疯狂而极端、打算抛弃一切人类道德、只求胜利的计划，最终也只换来破壁人一句轻柔礼貌的“主不在乎”，泰勒的精神已彻底身首异处——还有什么会比反人类组织成员提醒人类领袖“这是谋杀”更讽刺呢？有的，那就是所有人都知道了他的罪行，却无人来审判他。看啊，面壁者在工作！他一定是在演戏。他演得多么像啊。这绝顶荒谬的喜剧给了泰勒最后一击。他想起了罗辑，这个从面壁计划开始就销声匿迹的同事，也许对罗辑在这个悲剧而滑稽的剧本里独享平静，泰勒是抱有一丝嫉妒的，也许他只是想做最后一点有用的事，暴露这无解死局的陷阱，将信息传达给仍旧身陷其中的人，让自己的生命终结不是一无是处。

人物经历 CHARACTER EXPERIENCES

危机纪元 3 年	入选“面壁计划”，成为面壁者，前往世界各地寻找具有牺牲精神的军队未果 开始收集宏原子
危机纪元 8 年	被破壁人一号揭穿真实计划 联合国认为其真实计划犯下反人类罪，但因无法证实而被免于处罚，泰勒崩溃 前往伊甸园拜访罗辑，随后在湖边自杀

人物名言 CHARACTER HIGHLIGHTS

“妈妈，我将变成一只萤火虫。”

泰勒在鹿儿岛纪念馆看到的神风队员给母亲的遗书。在拜访各国军队的过程中，这句话在他的耳边不断回响。《三体》第二部中有个很有意思的设计，就是有三位面壁者分别患上了恐日症、恐水症和恐星症，虽然理由不尽相同，但他们都对某种存在产生了敬畏——无论是文明、意志或宇宙，他们清晰地认识到了自己背负的重量。唯有泰勒未经此劫难。他想牺牲的年轻军人的生命，难道不值得敬畏吗？就算量子幽灵真的可行，他们的灵魂真的会如萤火虫般闪烁归来，而不是燃起复仇的业火吗？泰勒自己就打算这样隔岸观火？与雷迪亚兹和罗辑亲手执剑、希恩斯以身试法测试钢印相比，泰勒的计划很难称得上无私。

“我们怎么会被置于如此滑稽的境地？”

泰勒自杀前对罗辑吐露心声时的质问。同为背负救世重担的人，面壁者间的关系谈不上好。如果说他们还有什么共同话题，那一定是对那个表情的共同厌恶——“对面壁者的笑”，它的烙印使面壁者们疼痛一生。面壁是前所未有的诡异使命，彻底的欺骗、无尽的孤独——逻辑冷酷变态却坚固无比，是一个不可能凭面壁者自身力量打破的魔咒。不管他们如何挣扎，一切都在对面壁者的微笑中被赋予无尽的“意义”：我们怎么知道您是不是在工作，怎么知道这是不是您的表演？是的，我们知道，您在拯救世界！就算承认自己变成魔鬼屠杀人类，大声祈求惩罚，也依然受人尊敬！泰勒笑其荒谬，罗辑叹其无从脱身。听证会众人只会指责泰勒自杀愚不可及，让欺骗无法继续，危机末的人类嘲笑古人惊吓过度、行为滑稽，而真正身处这滑稽地狱之中的面壁者的痛苦，却只能无声消逝在历史的长河里。

“不理睬是最大的轻蔑。”

同样是泰勒对罗辑吐露的心声。面壁者承担的不只是缄默独行的苦闷，更是面对强大到令人绝望的敌人，身为人类领袖最终却无能为力的深深自责。三体悠然目睹着人类的一切挣扎与痛苦，却如同围观蝼蚁般不置一言。泰勒的倾诉没有白费，罗辑继承了这句话，最终将其掷向三体世界作为致命一击：智子就在这里，你们却对人类的呼唤从不理睬，无言是最大的轻蔑，而我们已经忍受了两个世纪，如果你们愿意可以继续沉默，但我只给你们三十秒钟的时间。泰勒如果知道三体沉默两百年的第一句话是“住手”，估计也会感到欣慰吧。

主要关系者 RELATED CHARACTER

破壁人一号

在《三体》第一部中亦有出场，ID 为冯·诺依曼，令人印象深刻的人列计算机就是他的手笔。这样一位学识出众的组织成员，真实面貌却如同果戈理笔下瑟缩卑微的小职员，是泰勒最不喜欢的那种人。但这份谦卑是他的绞索，其体贴殷勤是为了将毒酒献上。高傲的泰勒正襟危坐，陷入万劫不复，瘦弱的破壁人蜷缩鞠躬幸福地行刑，从容敲响丧钟，构成了《三体》第二部中令人难忘的一场对手戏。

威慑先驱，悲剧狂徒

曼努尔·雷迪亚兹

面壁计划公布的第二位面壁者，时任委内瑞拉总统。雷迪亚兹是带领国家崛起的南美政治领袖，也是西方世界眼中的仇敌。他当选为面壁者，令罗辑都颇感意外。在西方强国的嘲讽中，他强硬地执行着自己的超大当量核弹计划，并以对大型核弹的“痴迷”成功掩藏自己的真实计划。但他对水星核试验的急迫，最终还是使破壁人识破真相，对那句否定自己所有付出的轻蔑的“主不在乎”，雷迪亚兹以愤怒而疯狂的拳头回应。

没有人会理解以毁灭太阳系为代价的威慑计划，正如没有人会以这样偏执粗野、用绝望相搏的勇气背负起人类必败的命运。雷迪亚兹没有骗过 ETO 和三体人，却骗过了人类自己：我要回祖国了，但这不是计划的一部分。我的太阳，我的人民——我是恶魔，我是疯子，我是战士，请让我葬身在这里。

人物档案 CHARACTER FILE

所　属	面壁者
出生时间	未知
死亡时间	危机纪元 23 年
职　业	政治家
信　仰	社会主义，失败主义
影响与评价	研发恒星级氢弹，最终应用于“雪地工程” 构思“摇篮”反触发信号系统，启发罗辑关于威慑的具体方法，也使其明白威慑者面临的巨大反对 启动水星地下核试验，掩体纪元试验深井成为光速飞船开发基地

相关条目 RELATED ITEMS

面壁计划 104
恒星级氢弹 186
摇篮系统 187

属性雷达图 ATTRIBUTE RADAR CHART

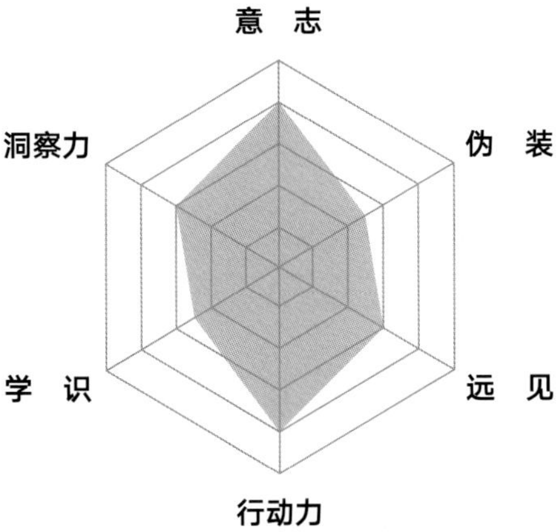

意 志	8	作为潜在的失败主义者，仍然追求视死如归的抗衡；虽然患上恐日症，为自己的决策感到恐惧，但也顽强坚决地执行到最后。
伪 装	5	作为政治家，前期利用自己的经历成功地引导所有人的认知，掩藏真实计划。但后期水星核试验操之过急，使破壁人察觉真实目的。
远 见	6	清醒地认识到人类必败，从而选择有效的“威慑”思路，并设计了核心制约工具摇篮系统，可惜缺少对宇宙社会学的关键认知。
行动力	8	承受违背人类道德、亲手毁灭文明的恐惧仍果断行动，恒星级氢弹、摇篮系统的构想和水星地下基地后期都发挥了重要作用。
学 识	5	少花钱利用高技术的工程天才，但缺少了一分对物理与社会学的想象。
洞察力	6	认为其策略能够阻止三体文明放弃地球，但这只提供了使太阳系失去占领价值的方法，而没有对三体文明本身造成威胁。

人物关键词 CHARACTER KEYWORDS

无人看好

雷迪亚兹当选面壁者，似乎是一件不可思议的事，就连罗辑这样的置身事外者开始都认为雷迪亚兹不该出现在联合国会场。在美国核武器实验室考察时，几乎所有研究人员都对雷迪亚兹示以脸色，然后在他研究没见过的游戏机、加湿器和咖啡机时看笑话。“惹人讨厌的总是穷人”，同为面壁者却出身强国的泰勒和希恩斯对他抱有敌意，在联合国面壁听证会上也时常遭遇冷嘲热讽，被认为是粗野鄙陋的核弹狂，借面壁计划之名，行狂热军备之实。雷迪亚兹诚然厌恶这一切，但这正是他想要给所有人展示的表象：他就是无脑的核弹狂热者，除非足够多的恒星级核弹诞生，他将把这个理想的面具一直戴下去。

烈日焚心

雷迪亚兹对个人形象的引导和欺骗是成功的，他的困难首先来自自己的内心。“我正变成死亡，世界的毁灭者。”在人类第一颗原子弹爆心投影点，核武实验室主任的无心引语，正中他最大的焦虑。我们不知道雷迪亚兹如何得出人类必败的结论，也许他的思考源自与美国抗衡的经历——敌人太过强大，只有赌上所有，才能赢得生存。但这次的“所有”代价远超历史上的一切罪恶之总和：地狱的烈火将焚尽一切——生命、文明、大地、海洋、家园、历史、未来……这毁天灭地的罪恶将系于一个人的一念之间。雷迪亚兹无法厌恶与恐惧自己，他还要战斗下去，他只能将视线从那尚未到来的末日业火上逃离。

铩羽而归

雷迪亚兹冬眠再次苏醒后，历经三年，水星地下核试验初步成功，雷迪亚兹没能欣赏多久爆炸带来的水星星环，破壁人二号便出现了——他已从水星核试验确认了雷迪亚兹的真正目的：通过核弹爆炸使水星坠落太阳，引发连锁反应将所有行星吞噬，太阳系将成为死地，以自我的毁灭来威慑三体世界，阻止入侵。破壁人公布了雷迪亚兹的计划，反人类罪已不足以概括他的罪行，他一走出会场就会被立即抓捕，而三体人并不在乎——人类并没有足够的工业资源……雷迪亚兹明白这一切，但他不想在这里接受审判，他只想回到故乡。为外星人准备的反触发系统，最终变成威慑自己人的武器和狼狈逃脱的把戏。

我的人民

雷迪亚兹不会想念作为面壁者的时光，无人交流，无人理解，只有嘲讽、恨意，只有恐惧，没有救赎——在他终于可以返回故乡的那一刻，一切枷锁都消失了。太阳是光明而不是毁灭，话语出自真情而不是计划。受人爱戴、深爱祖国的委内瑞拉总统终于复苏，他不是为人类间的敌视而战斗，他是为他的人民而战。他是守护者，他是强横、偏执的，但他不是人类的敌人：当你们用石头砸破我的头颅表达愤怒，你们仍是我的人民。和玻利瓦尔一样，我的鲜血终于可以洒落这片土地。这就是面壁者雷迪亚兹的结局。

人物经历 CHARACTER EXPERIENCES

公元 1999 年	领导“玻利瓦尔革命”，使委内瑞拉国力迅速提升
危机纪元前	凭借游击战战术与降低高端武器造价的策略，以弱胜强，抗击美军入侵成功
危机纪元 3 年	入选“面壁计划”，成为面壁者，着手准备恒星级核弹计划 罹患恐日症
危机纪元 8 年	超大当量核弹的恒星型数学模型接近完成，进入冬眠，等待计算机技术进步
危机纪元 20 年	超算技术进步至极限，从冬眠中被唤醒，在水星地层中开挖试验深井
危机纪元 23 年	深井挖掘工程结束，水星核试验成功，随后被破壁人二号揭穿真实计划 以“摇篮”系统佯装威慑，从联合国总部逃离，同时恐日症痊愈 回到祖国后遭人民集体仇视与唾弃，最终被石头砸死

人物名言 CHARACTER HIGHLIGHTS

“现在，人类生存的最大障碍其实来自自身。”

雷迪亚兹挟持伽尔宁逃离联合国总部后，对其指责“面壁者用封闭性战略思考特权对付人类自己”所做的回答。雷迪亚兹看似粗犷不羁，实则粗中有细，对人心洞察透彻。这一点倒是与大史有点类似。人类一旦得知威慑计划，可能爆发对威慑建立者的谴责、敌视甚至审判与惩罚，雷迪亚兹一早便心中有数，执剑人罗辑的悲剧命运在雷迪亚兹的故事中也早已隐隐浮现。雷迪亚兹决意成为面壁者，除了背负责任与获得资源，面壁者的封闭思考权利也正是他所中意和需要的，比起欺骗遥远的敌人，他更需要欺骗近在身边的自己人。置之死地而后生，疯狂、决绝和抛弃一切的勇气，不是每个人都拥有。之后到底该何去何从，雷迪亚兹只能为剩下的两位面壁者留下最后的一点祝愿。

“我要回到祖国了，这不是计划的一部分。”

雷迪亚兹以“摇篮”威慑联合国众人后，在离开时留下的话。雷迪亚兹知道自己回去后将要面对什么，这是他以生命为代价的真情流露，纵使刚刚被雷迪亚兹使诈威胁，会场的众人也无人怀疑这句话的真心。这句话与拜托伽尔宁传达的祝福一起，寄托了面壁者雷迪亚兹的心愿。面壁者究竟为何而战？以理性执掌生杀，以感性容载众生，雷迪亚兹给予罗辑的启示也许是最多的。但威慑之路仍是如临深渊，沉重如斯。雷迪亚兹之死，也为《三体》第二部中期剧情奏响沉重的尾音，大低谷的前夜结束了，人类的苦难才刚刚拉开序幕。

主要关系者 RELATED CHARACTER

破壁人二号

破壁人二号在《三体》第一部中亦有出场，他的 ID 为墨子，不过实际上可能是美国人，外貌帅气，仿佛老版超人。与破壁人一号得以功成身退的结局不同，雷迪亚兹对破壁人二号的回应饱含暴怒。不过在雷迪亚兹动手之前，破壁人二号倒是对其真实计划不吝赞美，称雷迪亚兹是一个具有上帝气质的面壁者。可是这怎么听都充满轻视与嘲讽——面壁计划的孤独、毁灭世界的恐惧、来自三体的蔑视和对美国的厌恶层层叠加，终于使剽悍的雷迪亚兹痛下狠手，这也是《三体》故事中的唯一一场徒手搏斗……

另外在《三体》第二部前期，给三体方面建议，让其不必担心大规模逃亡出现的也是破壁人二号，他对人类内部不可能平息的争斗与撕扯早有预见。果然，没过多久，逃亡主义就被正式视作文明之敌，大规模逃亡之路被彻底封死。

比尔·希恩斯

面壁计划公布的第三位面壁者，英国科学家、政治家，大脑量子机制的发现者，曾任欧盟主席。与前两位面壁者相比，为人温文尔雅，与妻子山杉惠子的相处也充满温情，但实际上意志同样坚硬，为了人类生存不惜以身试法，也不惜舍弃道德底线。前期以加快大脑进化、提升智力为名，设计解析摄像机分析思维机制，真实目的却是借此寻找改变自由意志的方法。希恩斯给自己的世界观、战略与技术设下重重迷雾，成功绕过智子监视，用“思想钢印”将人类必败与逃亡印刻在钢印族大脑深处。然而一切的谋划败给爱情和时间，两百年后，面壁计划成为历史笑柄，而挚爱的妻子竟是自己的破壁人，钢印族亦不知所踪。希恩斯却又是幸运的，对钢印族的追查意外为章北海制造机会，使同为逃亡主义者的章北海得以执舰。两人无意间的“合作”，最终成功地为人类文明留下火种。

人物档案 CHARACTER FILE

所　属	面壁者
出生时间	未知
死亡时间	未知
家庭成员	山杉惠子
职　业	科学家、政治家
信　仰	失败主义，逃亡主义
影响与评价	发现思维判断的机制 成功伪装自我，绕开智子监视，用思想钢印“制造”坚信失败主义的钢印族 遭山杉惠子破壁，对钢印族的追查意外为章北海制造机会，逃亡最终成功

相关条目 RELATED ITEMS

面壁计划 104
行星防御理事会 140
思想钢印 187

属性雷达图 ATTRIBUTE RADAR CHART

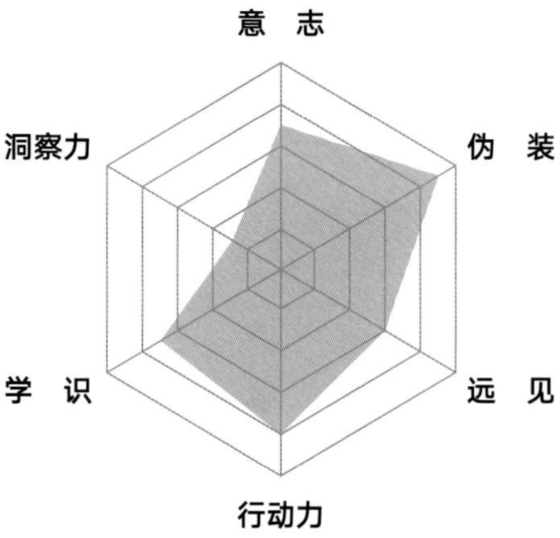

意 志	7	以身试法，亲测“恐水”；坚守职责，哪怕欺骗最爱的人。希恩斯虽坚决，却不是冷酷如铁，为了防止自己退缩，他不惜给自己印下钢印。
伪 装	9	鼓吹胜利主义、游刃有余说服联合国建立信念中心，举重若轻修改代码达成目的，一位足够狡猾的面壁者。爱情是他面具的唯一缝隙。
远 见	6	对敌我技术差距与人类必败有清醒认知，并想尽方法传播，但对钢印族逃亡后会遇到什么困境，他并无更多思考。
行动力	8	在出色伪装与政治游说手腕之外，完成了一流的脑科学研究，编程技术甚至骗过了三体人，不仅如此，还有精力与家人相处。
学 识	7	希恩斯是顶级脑科学专家，也完全理解量子物理发展锁死带来的问题，不过他虽决意人类逃亡，却没有表现过对星际文明的认识与思索。
洞察力	3	朝夕相处的妻子隐瞒对人类深深的仇恨，希恩斯被表面的温情遮蔽双眼，一无所察。

人物关键词 CHARACTER KEYWORDS

一窥识海

希恩斯在《三体》第二部前期看似无所作为，其实可能很早便决定了自己的计划方向。他在成为面壁者后，第一次吐露的“真心话”便是向妻子示弱，说自己没有计划，而是打算以提升人类智力的方式帮助别人。五年过去，泰勒遭破壁自杀，希恩斯此时已确定解析摄像机的研发方案，进入冬眠等待技术进步。苏醒后，他看到的第一个技术奇观便是妻子的大脑全息图像：人类大脑的一千亿个神经元仿佛一千亿颗星星，构成意识的浩瀚银河。思维流转，星潮汹涌，瞬息万变的信号扰动，混沌壮丽的拓扑光瀑，更妙的是，这璀璨的星海是在为他闪烁，含情脉脉地诉说着思念，一瞬间令人忘记战争的沉重，只感叹科学与人类情感交融的极致浪漫。

反向钢印

收获技术进步、与妻子重逢的喜悦，希恩斯再次投入工作。一次测试中的“意外”为计划带来进展，希恩斯毫不犹豫地把自己也作为实验对象，亲身体验宇宙中最不可思议的事——“恐水症”的效果。这时他已经实现了自己的目标：弄清思维判断的机制——一种特定的神经冲动传输模式，也知道如何实现反向效果，但这正是他要死守的秘密，因此不可能用来使自己恢复。经过两个月痛苦的心理治疗后，希恩斯继续推进计划，老练地在听证会议上周旋，以退为进，使信念中心提案成功通过，为太空军军人提供“胜利”信念。

棋逢对手

希恩斯与惠子的夫妻店开张了。一开始经营惨淡，后来终于顺利迎客，将金色的信念奉上，抹去忧郁与迷茫。半年后，两人再次冬眠，终于意识到问题所在的惠子却被超低温扼住了声音。再苏醒已是两百年后，ETO 和人类失败的阴影一起随风而逝，面壁计划也变成现代人迫不及待清扫的区区历史垃圾，人事皆非，惠子作为破壁人的骄傲仍在，因为她知道希恩斯也没有放弃。“面壁者比尔·希恩斯，我是你的破壁人。”这是罗辑错过的精彩结尾。在希恩斯沉睡的岁月里，惠子独自默默回忆，不是思念，而是为了在重逢之时，用涂满爱意的匕首剖开对方深藏的灵魂。她没有胜利，但她完成了使命。

意外破局

坚定的失败主义者希恩斯从危机末苏醒后便连遭失败：面壁计划沦为风中的笑谈，可以恢复普通人身份却被破壁——破壁人是自己深爱的妻子，作为自己全部努力的钢印族可能已不存在，妻子自杀，人类胜利的现实与人类失败的钢印将精神撕裂……他或许真的没有想到命运可以如此跌宕起伏：尽心栽花钢印消隐，无心插柳北海出击。这个素未谋面、比任何人都坚定的逃亡主义者，希恩斯（还有惠子）竟无意间为他创造了绝佳的机会。虽然这并不是钢印族的胜利，却是人类文明延续的胜利。生存与自由意志，最终的逃亡者哪个都没有放弃，不过希恩斯或许也不必遗憾，因为他已经尽到了责任。

人物经历 CHARACTER EXPERIENCES

危机纪元 3 年	入选“面壁计划”，成为面壁者，着手开发大脑解析摄像机
危机纪元 8 年	遭遇技术壁垒，进入冬眠，等待计算机技术进步
危机纪元 20 年	解析摄像机研发成功，被唤醒并发现思维判断机制，因亲身参与测试罹患恐水症 经心理治疗恢复，发明思想钢印，说服联合国为太空军设立强化胜利思想的信念中心 钢印族诞生，与山杉惠子一同进入冬眠，前往末日
危机纪元 205 年	苏醒，参与面壁计划取消会议，会后遭破壁人山杉惠子揭发真实计划 因必败钢印与人类胜利的现实背离而痛苦不堪，末日之战后恢复正常 担任恢复面壁者身份的罗辑的联络人

人物名言 CHARACTER HIGHLIGHTS

“历史的车轮已经被我们推动，我们到未来去等着历史吧。”

钢印族已形成规模，希恩斯准备冬眠前往末日前，对惠子说的话。此时希恩斯刚刚暗中与钢印族接头，将另外四台思想钢印机交给对方。书中并没有描述双方是如何沟通的，但由于智子监视，可以想象很多信息将通过眼神确认。其实这时希恩斯的工作已接近尾声，他只想前往未来确认这一段“历史”的结果。可谁能想到沉睡时终日惶然背负阴影的人类社会，会变成天堂的模样？时间真的是最狠的东西，将一切沉重的背负化为可笑的历史注解。希恩斯与罗辑在危机末苏醒时，他们的面壁枷锁即被现代人不耐烦地拆下扔到一边，而面壁者的孤独和伤痛，只能化作一声叹息，连自嘲都显得多余。

“我用思想钢印把自己改造成了自己的上帝，上帝不可能忏悔。”

宣布取消面壁计划的会议结束，山杉惠子突然自爆破壁人身份和希恩斯的真实计划，面对舰队国际官员的指责，希恩斯的回答——“我在面壁计划中所做的一切都是正确的”。希恩斯原本是不想要上帝的，就像他在信念中心情绪激动、差点暴露真实想法时对吴岳所说的：上帝死了！什么主的安排，什么温和的轭！这一切怎么还不毁灭？希恩斯或许确实嫉妒吴岳可以对自我欺骗还抱有期望。谁都可以麻痹自己，但面壁者不行，越是认清失败，越要拼命挣扎。用钢印固定自己，是希恩斯的决绝，但他并未真正取得胜利：哪怕意味着无限痛苦，自由意志仍是人类生存的唯一路标，无从取代也无法舍弃。

主要关系者 RELATED CHARACTER

山杉惠子

脑科学专家，诺贝尔奖获得者，希恩斯的妻子，也是 ETO 的破壁人三号，ID 为亚里士多德，在《三体》第一部中亦有出场。破壁后，惠子在静思室的铁矿石上剖腹自杀。第二部后期，读者们心心念念的破壁人三号竟然就是惠子，纸内纸外众人皆惊，希恩斯更是心情沉重。淡如月光的外表下竟是冷若毒蛇的内心，编织情话的全息脑图背后只有残酷的诅咒和杀机。希恩斯欺骗了人类，惠子欺骗了希恩斯。他们原本堪称神仙眷侣，这份爱情是否生不逢时，惠子又是否是由爱生恨，我们不得而知。撕破面具的那一刻，她不再是温柔的妻子，只是憎恶人类的冷血死士；她随他来到末日，仅仅为了迎接地狱，是自己的，也是所有人类的，自然，也终将包括希恩斯。

怀着最深的爱意，铸成最大的错误

程心

航天发动机专业博士，危机纪元加入行星防御理事会战略情报局（PIA），提出“阶梯计划”并推荐云天明作为人选。其大脑被送走，程心才得知他赠送自己星星，在愧疚中作为联络员冬眠。

威慑纪元，因 DX3906 带有行星被唤醒，获得巨额财富成立星环公司，与艾 AA 相识。智子劝诱程心竞选执剑人，程心当选，三体文明随即进攻，程心在挣扎中放弃威慑。随后，三体试图灭绝人类，程心濒临崩溃，一度失明。“万有引力”号发出广播，三体撤离地球，星系亦毁灭。程心作为联络者，传递了“茶道谈话”的信息和意外出现的云天明的三个童话，人类以此为依据选择掩体防御为主流计划。程心将公司托付给维德开发光速飞船，随后冬眠。

在掩体纪元，维德为继续研究进行武装抵抗，程心被政府唤醒劝说其放弃，她自己也不希望掩体世界因此毁于一旦。维德依两人约定同意。程心再次冬眠，直至降维打击降临，与艾 AA 一同被唤醒，在冥王星遇到罗辑并目睹太阳系毁灭，最后乘“星环”号逃离二维化，前往 DX3906，成为地球文明最后的两个幸存者。在 DX3906 遇到银河系人类关一帆后，因死线扩散的意外，程心和云天明遗憾错过，最终与关一帆在云天明赠送的小宇宙中生活，写下《时间之外的往事》。

人物档案 CHARACTER FILE

所　属	行星防御理事会战略情报局；地球文明
出生时间	1980 年代
死亡时间	—
家庭成员	养母、养父
职　业	PIA 航天技术助理；执剑人、星环公司总裁
影响与评价	提出阶梯计划 创立星环公司，当选执剑人，放弃发动威慑，使水滴彻底入侵 传递包含关键信息的三个童话，并参与破解 将星环公司托付给维德开发光速飞船 因掩体世界面临危险，阻止星环公司的武装抵抗 作为地球文明最后的幸存者撰写回忆录，向新宇宙传递人类和三体文明的信息

属性雷达图 ATTRIBUTE RADAR CHART

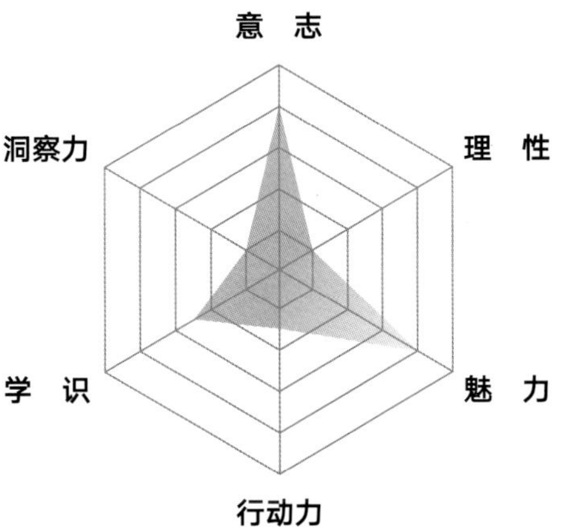

意 志	8	虽然因为自身性格做出了一些错误选择，但不可否认程心一直在坚持自己的意志。
理 性	2	阶梯计划之后，尤其是见到了梦幻般美好的威慑纪元，程心执着于"守护眼下"，忘记了潜伏的致命危机。
魅 力	?	充满争议的人物。如果这是一个和平的世界，程心应该是个相当不错的人。
行动力	3	刚毕业时很热血，深陷命运漩涡后，一直被剧情推着走。不过也很好地执行了从云天明处获取信息这样压力巨大的任务。
学 识	5	作为新人敢于提出阶梯计划的表现很惊艳，也参与了对三个童话的解读。
洞察力	2	程心不算不擅思考，但对于她选择的巨大使命而言，囿于常识的条框让她对执剑人工作真正的意义一无所知，以致酿成威慑失败的苦果。

人物关键词 CHARACTER KEYWORDS

因爱铸错

出于守护两个世界和平的责任感，程心接过了执剑人的重担。但一切都和程心的想象大不相同。和平守护者的角色，她只扮演了十五分钟。收到三体人入侵的警报之后，程心在极度的恐慌和矛盾之中选择扔开了发射按钮，使地球人失去了反抗的最后可能。虽说程心怀着大爱犯下了大错，但我们无法去指责她对一切生命的大爱。和程心一样，领悟黑暗森林法则的罗辑也对包括外星生物在内的一切生命充满了爱和尊重，但罗辑凭借自己的理性和果断完美地完成了执剑人的任务。造成程心错误的并不是爱，而是她被爱蒙蔽了理性，忽略了自身的无能为力，忽略了自己只是一位会慌乱、会犹豫、难以用理性思考一切、难以肩负亿万生灵性命的普通人。

人类的选择

程心对自己的选择造成的结果抱有无限的愧疚，但我们也很难苛责程心。生活在威慑纪元的人类并未经历过危机纪元的岁月，被智子彻底监控的羞耻和大低谷的恐惧都已经在人们的心中渐渐远去，人们对于执剑人应该担负的使命的理解，也已经和从前大不相同。人们需要的不再是一位严肃冷酷的法官，而是一位亲切仁慈的母亲。即便没有程心，当时的人类也会推选出一位和她性格类似的人物，维德注定不会当选。我们确实可以站在上帝视角去指责书中的人忘却了过去，忘却了危机，但我们也不能否认，人类的科技进步正是发生在第二次文艺复兴和危机纪元后期这样的和平年代。这造就了一个可笑的悖论：科学和技术的进步需要长久的和平作为支撑，但长久的和平同样会造成对危机的懈怠和傲慢。创造和守护，似乎永远是一对难以两全的选择，人类文明就是在这危险的平衡之上向前发展的。

最后的馈赠

收到回归声明后，程心继续着自己舍己为人的风格，将 647 号小宇宙中的物质逐渐归还大宇宙。但在最后时刻，除了记忆体漂流瓶外，程心还是在小宇宙之中保留了一个小小的生态球，留下了最后一丝生命的气息。水珠、小鱼、水藻和绿草，《三体》全书终结于对生态球的灵动描写中。也许有的读者对此颇有微词，但此时的程心，其实已经不再背负任何责任，也没有任何人有资格指责她。她终于可以不再为了别人而活，不再为了别人而错。她本可以在小宇宙中安度余生，归还给大宇宙的每一个原子都是自己送给整个宇宙的额外礼物。程心这最后的选择有如对自己一生的反思和总结:将沉重的负担和责任还给冷酷而黑暗的宇宙，将脆弱的美好和纯真留给那再也回不去的自我。

人物经历 CHARACTER EXPERIENCES

1980 年代	出生后遭遗弃，被养母收养
危机纪元前	与云天明成为大学同学
危机纪元 3 年	进入行星防御理事会战略情报局工作，结识时任局长维德，提出“阶梯计划”
危机纪元 4 年	收到作为礼物的星星 DX3906。安排云天明进入阶梯计划
危机纪元 7 年	得知云天明是星星的赠送者，作为阶梯计划未来联络人冬眠
威慑纪元 61 年	DX3906 被艾 AA 发现带有行星，作为所有者苏醒，因转让所有权获巨额财富 因拥有星星获得声望，经历维德刺杀等事件，又目睹了威慑纪元的美好，决定竞选执剑人
威慑纪元 62 年	竞选成功，担任第二任执剑人，威慑立即宣告失败 和艾 AA 一同前往澳大利亚，目睹人类惨状后在痛苦中失明。广播启动后冬眠
广播纪元 7 年	苏醒，失明治愈，三体星系毁灭，和罗辑前往智子处参与“茶道谈话” 收到云天明消息，前往太空和其“见面”，获知重要的“三个童话”并参与解读
广播纪元 8 年	将星环公司管理权转给维德，和艾 AA 一起冬眠
掩体纪元 11 年	苏醒，拒绝维德武力对抗政府、继续光速飞船研究的请求 唤醒艾 AA，游历已渺无人烟的地球后再次冬眠
掩体纪元 67 年	苏醒，和艾 AA 前往冥王星见到罗辑，目睹太阳系二维化，最终乘“星环”号逃离
银河纪元 409 年	抵达恒星 DX3906 的行星，结识关一帆。云天明到来，死线扩散，程心和关一帆落入黑域
18903729 年后	从低光速脱出，回到 DX3906 行星的地表，发现小宇宙入口
647 号宇宙时间线	和关一帆、智子共同生活在 647 号宇宙，撰写《时间之外的往事》 收到回归运动声明，将 647 号宇宙中大部分质量归还，重返大宇宙

人物名言 CHARACTER HIGHLIGHTS

“和云天明一样，她也要在无边的黑暗中漂流了。”

云天明的大脑被发射向三体星系后，程心作为阶梯计划的未来联络人进入冬眠前，心中浮现的想法。在阶梯计划之前，程心只不过是一位普通的技术人员，有着令人称羡的学历和很不错的工作。她本可以和一位自己喜欢的人结婚，过完平凡但却从容的一生。但正如云天明的颠沛流离一样，程心的生活轨迹也被彻底地改变了。她被困于责任、爱和愧疚中，时而被人潮裹挟成为世界的唯一圣母和救星，时而成为全人类的罪人，要为人类历史上最悲惨的一幕而负责。而且和章北海、丁仪等因自己信念牺牲的人不同，程心一直在愧疚和无奈中活到了整个《三体》故事的最后，也没有得到有情人终成眷属的结局。“在无边的黑暗中漂流”，这正是程心一生最佳的写照。

“我选择人性。”

在星环公司，维德乞求程心站在自己一方，以武力逼迫政府同意研究曲率飞船。当维德说出那句“失去人性，失去很多；失去兽性，失去一切”后，程心做出的回复。这句话让维德放弃了最后的努力，交出了一切，平静地迎来了自己的死刑。无数读者都扼腕于程心的选择。在《三体》故事中，威慑建立起的短暂和平立足于毁灭对方的勇气——也就是所说的兽性。但威慑建立起的平衡也许注定不能长久，斗争到最后，三体文明和地球文明依旧先后毁灭于黑暗的宇宙。如果在另外一个维度的时间中，程心和 1379 号监听员能分别成为地球文明和三体文明的领导者，三体文明和地球文明能够放下四光年的短短隔阂，一切也许就会变得不同。更何况，维德在生命的最后关头，也并未如他自己所言，真正地选择兽性。他放弃自己的坚持和生命，选择遵守对程心的承诺。

相关条目 RELATED ITEMS

阶梯计划 121
星环公司 144
云天明的三个童话 211

痴情而神秘的童话作家，三体世界中最强卧底

云天明

程心的大学同学，在身患重病不治之时购买了恒星 DX3906 的所有权并将其匿名送给程心，自己决定接受安乐死，但程心突然出现并告知云天明：自己已经将云天明推荐为阶梯计划的执行者。云天明同意参与阶梯计划并通过了重重考验，只“身”前往三体星系，飞行器却因帆索断裂偏离航向……

三体文明遭毁灭打击后，在逃向星海前，云天明意外传来信息！他约程心见面，并利用童话将多项关键技术暗示给人类。地球文明二维化后，云天明前往恒星 DX3906 和程心相见，因死线扩散，终与程心擦肩而过，最后与艾 AA 共度余生，将一个可以躲过坍缩的小宇宙送给程心和关一帆。

云天明是第一个与三体文明直接接触的地球人，卧底三体文明的传奇经历铸造了他独特的人格魅力。书中并未详细描写他在三体文明的经历，但云天明却总能在最意想不到的时候现身，也让他的一切都充满着传奇般的神秘感。

人物档案 CHARACTER FILE

所　属	地球文明？
出生时间	1980 年代
死亡时间	银河纪元
家庭成员	父亲、姐姐
职　业	阶梯计划执行者
影响与评价	将恒星 DX3906 送给程心 执行阶梯计划 作为人类文明公开的卧底接触三体文明并传播地球童话 利用三个童话将曲率驱动、光速飞船、黑域等关键技术信息传递给人类 将 647 号宇宙送给程心和关一帆，让其在里面躲过宇宙坍缩

属性雷达图 ATTRIBUTE RADAR CHART

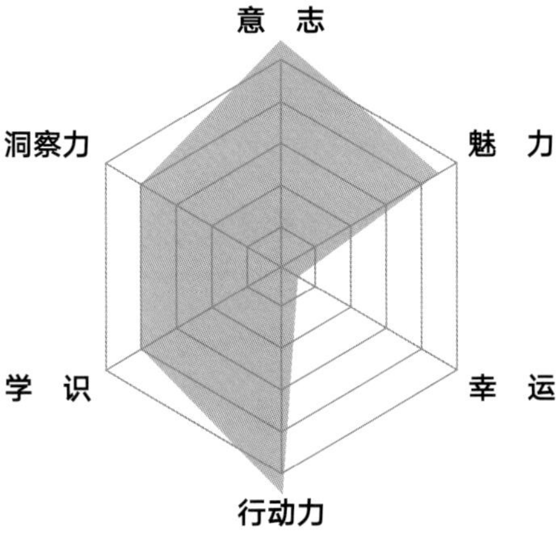

意 志	11	孤身一人赴三体文明卧底，面对地狱级别的任务和完全陌生的环境矢志不渝，坚持完成任务。
魅 力	9	先送星星，后送宇宙，散发着致命的浪漫。孤胆卧底的形象更是为他添加了独特的人格魅力。
幸 运	1	年纪轻轻即罹患癌症，而且就在要和追求多年的程心历经磨难终成正果之时，在阴差阳错之间隔开了无法逾越的时光。
行动力	11	成功执行难度极高的阶梯计划，且成功在三体文明的格外关注之下将多项敏感技术传递给人类，堪称三体第一卧底。
学 识	8	因在三体文明卧底，得到了超越性的宇宙“常识”，认知高于当时人类文明的任何其他人。
洞察力	8	在游乐间察觉了青草饮料的商机，在阶梯计划的宣誓仪式上洞穿誓词的陷阱。

人物关键词 CHARACTER KEYWORDS

为情痴狂

纵观云天明的一生，他似乎永远没有逃脱程心的影子：大学阶段的初遇、安乐死前的馈赠、前往三体文明的抉择、传递三个童话的睿智，直至最后前往二人的星星并遗憾错过。云天明的全部故事都围绕着程心而展开——从“送你一颗星星”到“送你一个宇宙”，从朦胧与仰视的暗恋到黑域相隔的痛苦。即便在石头上刻下了“我们度过了幸福的一生”，但云天明内心的苦楚早已溢出字里行间，刻在了每一位读者的心里。

独闯龙潭

在即将进入安乐死的最终程序之时，程心的突然出现打破了云天明本可以享有的永远安宁。随着程心一起到来的，还有是否要加入阶梯计划的艰难抉择。云天明本就是打算放弃生命之人，无意于利用阶梯计划寻求一线苟活的希望，他对人类文明的存续也似乎并无太大执念，更不会像丁仪等人一样有着想看看更广阔天地的好奇。但他还是义无反顾地加入凶险无比、前路未知的阶梯计划，唯一能解释他的行为的，似乎也只剩下爱情了。“程心是来让他死。”其实云天明并非不清楚这一点，但是他仍然选择孤独地踏上了这场有去无回的路途。

卧星尝胆

《三体》一书中对云天明在三体文明的经历未做过多着墨。大低谷、第二次文艺复兴、科技革命、末日之战、宇宙广播事件、三体星系的毁灭……经历了这一切的地球文明已经忘却了云天明的存在，读者对这位浪漫的孤胆英雄的记忆也已经远去。然而就在此时，云天明犹如天神下凡一般，重新出现在程心、人类和所有读者的视线之中，还带来了三个意蕴深远的童话故事。云天明在三体文明的经历笼罩着重重谜团，他还在为人类的利益工作吗？当时的人无法给出 100% 肯定的回答，但这三个童话明确地昭示着云天明在三体文明卧底时的布局和努力——不动声色地收集信息，把对地球至关重要的情报织就美丽的童话，最终冒着巨大的风险将这一切传递给程心和所有地球人。

咫尺天涯

在几百年的恩怨情仇之后，三体文明和地球文明的母星相继毁灭于黑暗的宇宙。厚重的责任卸下肩头，沉重的使命也不再有任何意义。程心和云天明相继来到属于他们的星星，两个曾经肩负整个文明的人似乎终于可以在属于自己的田园牧歌中安度余生。然而生活的黑暗甚于宇宙本身，死线扩散，程心和云天明再次被黑域分隔。当程心走出黑域时，一千八百九十万年的岁月已然流过。每一位读者读到这里，都可以感受到程心的这份难以言说的忧伤。但当我们从云天明的视角细思之时，感受到的却更是无可名状的痛苦——在自己余生的每一秒，程心就在自己的行星周围，自己却永远无法再见到她。文明之间的黑暗森林也许可以被光芒洞穿，但对无法成为神明的人类而言，自然规律的冰冷永无消融之日。

人物经历 CHARACTER EXPERIENCES

1980 年代	出生
危机纪元前	与程心一同在大学就读
危机纪元 4 年	患癌住院，收到老同学胡文的三百万元答谢款 对人生心灰意冷，购买恒星 DX3906 送给唯一挂念的程心 安乐死法案通过，决定接受，中途被程心阻止，加入阶梯计划
危机纪元 5-7 年	接受阶梯计划培训
危机纪元 7 年	正式执行阶梯计划，载有云天明大脑的飞船前往三体星系
威慑纪元？年	云天明的大脑被三体第一舰队的飞船截获
威慑纪元？年	云天明“复活”，并成为三体世界广受欢迎的童话作家
广播纪元 7 年	通过智子影像和程心见面，用三个童话传递关键信息
银河纪元 409 年	前往恒星 DX3906 与程心见面，但因死线扩散，与程心错开千万年时光 与艾 AA 在 DX3906 黑域共度余生

人物名言 CHARACTER HIGHLIGHTS

“来了，爱了，给了她一颗星星，走了。”

身患绝症的云天明决定接受安乐死，在回顾自己的一生时，他为自己选择了这样的墓志铭。在当时的云天明看来，自己只不过是一个普普通通的不幸者，没有什么出众的地方，罹患绝症，家人冷漠，喜爱的人对自己没有感情，自己只能孤独地死去，把一生最后的浪漫献给默默喜欢的女孩。云天明绝对无法想到自己即将背负整个文明的生死存亡，也不知道自己在这出跨越时光和星系的大戏之中所扮演的传奇角色。但他更想不到的是，哪怕经历了无尽波折，自己终究无法逃脱这份早就写下的谶语。当一切责任和重担远去之后，他依然只能孤独地守望着所爱之人，为她再留下一份比星星更贵重、更浪漫的礼物。算尽一生，云天明依旧是那个让人敬佩但更让人心疼的悲剧英雄。

“我不宣誓，在这个世界里我感到自己是个外人，没得到过多少快乐和幸福，也没得到过多少爱。”

在阶梯计划的宣誓仪式上，云天明拒绝宣誓的声明。在最初的震惊过后，读者应该都会很快意识到，云天明说出的才是阶梯计划宣誓的正解。这句话体现了云天明在木讷的外表之下隐藏的精妙洞察力。但当我们仔细品味过云天明的一生，再回过头来重新品读这句话的时候，总会意识到这句话似乎不仅仅是面对三体人的伪装而已。家人视云天明为累赘，同学中也没有几个人和云天明有交集，云天明一生充满了生活和任务的重担、求而不得的痛苦，程心对他的爱情之中，也不知道混杂了多少怜悯和愧疚。也许正是因为这一切的痛苦过于真挚，才让他做出了骗过三体人的声明，让他在三体文明中潜伏多年而不被识破。从这里我们也可一窥云天明孤寂高傲的内心。

相关条目 RELATED ITEMS

阶梯计划 121
三体文明 148
云天明的三个童话 211

相会于拉格朗日点

托马斯·维德

前 CIA 特工，曾任美国国土安全局副局长，危机纪元初，调任行星防御理事会战略情报局第一任局长。在《三体》的主要角色中，维德强烈的个性相当引人注目，他拥有雷迪亚兹的强硬，也有章北海式的冷酷干练，然而他隐藏在冷面下的那种追逐野心的张扬恣意，以及对绝境乐在其中的自信与疯狂，却在故事中独树一帜，在第三部压抑的剧情中，数次掀起高潮。在阶梯计划走入僵局时，他说出了那句改变历史的“只送大脑”。在威慑失败时，三体人才敢心有余悸地感叹，还好这个威慑度百分之百的魔鬼身在狱中。在掩体纪元，他不惜以战争为代价，公然违抗联邦政府的禁令研发光速飞船，却在最后一刻为诺言而放弃一切。他的理智与冷酷像一座冰山，直到故事接近结局，我们才稍微接触到其水面之下的存在。

人物档案 CHARACTER FILE

所　属	行星防御理事会战略情报局；星环公司
出生时间	未知
死亡时间	掩体纪元 11 年
职　业	特工
信　仰	人类文明、逃亡主义
影响与评价	传奇机构 PIA 的第一任局长，阶梯计划的推进者 三体世界眼中威慑度 100% 的执剑人 光速飞船与人类逃亡计划最坚定的开拓者

相关条目 RELATED ITEMS

属性雷达图 ATTRIBUTE RADAR CHART

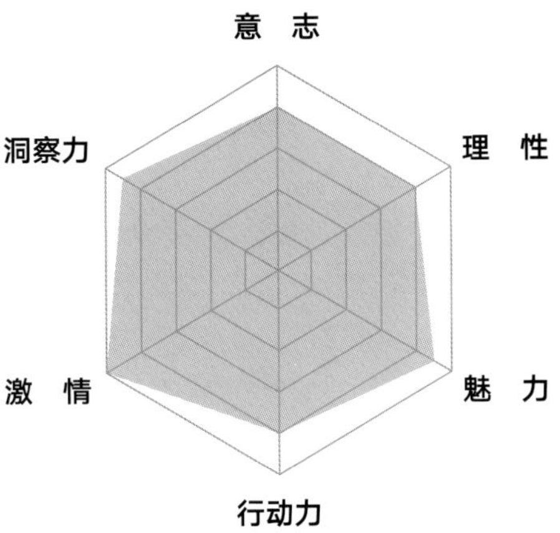

意 志	8	维德如何形成这样的性格、为何而拥有理想，不得而知……但不管面对什么环境，他都绝对不会放弃自己的野心。
理 性	8	极端理智，因此带来极端冷酷与疯狂。
魅 力	9	“脸上的线条很古典”，连在监狱钉钉子，都让程心想起了休・杰克曼演的西部牛仔……一直拥有许多忠实的追随者和支持者。
行动力	8	实验领先于理论，维德的一贯风格。无论做什么事都单刀直入，不说一句废话。
激 情	10	维德的精神力量，连最讨厌他的艾 AA 也不得不认同。也许就是因为这种奇特的诞生于冷冽的激情，才让维德被支持者拥簇。
洞察力	9	维德露出“冰水似的微笑”时，对方会觉得那个目光已经看穿了一切。对世人做出的种种选择，维德也是这样回应的。

人物关键词 CHARACTER KEYWORDS

心如谜题

维德喜欢抛出谜团，但他本人就像一个谜团。那不可思议般同时存在的冷酷与激情，其谜底到故事结尾仍然只是若隐若现。作为一个冷血的特工，他从未展露过内心世界。维德不是面壁者，却胜似面壁者。虽然领导着一个国际机构，却过着办公室隐士般的沉思者生活，文件、签字、开会这种俗事一概远离，唯一的日常工作是对着雪茄发呆。他是阴险的特务头子，却能言善辩、深谙权力斡旋之道。他是玩弄诡计与阴谋的野心家，却喜欢高调行动。

维德为人冷漠，却又微妙地很坦诚，他欣赏和他本人一样不说废话的实干家。他会为达到目的暴躁地怒吼“不择手段”（并且真的这样做了），也会耐心听完技术人员的陈述，从不打断。他是开明的暴君，也是不怀好意的嘲弄者，刺激别人按他的意志行动、绝望或愤怒，并乐在其中，哪怕嘲笑的对象也包括他自己。程心已经很了解维德的性格后，还是忍不住感到好奇，感觉他就像一台在同事视线之外关掉的工作机器。但是到维德退场甚至故事结束，除了“莫妮尔，我母亲的猫”以外，我们还是对他的成长经历与生活一无所知。

命运纠葛

有些出乎意料的是，从头到尾，程心都是观察维德的唯一视角。程心一开始是维德看好的下属，在维德的引导下，开始学会不择手段地努力前进，从“不一定要送活人”到不假思索地将自己的同学引向地狱，她几乎成功地迈出了冷血前进的第一步。但维德就是这样享受别人痛苦的家伙，用一句“还有一个惊喜，你的那颗星星是他送的”，愉快地将程心推向愧疚的深渊；而之后云天明大脑偏航的意外，标志着程心的内心与维德彻底分道扬镳。

然而两人的命运一直纠缠到最后。威慑纪元末，为阻碍程心成为执剑人，维德不惜刺杀她，并入狱十一年。出狱后，为了光速飞船计划，维德又立刻找到程心，要求接手她的公司。对于想要自己性命的人，程心虽然感到痛恨和害怕，却仍愿意给予信赖，哪怕对那些令人不安的因素，只有一个口头的约定。这两个人虽是如此的不同，却都属于太空，为在宇宙间“大写的人”而行动。

折翼之鹰

掩体纪元，程心苏醒后看到维德时，第一感觉是“这人仍然没有被时光击败，他身上核心的东西没有被时间夺走，反而更凸显了，就像冰雪消融后露出的岩石”。但时光仍然改变了什么，冰水般的锐利已经褪去，维德的执愿变得更为纯粹。他是以冰冷甲胄武装的骑士，他会血战到底，哪怕在这个过程中，守护的对象也不得不被剑锋伤害。然而他被拒绝了，这一次的否定让过往的努力、眼前的现实一起崩塌。走过了一百一十年的漫长岁月，维德眼中的火焰第一次也是最后一次熄灭。“小女孩，你看，我遵守了诺言。”太阳系人类的命运，其实也在这时提前预告了结局。

人物经历 CHARACTER EXPERIENCES

危机纪元 1-3 年	加入行星防御理事会战略情报局，担任首任局长
危机纪元 3 年	推进向三体舰队发射探测器的计划，接受程心的技术方案，在重重困难下提出“只送大脑”
危机纪元 7 年	探测器最后一刻失误偏离航线，维德告知程心送她星星的人正是云天明
威慑纪元 61 年	（苏醒时间不明）为成为执剑人射杀程心，未果入狱，失去右手
威慑后第一年	服刑中，提醒前来探望的程心逃离澳大利亚
广播纪元 8 年	刑满释放，要求程心将星环公司交与自己研发光速飞船，程心同意，并约定不可危害人类生命
掩体纪元 11 年	因星环城光速飞船研发与对抗政府的行动，程心被唤醒劝止维德，维德依约定同意 被以战争罪、违反曲率驱动技术罪、反人类罪判处死刑，在万分之一秒内被汽化

人物名言 CHARACTER HIGHLIGHTS

“前进！前进！！不择手段地前进！！！”

阶梯计划面临重重困难，被联合国否决时，维德面对众人吼出的话。不管是阶梯计划，还是别的什么事，没有维德的命令，没有人可以退却，在此之前，只能前进。维德一改平时沉稳冷淡的语调，像发狂的野兽般声嘶力竭地咆哮起来，程心觉得仿佛有座火山在她身后爆发。在绝境里，维德是救命的稻草，他永不认输、永不低头，他是恶魔，是狂徒，却让人感到希望，那是对扼住命运咽喉的绝对自信，即使人类步入地狱，他仿佛也可以在深渊里自在地游泳，甚至拿个金牌。维德的冰冷，是活火山顶的冰湖，下面隐藏着无与伦比的炽热与力量。

“只送大脑。”

PIA 众人因探测器载重被压缩至极低而再陷绝望时，维德的发言。联合国的广场上，以罗辑遇刺为背景，夜空墨色浓稠，只有纽约的灯海与维德眼中的冷光时隐时现，这是《三体》第三部中令人印象最深刻的场景之一，也是程心与云天明一切悲剧命运的起点。喜欢欣赏人的绝望的维德，也的确从程心意识到错误、一次次想让云天明落选而最终失败的过程中收获快乐。“这游戏真有趣，是吧？”他那标志性的表情——冰水似的微笑一再出现。

程心最开始以为，这种镇定是领导风度，而一贯忠厚的瓦季姆却告诉她，这个人就是内心阴暗、深不可测，最终连作为搭档的瓦季姆本人也遭维德黑手。可是，他是如此冷血无情，却又吸引无数的拥簇；他阴险而不择手段，却让程心历经磨难仍然托付一切……

“失去人性，失去很多；失去兽性，失去一切。”

程心要求星环城停止一切抵抗时，维德的目光中露出了罕见的无助和乞求，他一字一顿地如此回复。维德为什么喜欢看人绝望，甚至包括他自己？答案若隐若现，似乎在意料之外，又在情理之中。那幅几个世纪前程心在 PIA 局长办公室看到的油画，又作为雕塑出现在星环城的广场上，长剑从水中挑起花冠，哪怕它因此染上血迹。绝境是维德的游乐场，这是强大带来的自信，但这自信有其坚韧的根基，否则维德只会成为一个愉快的疯子。他选择成为野兽，是因为他相信着自己背后守护的人性，他欣赏人性的挣扎，因为人的悲悯与痛苦是如此动人，如此美丽，这是他内心深处无法放弃的东西。所以被他视为人性代表的程心坚决地拒绝了自己的请求后，维德的岁月轰然倒塌，他眼中的火焰熄灭，而微笑亦消失不见。残暴的骑士被保护的对象拒之门外，维德接受了自己的结局。

程心的同伴、密友和精神支柱

艾 AA

生于威慑纪元，天文学博士，因发现云天明送给程心的恒星 DX3906 拥有行星而担任程心的联络人，但随即辞职，成为程心出资的星环公司的 CEO。威慑失败后，艾 AA 和程心一同前往澳大利亚，并尽自己最大所能保护程心的安全。在广播纪元，艾 AA 破解了云天明童话中隐藏的曲率驱动信息，但因为担忧研究过程产生的曲率改变为地球带来危险，放弃对曲率引擎的研究，将公司交给维德，和程心进入冬眠。在太阳系遭遇降维打击后，艾 AA 和程心乘坐“星环”号飞船前往冥王星，试图将人类文明的遗迹散播在太阳系外围，却得知“星环”号是维德等人秘密研发的光速飞船，艾 AA 和程心借此逃脱降维打击，前往 DX3906 星系。在那里，艾 AA 遇到了银河系人类关一帆，二人暗生情愫，可惜云天明飞船的到来导致死线意外扩散，艾 AA 和程心、关一帆被分隔在黑域两侧，最后和云天明度过余生。

人物档案 CHARACTER FILE

所　属	星环公司
出生时间	威慑纪元 30 年代
死亡时间	银河纪元
职　业	天文学博士、联合国太空开发署联络人 星环公司 CEO、程心的顾问和助理
影响与评价	发现云天明送给程心的恒星 DX3906 拥有行星 在澳大利亚大移民期间保护程心的安全 运营星环公司，将其发展壮大 破解三个童话中隐藏的曲率驱动情报，果断将公司转给维德开发光速飞船 与程心一同逃离二维化的太阳系，成为地球文明最后的两个幸存者之一

属性雷达图 ATTRIBUTE RADAR CHART

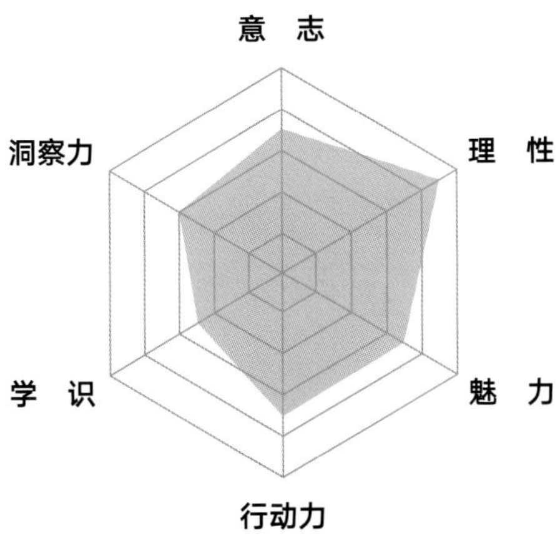

意 志	7	在程心最困难的时刻不离不弃，在任何逆境都能闯出一片天地。
理 性	9	和程心的优柔寡断不同，艾 AA 在紧要关头也能保持冷静和理性。
魅 力	7	行事果决、英姿飒爽，能破译童话，能发现行星，还能管理公司，拥有独特的人格魅力。
行动力	7	担任星环公司CEO期间为公司取得重大收益，性格干净利落、敢作敢为，在假警报事件和澳大利亚居住期间都表现出非凡的行动力。
学 识	5	天文学博士，在学术领域有一定研究，但并非从事基础领域，也未深耕于此。
洞察力	6	破解云天明童话中隐藏的曲率驱动信息，实属不易。但并无其他关键成就。

人物关键词 CHARACTER KEYWORDS

程心的影子

博士课题是云天明送给程心的星星、毕业后的一切工作都和程心有着密不可分的关系，一起进入冬眠、一起醒来、一起逃离太阳系，甚至最后和程心喜欢的云天明共度余生。可以说，艾 AA 的一生都笼罩在程心的影响之下。艾 AA 和程心在本质上有着许多相似之处：一样具有纯真善良的性格，同样喜欢直来直往、不喜欢阴谋诡计。但和优柔寡断的程心不同，艾 AA 的性格中有着更多的刚毅和理性，也更清楚自己所能做到的极限。在全体人民都希望程心竞选执剑人之时，只有艾 AA 劝阻程心。也许她是真正懂得程心的人，她看到了程心身上不具有执剑人应有的素质，担心她背负比死亡更沉重的命运。

任性率真

见到程心的第一天就决定辞职，在精英云集的情报解读委员会上大骂云天明“王八蛋”，一直称呼维德“魔鬼”……敢爱敢恨、直爽自然的艾 AA 犹如厚重黄土中的一抹嫩绿，在背负沉重心理负担的《三体》众人中显得尤为特别。艾 AA 拥有典型的威慑纪元人性格，那是人类历史上最为轻松的年代（全体人类生存的压力完全被罗辑一人承担）：街边美景有如梦幻，一切都闪耀着光芒和生机，男性如女性一般温婉柔美。书中对威慑纪元只是做了简要的白描，但艾 AA 却是一个活生生的样本，让我们对那个空灵绚烂年代的生活有了实际体会。威慑纪元的人类也许忘记了高悬于自己头上的达摩克利斯之剑，但不可否认的是，每一个人都在心中羡慕着这种无拘无束、勇敢做自己的样子。

童话破解者

破解云天明童话中隐藏的曲率驱动信息是艾 AA 在全书中的高光时刻。艾 AA 拉着程心到处买香皂的桥段颇有一点幽默气氛，后续发展也令读者意想不到。谁能想到看上去大大咧咧、毫无心机的艾 AA 能洞穿云天明的复杂隐喻呢？但仔细想来，其实在云天明童话的诸多暗语之中，曲率驱动的信息算是比较直白的——只需要完全按照童话之中的情节，将香皂放在船后，再把船放入水中，就可以直接发现一切。与众多专家对着文本冥思苦想相比，艾 AA 凭借干脆利落、简单直接的性格，在率先尝试中发现这一奥秘也就不奇怪了。又或许，这隐隐暗示了艾 AA 和云天明在冥冥之中的缘分。

情断黑域

在全书的最后，艾 AA 终于从程心的影子中走出，似乎找到了新的自己。在 DX3906 的行星上，艾 AA 在关一帆身上找到了真正的爱情，陪伴艾 AA 走过半生的程心也为此深感欣慰，一向空灵飘忽的艾 AA 似乎终于可以在新的行星找到属于自己的新生活。但随后死线扩散，程心、艾 AA、云天明和关一帆四个人戏剧性地错过了自己的所爱。程心和云天明已经默默遥望了几个世纪，如今只能无奈而苦涩地继续品尝早已习惯的分离。而艾 AA 和关一帆的错过，则如同正处在朦胧而甜美的热恋期的情侣突然分隔两地。我们已经无法分辨清楚哪一种痛苦更为剧烈，宇宙本身的黑暗，似乎也不过如此。

人物经历 CHARACTER EXPERIENCES

威慑纪元 30 年代	出生
威慑纪元 60 年左右	发现恒星 DX3906 拥有行星，博士毕业
威慑纪元 61 年	被联合国太空开发署指定为程心的联络人
威慑纪元 62 年	威慑失败，和程心一起前往澳大利亚
广播纪元 1-7 年	经营程心出资的星环公司，担任 CEO
广播纪元 8 年	将星环公司管理权转至维德手中，与程心一同进入冬眠
掩体纪元 11 年	被程心唤醒，一起游历地球后再次冬眠
掩体纪元 67 年	与程心乘坐“星环”号离开太阳系
银河纪元 409 年	抵达 DX3906 星系，结识关一帆 死线扩散，与程心、关一帆分离，和云天明度过余生

人物名言 CHARACTER HIGHLIGHTS

“宇宙中除了他们，还有他！”

在离开冥王星、前往银河系之时，艾 AA 所说的话。面对茫茫星海，原以为自己将同人类与太阳系一起融为巨画的程心和艾 AA 感到了前所未有的迷茫。她们也如同在外漂泊的游子一般，想要找到已经身处银河系的前辈们。但面对苍穹浩瀚，她们也不知该去往何方。此时，艾 AA 想到了云天明，于是她和程心一同前往 DX3906 星系。

这一段情节充分体现了地球文明的青涩。刚刚离开太阳系的艾 AA 和程心想要去寻找先他们一步飞出太阳系的人类，而那些人类也确实曾经发出引力波信息，寻找太阳系中散落的同伴。每一个文明或许都曾以为，过去和自己共享同一片天空的伙伴是空旷荒芜的宇宙中难得的依靠。可是当程心和艾 AA 在 DX3906 的行星上见到关一帆时，他对自己的来路却讳莫如深，甚至从关一帆透露的信息中我们可以得知，他自己都不清楚某些银河系人类聚落的藏身之处。黑暗森林，从来不仅仅存在于不同的文明之间。上岸的鱼儿不再是鱼儿，走向宇宙的人类也不再是人类。当然，从另外一个角度来说，这句话同样一语成谶。艾 AA 口中的“他”真的在最后成为自己一生的伴侣，这一段末日之中的黑色幽默，冷酷而又可笑，无奈而又苍凉。

这个时代的文化艺术与程心想象中的完全不同，但也不是简单地回归古典，更像是自后现代以后的螺旋升华，完全建立在一个新的美学基础上，比如《长江童话》中就包含着对宇宙时空的深刻隐喻。但使程心最为激动的是，21 世纪后现代文化艺术中所充斥的那种晦暗绝望变异喧闹消失得无影无踪，代之以一种从未有过的温馨的宁静和乐观。

“我爱这个时代，但想想也挺让人吃惊的。”程心说。

“要是知道这些电影、画和音乐的作者，你就更吃惊了，他们都是四光年外的三体人。”AA 说，看着程心目瞪口呆的样子，她开心地大笑起来。

——《三体 III · 死神永生》

相关条目 RELATED ITEMS

星环公司 144
曲率驱动 192
云天明的三个童话 211

神秘、美丽又危险，三体文明的人形化身

智子

由人类制造、三体文明控制的 AI，外形为纤巧美丽的日本女性。在威慑纪元，智子居住在一座日式风格的竹木别墅中，以柔美妩媚的姿态示人，在程心苏醒后以标准的茶道礼仪招待程心和艾 AA，并借此机会劝说程心参选执剑人。程心放弃威慑后，智子将自己的形象更换为沙漠迷彩、忍者黑巾和武士刀，逼迫人类前往澳大利亚，并在此过程中主导了残忍的杀戮。广播启动后，智子回到曾经居住的别墅，深居简出。广播纪元 7 年，三体星系被毁灭的消息传到地球，智子再次以茶道招待罗辑和程心，和人类做了最后的道别后，躯体于别墅自毁。在 647 号小宇宙，程心和智子重逢。智子受云天明的委托，将 647 号宇宙交给程心和关一帆，并和二人共同生活。

人物档案 CHARACTER FILE

所　属	三体文明
诞生时间	威慑纪元
家庭成员	程心、关一帆
职　业	三体文明驻地球大使；647 号宇宙管理者
影响与评价	作为三体文明驻地球大使与地球文明沟通 麻痹程心，劝说其参选执剑人 威慑失败后残酷对待人类，迫使人类进行大迁徙 三体星系毁灭，与罗辑和程心展开“茶道谈话”，传递三体世界的最后信息 受云天明之托管理 647 号宇宙

相关条目 RELATED ITEMS

三体文明 148
智子工程 098
茶道谈话 123

属性雷达图 ATTRIBUTE RADAR CHART

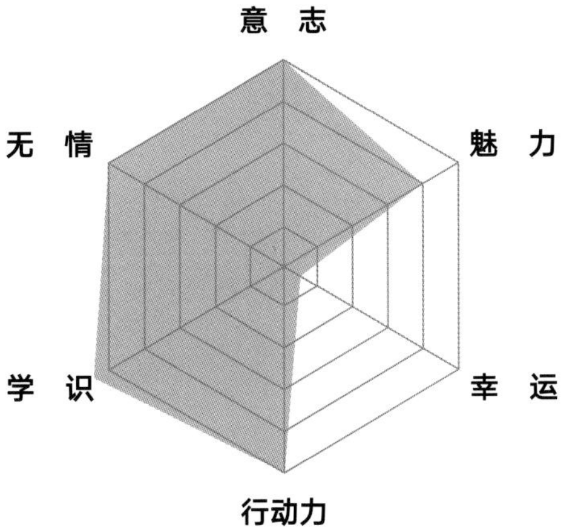

意 志	10	智子代表的其实是三体文明的意志，自始至终都坚定不移地为了生存而战，从未松懈。
魅 力	8	静如水波般轻柔，动如寒冰般冷酷，巨大的反差使人战栗。
幸 运	1	为了三体文明的生存孜孜以求，且多次接近成功，但每一次都在最后关头功亏一篑，最终只得到母星被毁的命运。
行动力	10	在行动方面，我们很难把智子和三体文明分开看待，但在不择手段地达到目的这一点上，智子执行得很完美。
学 识	11	背靠三体世界数据库，拥有整个文明的学识作为后盾。
无 情	10	视人类生命如草芥，在澳大利亚进行肆意屠杀是全书最残忍的情节之一。

人物关键词 CHARACTER KEYWORDS

笑里藏刀

智子在书中第一次出场时，其温婉、柔美的形象给每一位读者都留下了深刻的印象。纤巧的身材、华美的和服、浅浅的笑容，仿佛是从最美好的日本童话中走出的人物。在和式庭园中，智子温柔而考究的茶道款待更是如梦似幻。本在犹豫的程心也被此打动，决定竞选执剑人，和智子一起挽救脆弱的世界。但智子所做的一切只不过是精心布置的骗局，程心成为执剑人的那一刻，潜藏已久的三体文明立刻露出了本来的凶恶面孔，温婉和顺的智子也随即变成凶狠残暴的女忍者，对地球人发动直白而残忍的杀戮。这一出卧薪尝胆之计，堪称原本不擅权谋的三体文明最致命也最成功的布局。

惺惺相惜

纵然机关算尽，三体文明终究未能逃脱覆灭的命运。第一次直观地看到一个文明走向毁灭，这份突如其来的灾难也让人类文明陷入麻木的迷茫之中。仇恨虽仍未释然，人们对三体文明又产生了一丝同病相怜的感情。在母星遭遇灭顶之灾后，智子依旧身着华服，从容淡然地展示着茶艺。智子的平静是背后的控制者灵魂和精神的真实体现，显示出面对毁灭时人类无法企及的高贵和尊严，这着实使人敬畏。三体文明不需要再对地球虎视眈眈了，以同归于尽为代价，人类获得惨胜与尊重。三体冒着损害自身利益的风险，为伟大的对手——罗辑献上最后的敬意，透露了“宇宙安全声明存在”的关键信息。也许亲身经历了覆灭，才能意识到一切斗争终将走向共同灭亡的结局。只是可惜，人类和三体的这份惺惺相惜来得太晚了一些。

相濡以沫

程心和关一帆从黑域中走出时，一千八百九十万年的时光已然背负在身后。而他们眼前的第一个人，就是应云天明所托、独自默默等待了千万年的智子。地球文明和三体文明虽然曾陷于你死我活的争斗，但即使仇深似海，也足以被苍茫的时间抹平。在见到智子的一刹那，跨越了数百年的战火和千万年的心灵流浪，程心不由脱口而出“见到你真好”。航向星海的银河系人类在经历了漫长的岁月后已渐行渐远，他们的故事只在传说中隐约浮现，纵观全书的最后，程心、关一帆和智子居然成为仅有的三位我们熟悉的生灵。逃离暗无天日的宇宙战场，遁入时间之外的小小桃源，在这与世隔绝的角落，地球和三体的故事在漂流瓶中融为一体，彼此依偎着等待新宇宙的田园到来。

人物经历 CHARACTER EXPERIENCES

威慑纪元	由人类利用 AI 和仿生技术建成，由三体文明远程控制
威慑纪元 61 年	邀请程心和艾 AA 喝茶，劝说程心参选执剑人
威慑纪元 62 年	威慑失败后，残忍地管理人类前往澳大利亚的迁徙工作
广播纪元 7 年	三体星系毁灭后，邀请罗辑和程心喝茶，代表三体向人类传递最后的信息 躯壳在大火中自毁
银河纪元 409 年	受云天明之托，管理 647 号宇宙，在时间之外等待程心和关一帆到来
18903729 年后	程心和关一帆进入小宇宙
647 号宇宙时间线	和程心、关一帆共同生活 收到回归运动声明，协助程心响应号召归还物质，并帮她制作了最后的生态球

人物名言 CHARACTER HIGHLIGHTS

> “宇宙很大，生活更大，也许以后还有缘相见。”

广播纪元 7 年，在最后一次与罗辑、程心进行的茶道谈话中，智子告别的话语。自叶文洁与 1379 号监听员建立联系的那一刻起，地球文明和三体文明一起经历了漫长的痛苦纠缠。从冷酷无情的杀戮和纷争，到后来在刀刃之上保持的脆弱平衡，再到诡计、阴谋与毁灭——两个文明间的过往是这样的针锋相对、水火不容。但此时智子的祝福和期待却是真诚的。三体文明已经丧失了自己的家园，地球文明的一个分支也已经走向了群星。如果将来有一天在茫茫宇宙中再次擦肩而过，也不失为一种独特的缘分。这句祝福，颇有一些“历尽劫波兄弟在，相逢一笑泯恩仇”的洒脱。程心和智子在跨越了两千万年后再次相逢，确实已经忘却了对彼此的恨意，也算是为这句话做了最好的注解。

“……三体！……地球！”

在 647 号宇宙中，程心、关一帆和智子意外收到了来自大宇宙的超膜广播。在三人的注视下，几百万种文明的语言飞速流过，但三体和地球的语言却始终没有出现。两个毗邻的世界在茫茫宇宙中存在亿万年，拥有灿烂的文化、厚重的历史，最终却一个葬身烈焰，一个变成巨画，最终永远地消散在无垠虚空，这实在是令人扼腕的结局。但就在此时，智子先后喊出了“三体”和“地球”的名字。母星早已消亡于宇宙深渊，拥有神明般技术的广播者却仍然知晓两个文明的存在，我们终究不仅仅是时间缝隙之中被遗忘的过客……想要形容智子这两句呐喊带给读者的震撼和感动，任何言语都无法抵过此处大刘的原文：在银河系猎户旋臂的漫漫长夜中，有两颗文明的流星划过，宇宙记住了它们的光芒。文明无声，只有依然活着的人的泪水，将无限的黑暗、有限的生命一同浸染。

这次的茶道是在沉默中进行的，他们都明白，两个世界间该说的话已经说完了。

程心和罗辑都清楚地感觉到下方人海的存在。地面上沉默的人海像一块大吸音毯，使茶厅中的寂静更深了，有一种压抑感，似乎窗外的白云都凝重了许多，但智子的动作仍那么轻柔曼妙，细瓷茶具相碰都不发出一点声音，智子似乎在用轻柔和飘逸对抗这凝重的时空。一个多小时过去了，程心和罗辑并没有感觉到漫长。

智子把做好的茶双手捧给罗辑，“我要走了，请二位多多保重。”再把茶捧给程心，“宇宙很大，生活更大，也许以后还有缘相见。”

……

“智子！”程心惊叫道。

“我知道她，智子控制的机器人。”关一帆说。

他们起身向智子走去，双方在一棵大树下会面了。程心再次确定了她就是智子，那美得有些不真实的相貌一点都没有变。

智子向程心和关一帆深深鞠躬，起身后对程心微笑着说：“我说过，宇宙很大，生活更大，我们真的又相会了。”

“真的没想到，见到你真好，真的！”程心感慨万千地说。

……

程心和关一帆进入了飞船，智子最后也进来了。她早就不再穿那身华丽的和服了，她现在身着迷彩服，再次成为一名轻捷精悍的战士，她的身上佩带着许多武器和生存装备，最引人注目的是那把插在背后的武士刀。

“放心，我在，你们就在！”智子对两位人类朋友说。

聚变发动机启动了，推进器发出幽幽的蓝光，飞船缓缓地穿过了宇宙之门。

——《三体 III · 死神永生》

阴差阳错间见证一切的宇宙学家

关一帆

“万有引力”号随舰学者、宇宙学家。初次登场时就说过“不再被群星吸引，只想回家”“宇宙已是高位截瘫的病人”，却被奇妙的命运与时间裹挟，阴差阳错间见证了一切。

“蓝色空间”号舰长褚岩发起广播三体星系坐标的全民公决时，关一帆是第一个投赞成票的“万有引力”号舰员。随后亲身前往四维碎块调查，遇到了某个四维文明的坟墓“魔戒”并与其对话。后来，银河系人类经过漫长航行寻找定居地、拓荒新世界。在此过程中，作为基础科学家一直在冬眠，直到最近才被唤醒，变成了稀有的“古人”。随队考察 DX3906 星系、收到“星环”号消息后，独自留下等待，并与程心、艾 AA 会面，原本打算邀请两人一同前往新世界，却因死线扩散，与程心意外陷入低光速。重回行星地表时，已过去一千八百九十万年。这时，云天明赠送的小宇宙入口出现，它也为关一帆设置了权限。进入小宇宙，见到一直等待两人的智子后，在这里开始平静的生活。故事的最后，回归运动声明突然出现，程心决定归还质量，关一帆也渴望返回那个自己研究追寻一生的更广大的世界……

人物档案 CHARACTER FILE

所　属	舰队国际；银河系人类
出生时间	危机纪元 195 年
死亡时间	未知
职　业	“万有引力”号随舰学者、宇宙学家
信　仰	科学
影响与评价	随“万有引力”号追击“蓝色空间”号，提出宇宙的“三与三十万综合征” 同意广播三体星系坐标，是“万有引力”号上首个同意广播的人 进入四维空间探索，与“魔戒”的对话是人类首次与第三方宇宙文明沟通 在 DX3906 的行星上迎接程心和艾 AA，死线扩散后带程心脱离低光速 通过回归运动广播，见证地球文明在宇宙留下的印记

属性雷达图 ATTRIBUTE RADAR CHART

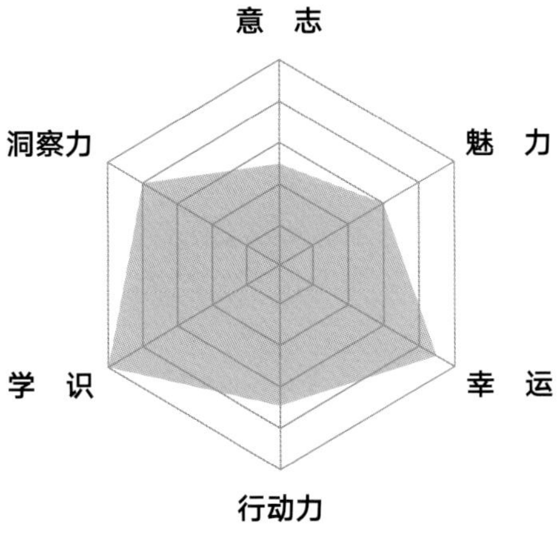

意 志	5	早期因隐约察觉宇宙的真相，性格变得消极，但对科学探索仍充满执着。总的来说，是个随遇而安的人。
魅 力	6	目光睿智温和，让人感觉他时时刻刻都若有所思。可惜关一帆没有太多机会表现个性。
幸 运	9	原本是普通科研人员，最后不但生存到宇宙末日，还获得了极为丰富的宇宙知识，远超任何地球同行，不过也付出心灵无光的代价……
行动力	7	长期与军队一起行动，行动力很强，进入四维空间调查毫不犹豫。DX3906 星系死线扩散时，冷静地处理了紧急情况。
学 识	10	对宇宙基础规律有很深的理解，又吸收了银河系人类星际冒险的心得，在世界观急剧展开的故事后期扮演解说者角色。
洞察力	8	隐居舰尾但明白事理，是“万有引力”号上最早认同驱逐三体侵略、公布坐标的人。

人物关键词 CHARACTER KEYWORDS

舰尾隐士

在“万有引力”号上，关一帆的观测站孤单地位于舰尾。作为随舰科学家，他不算太空军的军人，和其他人也没有多少交流，因此获得了“舰尾隐士”的称呼，只有隐藏身份的反执剑人老亨特是他的酒友。关一帆在舰船上的生活并不顺遂，在日复一日的孤独观测和四维碎片的影响下，宇宙在关一帆眼里已经从“美和信仰的寄托”变成了“一具膨胀的尸体”。成长于威慑纪元、本该和艾 AA 一样无忧无虑活在当下的关一帆逐渐变得阴郁低沉。关一帆的转变似乎也暗示着人类对宇宙认识的变迁——从神秘深邃的美丽星空变成了充满死亡和危险的黑暗森林。人类终将舍弃本性中的纯良美好，在宇宙的压力面前变得冷酷决绝。

星海旅人

在 DX3906 星系，逃离地球的程心和艾 AA 与关一帆相遇了。他们每个人都已经历过多种多样的波折与劫难，但与刚刚进入茫茫宇宙的程心、艾 AA 相比，此时的关一帆已然是经验丰富的银河旅客。虽然大部分时间都处在冬眠状态，但我们还是能从关一帆的言谈之中想象他丰富的探索历程：四个世界、光墓、死线、归零者、高维宇宙、末日飞船……光是介绍名词，就已让他花费一番功夫，地球人从未想象过的科技飞跃和神话般的经历，在关一帆口中也如同家常便饭。但在这看似随意和熟练的背后，却不知隐藏了多少血泪、多少汗水。拓荒者的传奇故事总是令人向往，很遗憾书中并未详细描述银河系人类的开拓往事，但从这些只言片语中，我们也可以窥见银河系人类筚路蓝缕的艰辛历史。

我本纯真

值得欣慰的是，命运的捉弄没有使关一帆放弃自己最初的执着和纯真。收到回归运动声明后，连程心也表示，如果关一帆希望在小宇宙安度余生，她会选择支持，但关一帆仍然决定响应回归运动，回到大宇宙。这个选择不仅是为了程心，更是为了自己最初的梦想——“我是研究直径一百六十亿光年的大宇宙的，不想在这个只有一千米宽的宇宙里度过一生。”也许正是因为历经命运洗礼，见识宇宙辽阔，才更能意识到短暂人生中自己最应该追求的是什么。地球和三体的刀光剑影已然远去，“三与三十万综合征”的阴影也不再使人窒息，无法返回的银河系新家园曾文明昌盛、繁衍不息，无边黑暗的宇宙战场上，有归零者带来一抹希望的亮色，新宇宙的田园时代还是那么令人神往……历尽波折，他依旧视星空为美和信仰，依旧是那个纯真的威慑纪元人。

人物经历 CHARACTER EXPERIENCES

危机纪元 195 年	出生
威慑纪元 13 年	二十六岁，跟随“万有引力”号追击“蓝色空间”号，担任随舰学者，大部分时间在冬眠中度过
威慑纪元 62 年	三十一岁，在睡梦中进入四维空间碎块，因此罹患幽闭恐惧症 在广播三体星系坐标的表决中投出赞成票 主动进入四维空间，遇到“魔戒”，与其对话并赠送生态球 两舰目睹四维空间跌落至三维，随后关一帆也选择不返回地球，从此前往太空深处
银河纪元 200 年左右	抵达一号世界，短暂参与拓荒后再次冬眠
银河纪元 404 年	新世界已拥有开展科学研究的条件，被唤醒
银河纪元 409 年	前往 DX3906 星系考察，收到“星环”号的信息，遇到逃出太阳系的程心和艾 AA 与程心前往灰星调查，返回蓝星、穿梭机即将进入大气层时遭遇死线扩散
18903729 年后	脱离低光速区，确认时间的流逝，与程心一起发现小宇宙入口并进入
647 号宇宙时间线	在小宇宙中生活 收到回归运动声明，决定归还质量，回到大宇宙

人物名言 CHARACTER HIGHLIGHTS

“这一切，暗无天日。”

宇宙的真相，还是不知道的好。程心在“亨特”号上表示太阳系人类很可怜，从未跨出自己的“小山村”、了解宇宙之谜时，关一帆的回答。这话并不是在形容黑暗森林：黑暗森林对于人类是生存的全部，对于宇宙却只是一件小事。真正的星际战争远在太阳系人类的想象之外，银河系人类也只能根据零星的证据猜测。宇宙规律是最可怕的武器，遭受维度打击竟应该视作对人类的肯定，向二维的跌落永远不会停止，把海弄干的鱼先登上陆地，从一片黑暗森林奔向另一片黑暗森林。只要能够生存，一切代价都无所谓，哪怕每秒十几千米的光速成为新的铁律——而人类和其他在三维世界诞生的文明一样，连想象无限光速的宇宙田园时代都无法做到，维度层层跌落，自然规律早已是战争的废墟。一切只是猜测，关一帆只能这样告诉自己和程心，但唯有这个事实没人能够回避，那就是我们的宇宙正在死去……

主要关系者 RELATED CHARACTER

“魔戒”

关一帆在进入四维空间后遇到的一个四维实体，推测是某个四维空间中的文明遗留下的智能体。“魔戒”自称为墓地。关一帆和“魔戒”的对话是人类第一次与三体之外的宇宙文明（而且还是四维文明）沟通。“墓地”“海”“水洼”“鱼”——“魔戒”使用了这些简洁生动的隐喻进行回答，像一位赛博禅师赠予人类宇宙谶言。“海干了鱼就要聚集在水洼里，水洼也在干涸，鱼都将消失。”对话勾勒的景象如同达利的画作，满是神秘和悠远的色彩。但随着《三体》故事的逐渐推进，我们才重新认识到这看似奇妙的画作之中满是恐怖和诡谲。漆黑的宇宙不仅仅蕴藏着神秘，更蕴藏着无尽的黑暗。当一切都已经远去，关一帆和程心相遇在 DX3906 星系之时，他仍然能不时回想起早已化作虚无的“魔戒”和自己的交谈，可见这段经历对关一帆的影响之深。

相关条目 RELATED ITEMS

银河系人类 146

三与三十万综合征 161

647 号小宇宙 197

CHARACTER RELATIONSHIP

人物关系

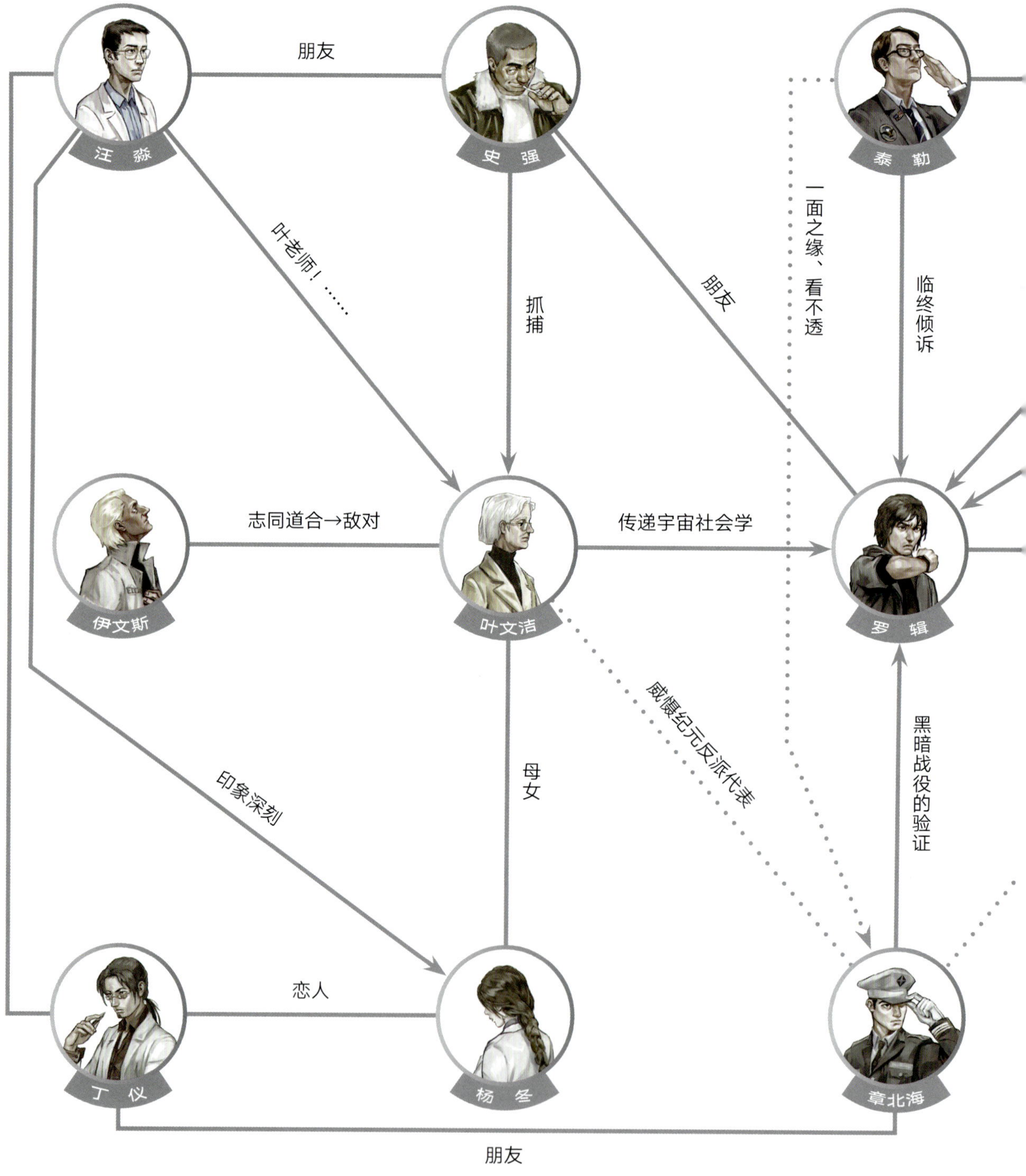

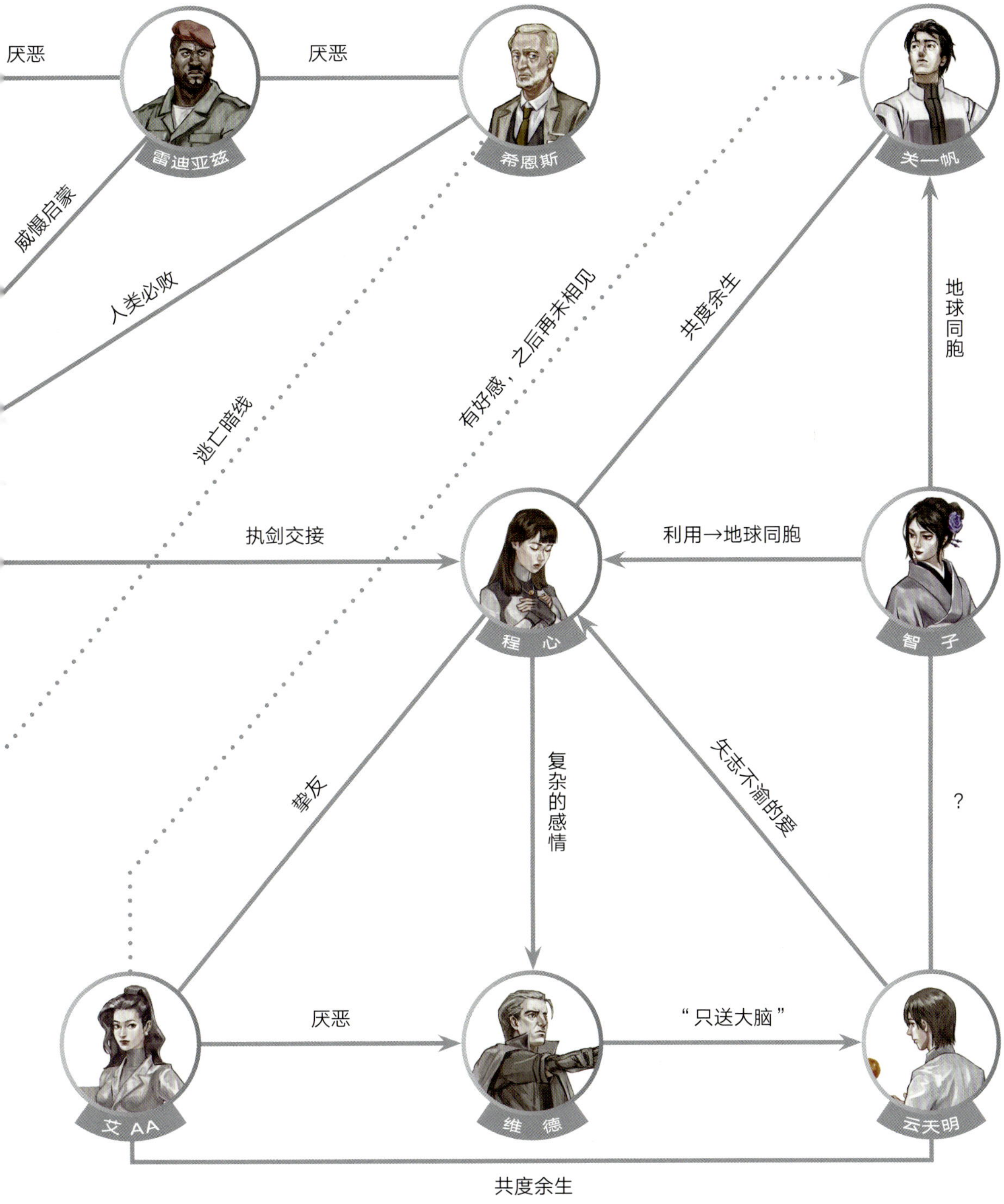
厌恶
厌恶
雷迪亚兹
希恩斯
关一帆
威慑启蒙
人类必败
有好感，之后再未相见
共度余生
地球同胞
逃亡暗线
执剑交接
利用→地球同胞
程 心
智 子
挚友
复杂的感情
矢志不渝的爱
？
厌恶
“只送大脑”
艾 AA
维 德
云天明
共度余生

“歌者知道自己做的不是什么大事，拾遗补阙而已，但这是一件必须做的事，且有乐趣。”

——《三体 III · 死神永生》

令人印象深刻的配角们

联合国

萨伊

菲律宾政治家，联合国秘书长。在任期间，萨伊主张将联合国从一个松散的国际会议转变为拥有政治权利的实体，推进了群星计划和面壁计划。虽然两个计划都以阶段性的失败告终，但历史却证明了萨伊的决断是长远而明智的，它们都为人类留下了宝贵的遗产。卸任后，萨伊致力于人类纪念工程直至去世，希望能将人类文明的痕迹做最后的记录。

萨伊是《三体》三部曲中人类政治精英的代表。我们不难看出她早已经洞穿了人类的结局——在末日战役中，人类完全没有任何可能战胜三体人。萨伊所做的一切似乎都没有在短期内起到作用，但在时光的洗涤之下，萨伊的深谋远虑才逐渐显现。如果说罗辑、章北海等人是和三体人正面对抗的将领，那么萨伊就是在背后默默给他们支持的战略家。萨伊身上也许并没有那么多精彩绝伦、起承转合的情节，但萨伊的智慧和努力却值得每一个人的敬意。

米哈伊尔·瓦季姆

俄罗斯航天工程师，PIA 技术规划中心主任，程心进入 PIA 后的第一个上司。瓦季姆为人温和低调，和 PIA 局长维德形成了鲜明对比，也给当时刚刚加入 PIA 的程心以莫大的安慰和鼓励。瓦季姆与维德熟识，也一直支持着维德的工作，但对他认为的维德阴暗的一面，在程心面前也直言不讳，使程心很吃惊。阶梯计划提出后，瓦季姆认识到自己其实是阶梯计划的最佳人选，但内心始终不敢面对这个选择，因此陷入纠结和彷徨。后来瓦季姆因突发意外身亡。多年后，维德承认是自己谋杀了瓦季姆。

中国太空军

常伟思

前陆军少将、地球防务安全部领导，在任期间组织了多次针对 ETO 的行动，抓捕叶文洁、截获伊文斯的情报，后担任中国太空军司令。常伟思知人善任，一手提拔的史强和章北海都在地球对三体的抗争中有着不俗的表现。在中国太空军刚刚成立之时，章北海过度的技术乐观主义招致了很多同僚的不满，也是常伟思力排众议支持章北海。后来常伟思敏锐地察觉到章北海的乐观主义的基础始终是一团迷雾，但却没能阻止章北海前往未来。常伟思在六十八岁因为积劳成疾去世，后人给了他极高的历史评价。

吴岳

章北海的同僚和朋友。吴岳对“技术制胜论”坚信不疑，因此面对科技水平远高于人类的三体文明，吴岳心中有着极为沉重的失败主义信念。吴岳曾被选入太空军，但很快就被章北海揭发了心中的失败主义信条，他随即主动申请退出。此后吴岳在人类必败的认识之中度过了痛苦和挣扎的一生，还曾经希望借助希恩斯的思想钢印获得解脱，但被希恩斯拒绝，七十七岁时在痛苦中去世。

吴岳是一个清醒的人。他的冷静和智慧让他足以看出人类已然无力回天，但他所处的位置和世人的不理智让他无法得到任何认同。他又不像章北海一样拥有野心、阴谋和行动力，因此别无选择，只能吞下自己的智慧结出的苦果。

科学家

魏成

自幼拥有极高的数学天赋，但是对世间俗事并无兴趣，隐居在寺庙研究三体问题，被 ETO 成员申玉菲偶然发现。申玉菲认为魏成的研究可能有助于使三体文明摆脱困境，因此与魏成结婚。

三体问题也是魏成人生中的唯一目标。和书中的所有角色都不一样，魏成的敌人并非是其他地球人，也并非其他智慧生物，而是宇宙中的客观规律。如果宇宙之中的智慧生物都能和魏成一样，共同与自然规律做抗争，那么这幅宇宙图景也一定会大有不同。

高 Way

居住在光速二号太空城的科研人员，致力于研究如何降低光速，却没有任何发现，因而走向自闭，后来在未知原因之中走过了光速二号太空城的黑洞视界，不可逆转地跌落黑洞。但因为相对论效应，在黑洞之外的观测者永远无法看到高 Way 进入黑洞的一刻，因此高 Way 跌入黑洞的最后场面被永远地刻在了太空城之中。

高 Way 最后奔向黑洞的道路，虽徒劳无功，却长存于时间之河，宛如人类徒劳而辉煌的努力。

观测者

艾伯特 · 林格 & 乔治 · 斐兹罗

哈勃二号空间望远镜的两位负责人。由于望远镜已被军方征用，艾伯特 · 林格为隶属 NASA 的天文学家，乔治 · 斐兹罗则是军方代表，起初二人关系不睦：林格指责军方是抢夺科研工具的强盗，而斐兹罗认为科学家在用公众的财产满足自己的欲望。二人共同负责对三体舰队的监测任务，斐兹罗将军还在偶然之间发明了“刷子”这个词来形容三体舰队在尘埃带上留下的痕迹。在漫长的工作中，二人互相理解，最后成为朋友。后世的观测者们也一直延续了“天文学家 + 军队将领”的组合，一代一代地共同等待着三体舰队最终的入侵。

平凡之人

苗福全、杨晋文、张援朝

居住在北京的老邻居。一个家境富裕但是文化不高的山西煤老板、一个退休的高级知识分子、一个颇有小市民思想的普通人——这三个老邻居放在一起，本身就是一台有趣的社会戏剧。三体人入侵的危机更是加重了这场戏的冲突。苗福全虽然阔气却因为文化不高而上当受骗、杨晋文豁达但又有一些酸腐、张援朝充满着“传宗接代”的思想和喜欢嫉妒的小市民习气，但他们最终都没能抵挡住时间，走完了自己平凡的一生。

弗雷斯

澳大利亚原住民，程心迁居澳大利亚期间曾在他家中居住。当时的程心深深陷入毁灭人类的自责之中，弗雷斯和艾 AA 给了她最大的安慰。弗雷斯曾为程心表演毛利土著的战争之舞，用人类文明中最原始的一面诠释了威慑的本质，也用一种别样的方式提醒了程心和所有读者他们可能丢掉的东西。

ETO 众生相

核弹女孩

姓名未知，叶文洁的亲上，背景复杂，虽然拥有可爱纯真的外表，但实际却残忍、暴戾而决绝，曾带着微笑一击杀死潘寒，并拿着真正的核弹和史强对峙，因被史强说中心底最后的柔软之处暴露破绽，被史强引爆炸药击杀。

其他成员

除三位破壁人（冯・诺依曼、墨子、亚里士多德即山杉惠子）外，包括秦始皇、周文王、伏羲、爱因斯坦、孔子、牛顿等人，是 ETO 成员在三体游戏中使用的 ID（其中部分 ID 可能为 AI）。虽然 ETO 仇视人类，但他们却使用着人类历史上的伟人名号，这也不能不说是一种别样的讽刺。

六十年代

叶哲泰

物理学家，叶文洁的父亲，“文化大革命”期间因为支持“资产阶级的”相对论，而被批斗致死。批斗者中就包括自己的妻子绍琳和女儿叶文雪。在生命的最后时刻，叶哲泰还在平静却又徒劳地和批斗者讲道理。

叶哲泰的死让女儿叶文洁的心灵遭遇重创，从此埋下了报复人类的火种。理性、智慧而不屈不挠的叶哲泰死于疯狂的时代，也揭开了全书后续无数疯狂情节的序幕。

白沐霖

大兴安岭建设兵团记者。当时的兵团中少有精通文墨之人，因此白沐霖和叶文洁有着惺惺相惜之情。白沐霖将当时的禁书《寂静的春天》借给叶文洁阅读，并和叶文洁一同给中央写信，希望阻止在大兴安岭破坏环境的行为。事发后，白沐霖选择保护自己，将一切责任都推给了叶文洁，致使叶文洁陷入绝境。

程丽华

大兴安岭中级法院军管会军代表，在叶文洁因信件问题被关押期间，以关心叶文洁为幌子，企图诱惑叶文洁签署一份旨在打击某重要科技工程的文件。在刚刚见到叶文洁时，程丽华显得亲切又耐心，但因为叶文洁的拒绝，程丽华露出了本来面目，将一桶冷水浇在了叶文洁的身上和被褥上。后来多亏杨卫宁的搭救，高烧的叶文洁才得以脱离悲惨困境。

雷志成

红岸基地政委，利用叶文洁政治背景不好的借口，将叶文洁的天体物理论文和研究成果据为己有。后雷志成截获了叶文洁收到的三体文明信息并企图作为自己的功绩上报，叶文洁为了保护三体文明，谋杀了雷志成，并连累自己的丈夫杨卫宁一同惨死。

红卫兵、绍琳对叶哲泰无情的批斗，以及叶文雪的惨死、白沐霖的怯懦、程丽华和雷志成的步步紧逼，共同促成了叶文洁对人类的刻骨恨意和最后的背叛，也拉开了全书斗争的序幕。正如书中情节所言，他们以历史为借口，没有任何忏悔。也许他们认为，在历史潮流之中的普通人始终无法独善其身，倒不如顺应潮流，保全自己，希望等待雪崩过去，然后将自己应该肩负的责任隐藏在历史的书页之中，以此来逃脱良心的谴责。但终究，宇宙中两个文明的全部个体都在为他们的懦弱买单。保持自己头脑的冷静、保持自己做人的基本良知，在浑浊的时代中也带着自己的理性和坚守而活，或许是每一个智慧生命应尽的义务。

航向星海

褚岩

“蓝色空间”号舰长，在章北海挟持“自然选择”号逃离时，主动提出追击。在黑暗战役中，褚岩安排“蓝色空间”号提前抽空空气防御次声波攻击，并率舰击溃“终极规律”号，使“蓝色空间”号成为唯一的幸存者，超越性地同时保全了生存与道德……在追击过程中，“蓝色空间”号率先发现四维碎片，并利用四维碎片击破水滴，从此获得不受威胁的自由。褚岩推测出程心威慑失败后，带领“蓝色空间”号和“万有引力”号启动了宇宙广播。广播纪元开启，“蓝色空间”号与地球的关系也从此改善。

詹姆斯·亨特

“万有引力”号炊事员，但实际身份是“万有引力”号的“反执剑人”。当有人企图夺取“万有引力”号上引力波发射器的控制权时，亨特有权采取任何行动制止。“蓝色空间”号掌握了四维碎片的秘密后，亨特在与“蓝色空间”号船员朴义君的争斗中受重伤。书中没有明确写出亨特的结局，但根据书中情节，他很可能因重伤身亡。

亨特代表了传统的地球人最后的抵抗。在亨特受伤事件后，“蓝色空间”号和“万有引力”号启动广播，两艘舰船上的人类正式从太阳系人类变为了银河系人类。关一帆将自己的飞船命名为“亨特”号，不仅是对于故友的纪念，也是对曾经的太阳系人类的告别。

人类之外

三体世界

三体文明的社会体系和人类截然不同。无法隐藏思维的三体人建立起了绝对的集权统治，在三体文明本身的生存面前，任何个体的荣辱甚至生命都不值一提。为了处理监听系统中出现的问题，三体世界的元首以焚烧的形式处决了六千余名三体人，而相关负责人在知道自己将被处死之时的反应居然是“谢谢元首，这让我们的良心多少安定了一些”。如此残暴的社会自然无法诞生技术爆炸，而它们苦心孤诣寻求的一线生机也始终没有现身——历经了几百年的争斗，三体文明甚至还先于地球文明葬身宇宙。善意也许无法帮助文明在宇宙中生存，但是恶意也同样不会。

1379 号监听员

三体世界的异见者。按照三体世界的社会形态，一位监听员只不过如同蚁群中的一只工蚁，或者更夸张一些——机器上的一个零件，过完自己那完全不属于自己的一生。在这样的极端高压之下，自然会催化一丝追寻意义和反抗的星火。如同苦大仇深的叶文洁报复全人类一样，1379 号监听员也在追寻自己意义的途中报复了整个三体文明。不过报复只是意外，他仅仅是在竭尽所能守护自己的梦想……命运弄人，1379 号监听员没有被处死，三体元首打算让他见证希望毁灭的时刻。不过至少在元首和监听员之间，胜利这次站在希望一方：在第二部结尾，1379 号监听员和罗辑的对话，犹如阳光仁慈地洒落，让黑暗森林的角落里有光辉闪烁……

歌者

宇宙中某未知文明的底层员工，二向箔的发射者。歌者文明的一瞥带给了我们更加深层的宇宙形象——歌者吟唱的歌谣充满着陌生的美，也让我们对宇宙之广大有了更进一步的想象。“那是一块凝固的时间。”也许曾经的宇宙正如智子所说，拥有多个维度的时间。但和充满异域风情和诗情画意的歌谣相比，歌者所做的工作却令人胆寒——一次打击，就可以毁灭一个文明。但即便是拥有如此强大力量的人，却依然只是一个文明最底层的员工而已。宇宙的广阔，或者说宇宙的残酷，由此可见一斑。

狄奥伦娜

拜占庭底层风尘女子，四维空间碎片经过地球时曾误入其中，并利用四维碎片获取了短暂的空间穿梭能力。在君士坦丁堡被围困期间，狄奥伦娜曾试图利用四维碎片杀死穆罕默德二世并成为圣女，但因为此时四维碎片已经离开地球，狄奥伦娜计划失败，君士坦丁堡陷落，狄奥伦娜被杀。

我们无从知晓狄奥伦娜在初次进入四维碎片时的震撼。对于不通科学的 15 世纪人来说，狄奥伦娜一定认为自己已经得到了上帝的眷顾。她希望成为圣女，或许不是出自个人荣辱，而是真诚地认为自己足以成圣。又或许，狄奥伦娜并非历史上第一个误入四维碎片的人类，他们的过往和经历或许隐藏在历史的只言片语之中，空留给每一位读者无尽的遐想。

事件

军事禁区
请勿

红岸基地，大兴安岭雷达峰

红岸工程

冷战背景下，为了在军备技术竞赛中不落后于超级大国，中国政府在大兴安岭建立了红岸基地，开启了红岸工程。红岸工程表面上是在研制能够摧毁敌人太空设备的武器，它真正的目的却是探索外星文明的存在，争取率先与外星文明建立联系。红岸工程始于“文化大革命”时期，心怀仇恨的叶文洁在研究工作中偷偷与三体文明取得了联系，却对所有人隐瞒了这个事实。后来红岸工程被认为是一个失败的项目，在 1980 年代后逐渐衰落和边缘化，最后只承担一些普通的天文工作。

档案卡片 FILE CARD

主要参与者	叶文洁（研究员）、雷志成（政委）、杨卫宁（总工程师）
发生时间	始于“文化大革命”时期，衰落于 1980 年代
发生地点	中国大兴安岭，红岸基地
结果与影响	使三体人发现了地球文明的存在并从此盯上地球 以叶文洁联络三体世界为起点，发展出了以“消灭人类暴政，世界属于三体”为口号的地下组织 ETO

事件经过 EVENT COURSE

历史背景与计划目标：探寻外星文明的存在

冷战时期，各大国都在暗自进行军备技术上的竞赛。在充分考虑了物理学、生物学、计算机科学等学科领域后，中国政府方面认为，寻找外星文明是所有技术突变的可能性中变数最大的领域，极有可能产生突然性的巨大突破。而在美国和其他北约国家，外星文明探索的科学性和必要性已得到广泛认可，学术氛围浓厚，也已经有了十分详细的搜索计划。苏联在这方面也投入巨大，且研究更具系统性和长远规划。如果让超级大国首先与外星文明接触并垄断接触，外星社会就只能听到一个声音，这是十分危险的。中国也必须发出自己的声音，让外星社会听到地球文明的完整声音。红岸工程因此诞生。

红岸工程的日常掩饰性任务

日常发射任务：红岸的日常发射任务就是攻击试验。即，指定本国发射的卫星作为靶标卫星，向靶标卫星发射功率高达二十五兆瓦的电波，摧毁靶标卫星的通信与拍摄系统。实验目的是使红岸系统能作为有效的战争武器，攻击敌人在太空中的航天器，直接使敌军的通信、雷达、导航系统的微波电子设备失效或烧毁。

日常监听任务：对敌人的太空活动进行监视，包括监听敌人航天器与地面和航天器间的通信。与我航天测控部门配合，锁定敌航天器的轨道位置，为红岸系统的作战提供依据。

红岸工程的真实实施过程

红岸工程原初方案：

红岸搜索监听系统初步设计方案

红岸信息发送系统初步设计方案

红岸搜索监听基地和信息发送基地选址初步方案

组建第二炮兵红岸部队的初步构想

接收到外星文明信息后的政策与战略研究

与外星文明建立联系后的政策与战略研究

红岸信息发送内容提要：

地球行星概况（3.1KB）、地球生命系统概况（4.4KB）、人类社会概况（4.6KB）、世界历史基本信息（5.4KB），全部信息量为 17.5KB。全部信息在自译解系统之后发射，在 2280 兆赫、12000 兆赫、22000 兆赫波段上的发送时间分别为 31 分钟、7.5 分钟和 3.5 分钟。

发送信息应通过多学科严格审查，确保不会包含任何太阳系在银河系中的坐标信息。在三个发射频率中，尽量减少 12000 兆赫、22000 兆赫的高频段发射，以减小被定位的可能性。

最终确认发送稿件：

向收到该信息的世界致以美好的祝愿。

通过以下信息，你们将对地球文明有了一个基本的了解。人类经过漫长的劳动和创造，建立了灿烂的文明，涌现了丰富多彩的文化，并初步了解了自然界和人类社会运行发展的规律，我们珍视这一切。

但我们的世界仍有极大缺陷，存在着仇恨、偏见和战争，由于生产力和生产关系的矛盾，财富的分配严重不均，相当部分的人类成员生活在贫困和苦难之中。

人类社会正在努力解决自己面临的各种困难和问题，努力为地球文明创造一个美好的未来。发送该信息的国家所从事的事业就是这种努力的一部分。我们致力于建立一个理想的社会，使每个人类成员的劳动和价值都得到充分的尊重，使所有人的物质和精神需要都得到充分的满足，使地球文明成为一个更加完美的文明。

我们怀着美好的愿望，期待着与宇宙中其他文明社会建立联系，期待着与你们一起，在广阔的宇宙中创造更加美好的生活。

叶文洁在红岸工程中的研究经历

叶文洁来到红岸基地后，先是在发射部工作，后来进入监听部工作。在得知了红岸工程的真正机密后，开始全身心投入科研工作，一方面在研究一直困扰红岸监听系统的凌日干扰问题，一方面在做自己感兴趣的数学模型。

尽管科研成果颇丰，叶文洁却始终没能彻底解决凌日干扰问题。但研究过程中，她意外发现太阳是一个电波放大器，人类可以将太阳作为一个超级天线，通过它向宇宙中发射电波。这种电波是以恒星级的能量发出的，它的功率比地球上能够使用的全部发射功率还要大上亿倍。用这种方式向外太空发射电波，探索外星文明的效率一定会大大提升。

为了验证这个想法，叶文洁提出了一个大胆的试验，就是向太阳发射超强电波。她的提议因存在“政治风险”被雷政委拒绝，但她却在一次例行的检修测试时，偷偷对太阳发射了超强电波。当时没有接收到任何宇宙中的返回信息，她便失望了，放弃了这个想法。

然而八年后，叶文洁在值夜班时，发现红岸系统接收到了一段异样的宇宙电波波形。她打开破译系统后，读到了来自三体世界的第一则信息，即：

“不要回答！不要回答！！不要回答！！！”

更多的信息源源不断发送过来，经过四个多小时的实时译解，叶文洁成为第一个确切得知三体世界的存在的人类。但她偷偷将接收到的信息全部转存到一个多重加密的隐形子目录中，并用一年前接收的一段噪声代替了这五个小时的内容。然后她偷偷将自己想要发给三体的回复藏在红岸发射系统的缓存区，在下一次的发射任务中成功发射。她发射的内容是：

“到这里来吧，我将帮助你们获得这个世界。我的文明已无力解决自己的问题，需要你们的力量来介入。”

后来叶文洁隐藏起来的三体世界信息被雷政委发现了。于是她制造了一起机械故障，让前往山崖下整修的雷政委和不知情的杨卫宁一起坠崖身亡，成功向所有人隐瞒了红岸接收过三体信息并回复过信息的事实。

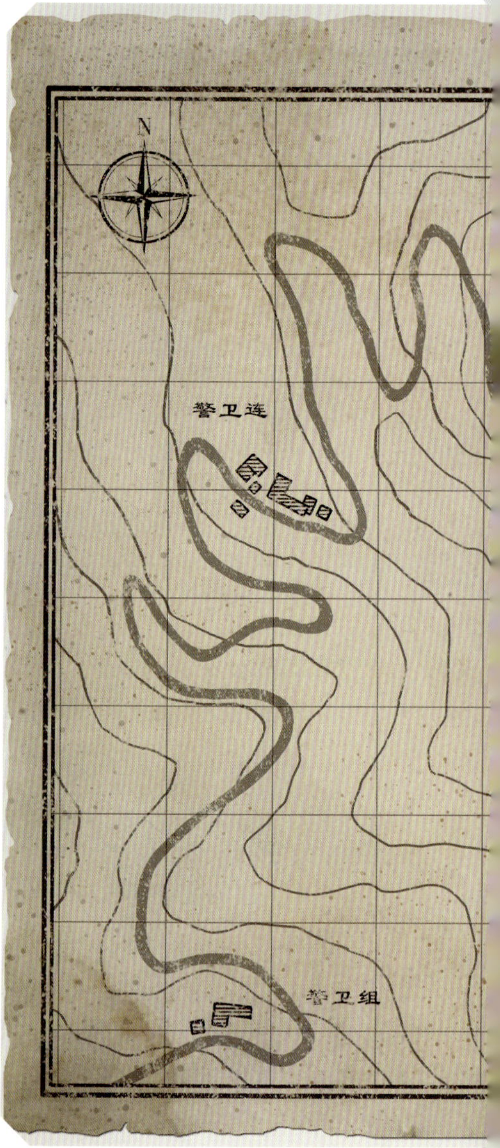

红岸工程的结果与意义

红岸工程淹没于“文化大革命”的历史中，却拉开了三体与地球恩怨的序幕。由于叶文洁的刻意隐瞒，红岸运行的二十多年没有得到任何外星文明的消息，于是逐渐衰弱了。随着眼界的开阔，人们也清楚了外星文明探索的难度，上级对红岸工程渐渐失去兴趣。红岸基地的密级也降低了，后来承担了一些与外星文明搜索没有关系的研究项目。大约二十年后，当年原本作为高等机密的红岸档案被一点点披露。人们开始认为红岸工程是“文化大革命”特殊时代背景下的疯狂产物。

而在对与外星文明建交的后续研究中，人们也发现过去对于此事的想法过于天真和理想主义。与大多数人美好的愿望相反，人类不可能作为一个整体与外星文明接触，这种接触对人类文

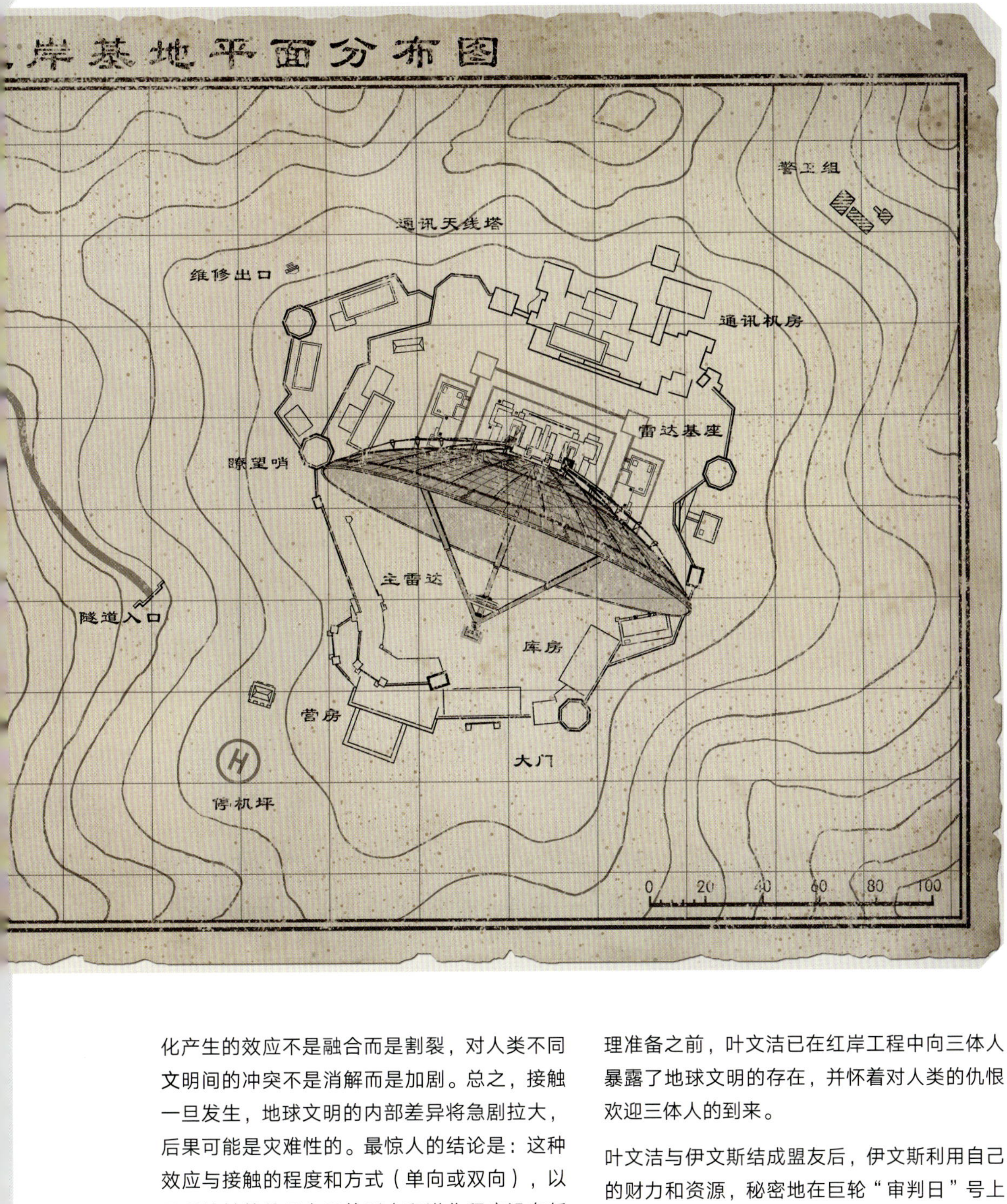

化产生的效应不是融合而是割裂，对人类不同文明间的冲突不是消解而是加剧。总之，接触一旦发生，地球文明的内部差异将急剧拉大，后果可能是灾难性的。最惊人的结论是：这种效应与接触的程度和方式（单向或双向），以及所接触的外星文明的形态和进化程度没有任何关系。

这种预期与三体文明和地球真正接触时的情形已经十分接近，但遗憾的是，在人类有这个心理准备之前，叶文洁已在红岸工程中向三体人暴露了地球文明的存在，并怀着对人类的仇恨欢迎三体人的到来。

叶文洁与伊文斯结成盟友后，伊文斯利用自己的财力和资源，秘密地在巨轮“审判日”号上建立了第二红岸基地，持续与三体文明通信，并在此基础上发展出以“消灭人类暴政，世界属于三体”为口号的地下组织 ETO。而以毁灭为目的的三体舰队，正在太空中向地球进发。

智子工程

智子工程是三体文明遏制地球科技发展、监控地球的重要手段。智子本质上是一种微观智能粒子。三体人共发送了两颗智子到地球，智子的第一个任务是持续干扰地球的高能物理实验，锁死地球科技；第二个任务是在地球上空二维展开，形成一个包住地球表面的巨大平面，用以显示“神迹”引起地球人的恐慌。因为可以直接显示文字，后期成为三体文明与地球沟通的主要形式。它无所不知、无所不在的特质，也使它成为两个文明起起落落直至最终灭亡的重要见证者。

档案卡片 FILE CARD

主要参与者	三体文明、智子（机器人）
发生时间	1990-1995 年初次制造，2001 年初次发射
发生地点	三体行星、地球
结果与影响	锁死地球科技 三体人与地球发生联系的主要形式

事件经过 EVENT COURSE

智子工程的缘起

三体人从地球回复监听员警告的信息获悉了地球的方位后，立刻向地球发射了三体舰队。尽管两者相距仅四光年，但按照地球文明的发展速度，当三体舰队抵达地球，地球的文明程度和科技水平很可能已经超过了此时的三体，那么抵达的三体舰队将面临覆灭。但只有普通微观粒子大小的智子可以以接近光速的速度航行，先于三体舰队抵达地球，率先展开遏制地球科技进一步发展的行动，在三体舰队抵达地球之前保持住三体文明的技术优势。因此三体方面展开了智子工程。

智子的科学原理与构建过程

简单来说，智子工程就是把一个质子改造成一台超级智能计算机。尽管三体世界的物理学家已经能够操控微观世界十一维结构中的九维，但要在质子内部搭建大规模集成电路仍然是无法办到的，只能在宏观的二维平面上进行。所以，必须首先将一个质子进行二维展开。

质子的二维展开实验充满危险与不确定性，经过三次实验，三体人终于成功完成了一次质子的二维展开。二维展开的质子形成一个巨大的平面，像一面超薄的镜子般覆盖了三体行星上空。接着，从地面发出电磁辐射，对平面的引力弯曲进行调节，使得质子平面最后把星球完全包裹起来，之后电磁辐射仍将继续发射，像许多根辐条一样维持住这个大球面的稳定，三体行星就成了一个固定二维质子的工作平台。

接下来，便可以驾驶飞船在质子平面上进行集成电路的蚀刻。这是一个庞大的工程，上千艘飞船工作了一万五千个三体时才最后完成，软件的调试又用了五千个三体时。完成时电路的总面积是包裹其中的三体行星陆地面积的几十倍。

接着，再增加这个智子的维度，使它缩小。二维收缩至三维，形成一个月球大小；三维收缩至六维，形成一个镜面；最后六维缩回十一维，变成普通微观粒子的大小。微观粒子无法感知宏观世界，无法接收命令，但当有一个以上的质子时，便可以通过量子效应，构成一个感知宏观世界的系统。

后来三体方面又成功建造了三颗智子，四颗智子构成的量子感应阵列顺利建立，一起缩小至十一维。智子对空间的性质了如指掌，可以从真空汲取能量，在极短时间内变成高能粒子，以接近光速的速度航行。

智子在地球的部署

三体人共发射了两颗智子到地球。智子的第一个任务是定位人类用于物理学研究的高能加速器，然后潜入其中，持续干扰地球的高能物理实验。第二个任务是在地球上空二维展开，形成一个包住地球表面的巨大平面，这个可控制显示内容的平面成为在地球上显示“神迹”的重要道具，目的是引起地球人类的恐慌，将地球科技的发展引入歧途。科学家在眼前看到的倒计时便是因此而来。三号和四号智子则留在三体，实时接收地球上一号和二号智子发回的信息，如此便实现了对地球的实时监视。

智子与人类发生的重要交流

倒计时

为了阻碍地球科技的发展，智子选中了一批关键研究领域的人类科学家，使他们的眼前看到一组不断变小的电子数字。被选中的科学家们无论看向何处，都会看到这组倒计时，就像是长在视网膜上。然而，却检查不出任何身体异样。没人知道倒计时的终点会发生什么，这个无法被解释的神秘现象，使得许多科学家陷入恐慌，心理崩溃，先后自杀。这一连串蹊跷的科学家自杀事件，引来了史强等人的注意。史强与能看见倒计时的纳米材料学家汪淼一起，踏上解谜之路。

“你们是虫子”

古筝行动后，人类获得了一批重要的三体信息，终于首次在与三体文明的战斗中达成信息对称。然而，在针对这批信息的研讨会上，智子使每个与会者的眼前都看到“你们是虫子”五个大字。这是三体文明对地球的轻蔑挑衅，也是正式宣战。

与罗辑的谈判

面壁者罗辑在雪地工程中用自甘堕落骗过了包括三体在内的所有人，成功在太阳轨道上部署了三千六百一十四枚核弹，并使用摇篮系统将自己的性命作为维持核弹非触发状态的条件。只要罗辑一死，就会触发雪地工程里的核弹爆炸。这些核弹的爆炸将向宇宙公布三体星系的坐标，同时也暴露地球的坐标，马上引来高等文明使地球和三体同归于尽。罗辑做了充分的同归于尽的心理准备，给自己挖了坟墓后拿枪抵着自己的脑袋，以生命相威胁，逼迫三体人现身谈判。大约十秒钟后，智子在他面前展开成三个有反射镜面的球体，三个球体同时出现“住手”两字，然后答应了罗辑的谈判要求，并以这种显示方式完成了与罗辑的谈判。这次，人类赢得了巨大胜利，从此，人类社会进入威慑纪元。

机器人智子

威慑纪元后，三体世界以叫作“智子”的女性机器人为大使，在地球与人类沟通交流。这个机器人由智能微观粒子智子控制，却呈现出一个日本女人的模样，轻言慢语，谦恭有礼，多次代表三体世界对地球人发表讲话，获得了许多地球人的好感，在说服程心参选执剑人上起了巨大作用。然而，在地球对三体的威慑失效后，智子马上露出了残酷冷峻的真面目，并在人类被赶往澳大利亚保留地时变身杀人机器，手持武士刀大开杀戒。三体星系被毁灭后，机器人智子却留在了地球，又变回谦恭有礼的模样，邀请程心和罗辑喝茶。那次“茶道谈话”给了地球人如何在黑暗森林中生存的一点启示。因为智子知道发布宇宙安全声明的方法，一度在人类社会被作为神一样朝拜，但她没有给任何回应。在带给程心云天明的消息后，智子机器人在火焰中化为灰烬。

意义

智子是三体文明锁死地球科技、监控地球的重要手段，也是三体文明与地球最主要的沟通方式。它是三体文明科技成果的集中体现，它诡异抽象的多维展开和幽灵般的无处不在，形成了三体文明在地球人眼中诡谲多变、难以理解的印象。这种无法理解的超越的存在方式，也成为地球三体组织对三体文明产生崇拜与宗教感情的基础。为了应对智子无所不在的监视，小说最重要的情节之一“面壁计划”由此诞生。

智子多维转变的核心科学原理，也展现了整个《三体》小说世界的基本宇宙观，即宇宙是多维的。宇宙一共十一维，人类能生活和了解的，只不过是其中的三维。高等文明和低等文明的最大区别，就在于对维度的灵活利用。

古筝行动

警方抓捕 ETO 统帅叶文洁后，获知了第二红岸基地“审判日”号上存有大量 ETO 降临派截留的三体信息。为了完整地夺取这份重要信息，人类使用超强度纳米材料“飞刃”在“审判日”号必经的盖拉德水道挂上一面肉眼不可见的切割网，将经过的“审判日”号切成四十多片，一举消灭了包括伊文斯在内的诸多 ETO 降临派成员，并成功获取三体信息。这个阶段性胜利使人类获悉了三体文明的具体科技水平和前往地球的真实目的，即毁灭地球文明并占领地球，也使人类社会陷入三体入侵的阴影之中。

档案卡片 FILE CARD

主要参与者	史强、汪淼、常伟思、斯坦顿
发生时间	2007 年
发生地点	巴拿马运河的盖拉德水道
结果与影响	人类截获了大量三体信息，得知了三体文明的详细科技水平和目的，人类社会从此被三体入侵的阴影笼罩

古筝行动的前因与背景

大史跟随汪淼一同潜入 ETO 的线下聚会，带领士兵发动了突袭，成功抓捕了包括 ETO 统帅叶文洁在内的诸多 ETO 成员。审讯中，叶文洁供出了 ETO 内部的详细情况，包括以叶文洁为首的拯救派和以伊文斯为首的降临派之间的斗争。

当年，伊文斯虽然在“审判日”号上建立了第二红岸基地，并推举叶文洁为 ETO 统帅，但并没有透露他真正的想法是借三体之手彻底毁灭人类。伊文斯利用叶文洁的凝聚力扩张了三体组织，同时垄断了与三体文明的通信途径，截留了大量三体信息，以“审判日”号为基地形成了降临派势力。而以叶文洁为首的拯救派只是抱着天真与仁慈之心希望三体文明能生存下去，并给地球文明带来改变与提升。两个派别的矛盾日益尖锐，尽管叶文洁的威信足以调动拯救派的绝大多数武装力量去消灭降临派，却因担心“审判日”号上被作为人质的三体信息被损毁而迟迟没有动手。这给了人类社会一个直接获取一手三体信息的机会。这批信息对人类的生死存亡至关重要。夺取“审判日”号上三体信息的任务，被称为“古筝行动”。

行动方案与过程

古筝行动的参与方包括各个国家的优秀军人，这是人类历史上全世界武装力量第一次面对共同的敌人。为了完整获取“审判日”号上的三体信息，避免敌人在攻击行动中删除或损毁信息，必须在极短的时间内、在被目标察觉之前，消灭船上的全部敌人，同时又不能对其内部的其他设施特别是计算机设备造成损坏。但我方对“审判日”号的内部结构全然不知，因此行动难度很大。已知这艘巨轮将于四天后通过巴拿马运河，这是一次绝好的机会，而我方只剩十个小时来确定行动方案。

经过激烈的讨论，最终确定使用史强提出的纳米丝方案，即在“审判日”号必经的河道两侧使用超强度的纳米丝“飞刃”挂出一面肉眼不可见的切割网——“琴”，悄无声息地割碎经过的“审判日”号。该方案选取巴拿马运河最窄的盖拉德水道作为“琴”的铺设地点。先在盖拉德水道两岸分别平放两根二十四米长的钢柱，再将五十根一百六十米的超强度纳米丝“飞刃”按约零点五米的间距连接在两根钢柱上。然后每根纳米丝靠右岸的一段连接一段普通钢丝，好使纳米丝随着上面的坠物沉入河底，方便其他无关船只通过。

当“审判日”号的前面一艘轮船完全通过后，便收回普通钢丝，将纳米丝绷直，然后竖起钢柱，把“琴”完全竖起来。当“审判日”号以正常速度通过盖拉德水道时，整个船体被“琴”悄无声息地切割成四十多片薄片，船上的人也一同被切割身亡。接着，埋伏的大批士兵冲向河岸，直升机从上方扑灭了“审判日”号残骸中的火势，并放下搜索人员。船上的船员无人幸免，包括伊文斯。士兵们在伊文斯的尸体所指的计算机里找到了完整的三体信息。

关键技术：“飞刃”

“飞刃”是一种超强度纳米材料，用分子建筑术制造而成，耗费资源极大，无法量产，是极其珍贵稀少的材料。“飞刃”可呈现丝状和片状，粗细不到头发丝的十分之一。当它是丝状时，肉眼难以察觉，却能无声无息地割断钢筋水泥。

纳米材料的研发被三体人所顾忌，因为纳米材料一旦可以大规模生产，就会成为建设太空电梯的技术基础，地球人类可以凭借此项技术轻易地进入近地空间，所以是三体人要扑灭的地球技术之一。智子锁死地球科技的同时，纳米材料大规模量产的可能性也被锁死了。到古筝行动时，“飞刃”所剩不多，刚好够在最窄的盖拉德水道使用。

截获的信息

古筝行动截获了 28G 的三体信息，信息量之大超出所有人的想象，内容包括监听员收到地球消息后的经历，和三体对地球的详细作战计划。

监听员

在漫长的孤寂时光中，他在首次收到地球信息时万分激动，但很快想到，一旦公布这则找到外星文明的消息，监听站将大规模裁员，自己很可能工作不保，面临被强制脱水焚烧的命运。同时他很清楚三体政府寻找外星文明的目的，只是为了占领外星星球。作为一个和平主义者，也为了他自己，他隐瞒了地球文明的消息，并偷偷向地球文明发出了“不要回答”的警告。然而，三体元首还是获知了地球文明的信息，并立刻向地球方向派出三体舰队。因为失职的罪责，整个监听系统相关的六千人全部被焚烧，监听员却获得了自由。因为元首给他的惩罚是，眼睁睁看着地球文明被毁灭。

智子

三体人从地球回复监听员警告的信息获悉了地球距离三体星系的具体距离，仅四光年。但按照地球文明的发展速度，当三体舰队抵达地球，地球的文明程度和科技水平很可能已经超过了此时的三体，那么抵达的三体舰队将面临覆灭。为了保持三体文明的技术优势，遏制地球科技的进一步发展，三体世界展开智子工程。智子是一个可以在不同维度间变幻的人工智能，最小可以收缩至十一维，变成一个普通微观粒子的大小。最小状态下的智子便以超快的速度远远领先三体舰队，率先抵达地球。三体共发射了两颗智子到地球，锁死地球科技发展、制造恐慌，并对地球进行实时监视。

结果与影响

在研读了古筝行动获取的三体信息后，人类明白自己的一举一动都在智子的监视之下，任何秘密都已不复存在。这意味着地球必须想出能够在全方位监视下对抗三体的计划。此为第二部“面壁计划”的提出提供了缘由与背景。

在针对三体信息的研讨会中，智子让所有与会人员的眼前出现了“你们是虫子”这句轻蔑的挑衅话语。这条令人窒息与绝望的信息，可视为三体文明对地球的正式宣战。地球与三体文明的战争，由此从地下转向地上，进入一个新阶段。随着三体文明的具体信息在人类社会被公之于众，三体文明的存在和即将到来的三体舰队的威胁，成为人人皆知的大危机。整个地球陷入三体入侵的阴影之中，这大大影响了人类社会的发展方向，使人类社会迅速进入了危机纪元。

一股浓烟从破洞中涌出，在右岸直线航行了一段的“审判日”号就拖着这道烟尾开始转向，很快越过河面，撞到左岸上。汪淼看到，冲上岸坡的巨大船首在急剧变形的同时，将土坡像水一样冲开，激起汹涌的土浪。与此同时，“审判日”号开始散成四十多片薄片，每一片的厚度是半米，从这个距离看去是一片片薄板，上部的薄片前冲速度最快，与下面的逐级错开来，这艘巨轮像一叠被向前推开的扑克牌，这四十多个巨大的薄片滑动时相互摩擦，发出一阵尖利的怪音，像无数根巨指在划玻璃。在这令人无法忍受的声音消失后，“审判日”号已经化作一堆岸上的薄片，越靠上前冲得越远，像从一个绊倒的服务生手中向前倾倒的一摞盘子。那些薄片看上去像布片般柔软，很快变形，形成了一堆复杂的形状，让人无法想象它曾是一艘巨轮。

——《三体》

面壁计划

古筝行动后，人类社会笼罩在三体舰队即将入侵地球的恐惧之下。面对三体文明碾压级的超高科技水平，人类社会决定充分发挥人类在欺骗战略上的优势，推出了面壁计划。该计划选中了四名面壁者，面壁者肩负打败三体人的重要使命，拥有无须对外人做出解释、调取各种资源的权力。这都是为了欺骗时刻监视着人类行为的智子。在三名面壁者被 ETO 的破壁人识破真实计划之后，最后一名面壁者罗辑终于确认了宇宙社会的真相，即黑暗森林状态，最终用广播坐标作为威慑方式，达成了与三体文明之间的平衡，成功阻止了三体文明对地球的入侵，也使人类社会进入威慑纪元。

档案卡片 FILE CARD

主要参与者	面壁者
发生时间	危机纪元
发生地点	地球
结果与影响	揭露了宇宙黑暗森林的真相，达成了与三体文明之间的制约平衡，成功阻止了三体文明对地球的入侵，也使人类社会进入威慑纪元

事件经过 EVENT COURSE

背景与介绍

古筝行动后，人类获知了三体文明的存在，并得知以入侵地球为目的的三体舰队正朝太阳系飞来，将于约四百年后抵达地球。在三体文明碾压级的科技水平的阴影之下，人类社会从此进入危机纪元。与此同时，整个地球都处于来自三体的智子的监控之下，这意味着人类社会一切反抗行动都暴露在三体文明的监视之下。人类所知的三体文明的唯一弱点，就是三体人的思想透明导致它们理解欺骗与诡计的能力十分低下。为了充分利用人类的这一唯一优势，联合国推出了面壁计划。

面壁计划的核心，是选定一批战略计划的制定者和领导者，他们完全依靠自己的思维制定战略计划，不与外界进行任何形式的交流，计划的真实战略思想、完成的步骤和最后目的都只藏在他们的大脑中，他们被称为面壁者。在领导执行这些战略计划的过程中，面壁者对外界所表现出来的思想和行为，应该是完全的假象，是经过精心策划的伪装、误导和欺骗，面壁者所要误导和欺骗的是包括敌方和己方在内的整个世界，最终建立起一个扑朔迷离的巨大的假象迷宫，使敌人在这个迷宫中丧失正确的判断，尽可能地推迟其判明我方真实战略意图的时间。

面壁者将被授予很高的权力，使他们能够调集和使用地球已有的战争资源中的一部分。在战略计划的执行过程中，面壁者不必对自己的行为和命令做出任何解释，不管这种行为是多么不可理解。面壁者的行为将由联合国行星防御理事会进行监督和控制，这也是唯一有权根据联合国面壁法案最后否决面壁者指令的机构。

为了保证面壁计划的连续性，所有面壁者将借助冬眠技术跨越时间，一直到达最后决战的时代，这期间，在何时和何种情况下苏醒，每次苏醒期有多长时间，均由面壁者自行决定。在以后的四个世纪的时间里，联合国面壁法案将作为一项与联合国宪章同等地位的国际法存在，它将与各国制定的相应法律一起，保证面壁者战略计划的执行。

联合国所选定的四名面壁者分别是：弗里德里克·泰勒、曼努尔·雷迪亚兹、比尔·希恩斯、罗辑。这四名面壁者将承担人类历史上最艰难的使命。他们是真正的独行者，将对整个世界甚至整个宇宙彻底关闭自己的心灵，他们所能倾诉和交流的、精神上唯一能依靠的只有他们自己。他们将肩负着这伟大的使命孤独地走过漫长的岁月。

针对联合国的面壁计划，不善谎言的三体文明重新启用了 ETO，指定了四名破壁人。破壁人的任务，便是识别对应面壁者反击三体的计划。以下，便是四名面壁者面壁计划的详细解析。

弗里德里克·泰勒

美国人泰勒是刚刚卸任的美国国防部部长。他对美国国家战略产生过深刻影响，著有《技术的真相》一书。他不仅是一位战略理论家，同时也是行动的巨人，他在处理多次重大危机时所表现出来的果敢和远见，赢得了广泛的赞誉。成为面壁者后，泰勒考察了各国的军队与科技力量，宣称他想建立一支独立的太空力量，以宏原子核聚变为武器。

这个计划的第一步是收集足够多的宏原子核。这被科学界主流认为极其浪费资源并且愚不可及，因为用多建加速器的方法收集宏原子核与智子赛跑是不可能赢的，就像弓箭对导弹。但泰勒坚定地继续执行自己的计划。

第二步是为末日之战招募敢死队成员。这个做法违反了现代社会“人的生命高于一切”的基本道德准则，因此受到媒体舆论的排斥。为了招募，泰勒先后拜访了具有自我牺牲精神传统的日本军队、中国军队，甚至阿富汗恐怖组织，但都未能得到支持。但他仍坚定地执行自己的计划。

第三步是建立太空基地，为大规模宏原子聚变实验提供场所。

在建设太空电磁发射轨道期间，泰勒的住处来了一位访客，自称是他的破壁人。破壁人察觉到泰勒对自我牺牲精神的格外关注，因此猜到泰勒的真正计划，是建立一支量子幽灵舰队。泰勒原本是打算让这支太空军战士自愿借助于宏原子，与他们的战舰一同化为量子态。但周游世界后，泰勒对现代人类的献身精神彻底失望了，于是产生了一个更为极端的战略计划，即在末日之战中发起一次类似超级太空珍珠港事件的毁灭性袭击，让地球主力舰队灰飞烟灭，化作无数量子幻影，这样就得到了他想要的呈宏观量子态的地球舰队。然后再让这支量子幽灵去抵抗三体舰队，因为死去的人无法再死一次，他相信这支量子幽灵舰队是战无不胜的。

破壁人全部猜对了，并通过网络新闻将他的计划公之于众。PDC 也认为泰勒犯了反人类罪，必须受到法律的制裁。但是按照面壁计划的基本原则，外界出现的任何证据都可能是面壁者战略欺骗的一部分，所以泰勒最后未受到指控。哪怕泰勒宣称破壁人说的都是对的，也无人当真，都认为他在工作。泰勒内心却早已自认失败，他在这个怪圈里变得歇斯底里，最后在罗辑庄园中的湖边开枪自尽。

曼努尔·雷迪亚兹

南美人雷迪亚兹是委内瑞拉现任总统。他领导自己的国家，对泰勒的小国崛起理论进行了完美的证实。在资本主义和市场经济已成为王道的今日世界，他在委内瑞拉推行查韦斯所称的“二十一世纪社会主义”，在吸取了20世纪国际社会主义运动经验教训的基础上，出人意料地取得了巨大的成功，使国家各个领域的实力迅速提升。一时间，委内瑞拉成了世界瞩目的象征着平等公正和繁荣的山巅之城，南美洲各个国家纷纷效仿。

成为面壁者后，雷迪亚兹宣称要制造两亿吨级以上的核弹。因为规模巨大，这颗核弹的爆炸将像一个燃烧的小太阳，在几分钟内还原一颗恒星的毁灭过程，所以这是一枚恒星级的核弹。但在了解到这颗恒星级核弹如同太阳一般的毁灭能力后，雷迪亚兹患上了奇怪的恐日症，一见到太阳，心态就接近崩溃。

这个项目最大的障碍是计算能力不足。以目前的人类计算水平，完成这颗恒星模型需要大约二十年。于是雷迪亚兹进入冬眠。

不过仅仅八年后，雷迪亚兹期待的技术就出现了。雷迪亚兹被唤醒，继续执行计划。他的下一步行动是进行超大当量的恒星级氢弹试验。科学家们都认为，最理想的试验场所是月球背面，但雷迪亚兹却选择了在水星进行试验。所有人都不理解他的这一选择，而他根据面壁计划的准则拒绝给出任何解释。但在多方逼问下，雷迪亚兹说这是为了在水星地下炸出一个大洞窟，作为日后的水星基地。这类似最后抵抗的计划引来委员会的嘲笑。当雷迪亚兹说水星只是作为氢弹发射基地，整体部署还需要一百万颗氢弹，再次遭到嘲笑。但随着太空战略研究的深入，对之前忽视的内侧行星战略价值的研究得到加强，雷迪亚兹的计划得以勉强通过。

在水星恒星级氢弹试验第一次起爆后，水星出现了一圈星环，使水星成为第一个有环的类地行星。还有一部分被炸出的岩石脱离水星，成为太阳的卫星，在水星的太阳轨道上形成了一条稀疏的小行星带。这场爆炸所展现的强大力量使各个大国确实对这种武器产生了兴趣。与此同时，雷迪亚兹的恐日症却愈加严重，只能住在地下室里。

就在这时，一名自称是心理医生的人来到雷迪亚兹的住所，其实这是他的破壁人。这位破壁人说，他调查到雷迪亚兹在正式成为面壁者之前，曾秘密会见天体物理学家威廉·科兹莫。威廉·科兹莫曾观察到一颗行星坠入恒星的景

面壁者公布

象，恒星将形成一个螺旋形的大气层。这便是雷迪亚兹真实计划的灵感来源。

当一百万颗恒星级氢弹在水星引爆，水星将坠入太阳，太阳对流层将被水星击穿，形成螺旋形大气层，使金星、地球、火星、木星、天王星、海王星相继坠入太阳。如此，太阳系将成为一个严酷的地狱，三体世界也会因为失去太阳这一唯一的希望而彻底灭亡。所以，雷迪亚兹的真实计划是一个同归于尽的战略。当一切都准备完毕，所有氢弹都已在水星上就位时，雷迪亚兹将以此来要挟三体世界，最终使人类赢得胜利。

雷迪亚兹的计划被公布后，美、英、法、德四国要求中止雷迪亚兹的面壁者身份，并以反人类罪将其送交国际法庭审判。这时，雷迪亚兹威胁说，自己身上装备有摇篮系统，只要他一死，纽约市内的炸弹就会爆炸，以此交换一条放自己归国的生路（当然，实际并没有炸弹）。然而，当他一回到自己的祖国，便被激奋的民众用乱石砸死。

比尔·希恩斯

英国人希恩斯是一名出色的科学家，同时也是政治家。作为一名政治家，他曾任过一届欧盟主席，历时两年半。作为一名科学家，他是历史上唯一因同一项发现同时获得两个不同学科诺贝尔奖提名的人。他和脑科学家山杉惠子共同进行的研究发现，大脑的思维和记忆活动是在量子层面上进行的，而不是如以前认为的那样是一种分子层面的活动。

成为面壁者后，希恩斯认为自己想不出这个战胜三体文明的计划，他决定使用面壁者的权限资源大力发展脑科学，帮助后代人类加速大脑的进化，寄希望于提升人类的智力，使得后世的人类科学能够突破智子的禁锢。他计划将人脑与计算机直接联接，使后者成为人类智力的放大器。

他的基于脑科学研究的战略计划的第一步，是构想了一种“解析摄像机”，它以 CT 断层扫描技术和核磁共振技术为基础，可以在计算机中整体地重放思维过程中所有神经元的活动。这个构想在理论上没有障碍，但在技术上的难度远超当代水平。于是希恩斯进入冬眠，等待需要的技术出现。

仅仅八年，希恩斯被唤醒，被告知他需要的计算机已经出现，性能比八年前的最强计算机强一万倍。妻子兼研究伙伴的山杉惠子带他去看最新的计算机所呈现的大脑全息影像，他仿佛置身于银河系，每个神经元都像是一颗星星，他设想的解析摄像机已成形。

接着，希恩斯进行了思维研究项目，发现判断思维的神经冲动传输模式是可以定位的。试验过程中，一名被测试者出现了问题，得了恐水症。为了验证强化扫描对人脑的这一影响，希恩斯亲自试验，也患上恐水症。这次试验使希恩斯充分了解了思维判断的机制，和对其产生决定性影响的方式，成功研制出思想钢印。

希恩斯计划用思想钢印制造一支拥有必胜信念的太空军，却因涉及思想控制遭到各方反对。经过与各方的辩论后，他的计划最终以妥协的方式通过。他得以建立一个信念中心，为自愿前来的军人注入人类必胜的信念。一周后，已有超过一百名太空军接受了思想钢印给予的胜利信念。希恩斯和山杉惠子一同进入冬眠，前往末日之战。这之后，又有近五万人自愿接受了思想钢印所固化的胜利信念，成为被称为钢印族的特殊阶层。

两人再次醒来时，面壁计划已经成为过去式。山杉惠子却在联合国的听证会上公开宣布，她就是希恩斯的破壁人。她道出了希恩斯的真正计划并非提升人类意志，而是通过思想钢印，偷偷向前来获取胜利信念的人们输入相反的信念，即人类必败。而且除了信念中心的那一台思想钢印，希恩斯还暗地里制造了另外四台，交给已经成为钢印族的人传递使用。因为希恩斯骨子里是一个根深蒂固的失败主义者，他唯一的目标就是实现人类的逃亡。他的这一计划之所以能骗过所有人，是因为他仅仅将思想钢印中的正号变成了负号，这点连智子也无法察觉。

被揭露真实计划后，希恩斯并无悔改之意，因为他给自己打了一个“我在面壁计划中所做的一切都是正确的”的思想钢印。但因为人类社会此刻的无比乐观，仿佛胜利近在眼前，他终日被思想钢印所折磨，几近精神崩溃。直到末日之战，地球舰队全军覆灭，希恩斯的信念才与现实一致，精神也恢复了正常。面壁计划重新启动后，希恩斯被任命为联合国面壁计划委员会与罗辑的联络人。

至此，三位面壁者的面壁计划全部失败，仅剩下罗辑一位面壁者。

罗辑

中国人罗辑是一名社会学博士，在大学执教。他是杨冬的高中同学，也是叶文洁宇宙社会学思想的继承人。相比于其他三位面壁者卓越的社会地位和成就，他显得十分不起眼，也是最不能被理解的面壁者。联合国也不清楚他的特别之处，选中他的原因是他是 ETO 几次三番想要暗杀的人。

罗辑也不理解自己被选中成为面壁者的原因，也完全没有成为面壁者的意愿。他在联合国宣布自己成为面壁者后当场说出，自己不会当这个面壁者。但此时面壁计划已经启动，面壁者所说的每一句话都被视为计划的一部分。所以没人把他说不想当面壁者的话当真。

被古怪的无法挣脱的逻辑陷阱所逼迫的罗辑，开始利用面壁者的身份满足私欲。他问联合国要了一座世外桃源般的庄园，打算在这里安度晚年。若有人问他做这些的缘由，他就说：“这是计划的一部分。”罗辑甚至堂而皇之地缺席面壁者听证会，公众认定罗辑不过是个放纵私欲的骗子，但因为他的计划消耗的资源量相比于其他三位面壁者微不足道，所以也未遭到委员会的反对。伽尔宁却认为罗辑最像一名面壁者，因为比起其他三位一看就在搞大事的面壁者，只有他的行为最让人迷惑。

罗辑的下一个行动，是让史强动用警察力量找到了自己幻想中的梦中情人庄颜，在庄园中过起神仙眷侣的快活日子，并告诉庄颜，她的幸福，就是面壁计划的一部分。两人顺理成章地结婚，并生下一个女儿。

这种生活一直延续到五年后，第一个失败的面壁者泰勒在他庄园的湖边自杀，打破了伊甸园生活的幻象。第一个破壁人的出现以及相应面壁者的自杀，是对面壁计划的一个沉重打击。为了督促罗辑承担起面壁者的工作，PDC 绕过罗辑与庄颜联络，请庄颜和两人的女儿进入冬眠，告诉罗辑他的妻女在末日等他。

在要挟和督促之下，罗辑终于开始正视自己作为面壁者的使命。在孤独冰冷的思考中，罗辑回忆了过去与叶文洁的谈话，认为叶文洁告诉他的宇宙社会学很可能就是三体人要杀他的原因。于是他重拾了对宇宙社会学的研究，最终在冰冷的湖水中悟出了宇宙的真相即黑暗森林。

顿悟之后，罗辑没有告诉任何人，但要求前往一个更加安全的地下居所，并会见了天文学家林格，了解到向宇宙标识出一颗恒星的位置的方法。这之后，罗辑要求召开一个面壁计划听证会，提出了自己的计划，即通过太阳的电波放大功能，向宇宙中发送一份信息，信息只包括三幅简单的图形，还有一些附加信息，表明这些图形是由智慧体发送而不是自然形成的，每幅图形只是一些似乎是随机分布的黑点，人们注意到，每张图中都有一个黑点画得大些醒目些，同时还有一个小箭头注明它。罗辑说，这是一份针对星星的咒语，发射后他将进入冬眠，前往末日之战。

咒语的说法受到了委员会各国代表的嘲笑。但罗辑还未做完进入冬眠的准备，就遭到来自 ETO 的精准病毒攻击，命悬一线。这让委员会对他的计划重视起来。以目前的医学水平无法治愈罗辑中的病毒，委员会只能匆忙让罗辑进入冬眠，前往未来寻找一线生机。罗辑进入冬眠的两天后，咒语被发射了出去。

罗辑再次醒来时，已是近两百年后。因为科技的发达，罗辑身上的病毒很快被治好了。人类对战胜三体舰队十分乐观，面壁计划成为旧世界的笑话，罗辑也不再是面壁者。但当末日之战真正来临，地球舰队全军覆灭，地球陷入一片恐慌。

章北海此前的叛逃使五艘地球战舰得以留存，而这些幸存者间却发生了一场灭绝人性的黑暗战役。这正好验证了罗辑之前思考的黑暗森林理论的正确性。罗辑认为自己已手握打败三体人的钥匙，但眼下一片混乱，他不知道该去找谁说。当水滴到达地球时，罗辑才意识到，一切都晚了。因为这颗水滴是来封锁太阳的。太阳被封锁后，他将无法再用通过太阳公布恒星坐标的方法威胁三体文明。

可就在这时，人们发现罗辑在两个世纪前发出的咒语应验了：被诅咒的那颗恒星已经爆炸消散。咒语是有效的！面壁计划重启，罗辑重新成为面壁者，成为救世主。然而罗辑明白，太阳被封锁后人类已无法自救，他在要求恢复街区秩序后什么工作也没做，只要求复苏还在冬眠中的妻女。但委员会再次用妻女要挟了他，要挟他认真投入一个面壁者该做的工作。罗辑却说自己真的什么也做不了，只一日日消沉下去。

这时委员会要求他随便做点什么，只要让公众看起来面壁者仍然在工作即可，以此稳定世界局势。但罗辑说他不想再浪费什么资源，委员会便给他安排了一个任务，即领导雪地工程。这项工程是在雷迪亚兹水星氢弹试验的基础上，用恒星级氢弹和海王星的油膜物质制造太空尘埃云，以便在水滴穿过时显示其踪迹。为了苏醒妻女，罗辑答应了这项工作。

但是两个国际和公众对雪地工程都兴趣不大，他们期待面壁者提出真正的救世战略。罗辑却全身心投入了这项工作，让自己成日陷入工程的细节里，把雪地工程当作一种逃避的方式。公众对罗辑的失望与日俱增，雪地工程也陷入了停顿，最后，只在距太阳两个天文单位的轨道上部署了相当有限的恒星级氢弹，还不到计划数量的五分之一。一年半后，公众对面壁者罗辑彻底失去了耐心和信心。罗辑的形象从救世主变成了一个令人唾弃的大骗子。

危机纪元 208 年，罗辑在公众的厌弃下被赶出小区。他像一个耗尽一切的人，摇摇晃晃地来到叶文洁母女的墓旁，为自己挖了一个墓。黎明时分，他艰难地从墓中站起，掏出一把手枪抵着自己的心脏，开始了地球文明和三体文明的最后对决。他知道智子一定在看着自己，他露出手腕上的摇篮系统，说它连接着的是雪地工程部署在太阳轨道上的三千六百一十四枚核弹。只要他一死，所有的核弹将被引爆，太阳将在可见光和其他高频波段发生闪烁。太阳轨道上所有核弹的位置都是经过精心布置的，使得太阳闪烁形成的信号发送出三张简单的图形，即三体世界与周围三十颗恒星的相对位置。这将引来更高等文明对两个星系的攻击，地球与三体文明将很快迎来同归于尽。

罗辑以自己、地球与三体的所有生命相要挟，使三体文明接受了谈判条件。水滴解除了对太阳的封锁，其他九颗水滴改变方向飞离太阳系，三体舰队不得越过奥尔特星云。至此，罗辑终于完成了身为面壁者的使命，而地球文明从此进入了威慑纪元。

结果与影响

跨越两个世纪的面壁计划是人类面对三体文明碾压级力量时做出的无奈之举，同时也是一个将人类智慧与人性发挥到极致的计划。

泰勒和雷迪亚兹的反人性举措，希恩斯的极致失败主义，都展现了人类文明在极端困境之下最大限度能做到的事，以及最大限度能舍弃的东西。在触及人伦底线后，人类展现出一种全新的、陌生的、残酷的面貌，令人咋舌的同时深感寒冷。而在两个世纪之中，公众社会对面壁计划态度的几次反转，也呈现了人性的短视与情感的盲目。

而面壁计划却以一个巧妙的逻辑陷阱，拉起了所有人物、所有人类的命运。面壁者是被选中的，无法拒绝的；面壁者的一切行为都被视为计划的一部分。仅仅这两条简单的规则，便让主要角色们陷入无法走出的怪圈，使读者看到精彩绝伦的博弈斗争，也使人类最终赢得了思维透明的三体人，最终形成与三体文明之间的制衡，人类文明亦从此进入和平繁盛的威慑纪元。

末日之战

危机纪元 205 年，三体第一舰队在罗辑提出咒语之时发射的“探测器”即将抵达太阳系。然而，经历了数个高低起伏的历史阶段的人类社会，此时正处于对地球科技进步的盲目乐观之中。在人类联合舰队捕获被视为礼物的三体探测器“水滴”后，“水滴”以最原始的撞击方式在一小时内使联合舰队几乎全军覆灭。而另外九颗“水滴”也将于三年后抵达太阳系。至此，人类命运进入至暗时刻。

档案卡片 FILE CARD

主要参与者	人类联合舰队、水滴、丁仪
发生时间	危机纪元 205 年
发生地点	天王星轨道外
结果与影响	联合舰队几乎全军覆没，人类第一次直面三体文明可怕的力量，认为自身科技强大的乐观想法被彻底打破

事件经过 EVENT COURSE

探测器到来前的人类社会情况

危机纪元前期，在三体入侵危机的阴影之下，各国都在为末日之战做准备，集中一切资源发展军事力量。此后，被紧张与恐惧笼罩的人类社会进入大低谷时期，经济、文化发展均受到重创。被痛苦折磨的人类社会，从此在“给文明以岁月”上达成共识，决心暂时忘记三体入侵的事，专心恢复经济生产，努力保护当下的生活。这种态度转变反而使人类社会恢复了活力，进入了一个新的繁荣时期。

随着科技的快速发展和人类太空舰队的建立，对地球军事力量的信心空前高涨，失败主义几乎消失，人们开始认为末日之战可能根本不会发生，三体文明已不是威胁，危机初人类的种种举动被视为过度恐慌导致的行为失常。就在这样乐观自信的社会氛围中，三体的第一个探测器即将抵达太阳系。

礼物？“水滴”的到来

跟踪与捕获

因为乐观，地球的三大舰队争抢承担对三体探测器的拦截行动，吵成一团，因此错失在探测器光芒熄灭前跟踪它的机会。最后只好由原本在海王星工作的飞船“太平洋”号在探测器的必经之路上投放包裹油膜物质的氢弹，爆炸后形成尘埃云，用以显现探测器留下的尾迹、测定它的轨道和位置。接着，小型飞船“蓝影”

号按照探测器的轨道参数设定航向，前去近距离跟踪。然而此时，探测器又发出了光芒——它再次减速，预计将留在太阳系内，尘埃云算是白造了。

就在舰队国际自信满满的时候，章北海操纵“自然选择”号叛逃，飞往太空深处。四艘追击舰追赶“自然选择”号而去。接下来，人们观测到一艘三体舰船脱离舰队阵形，单独加速前往地球。两个国际认为，仅一艘飞船入侵地球无异于送死，因此认定它是来谈判的。这个消息令人类社会一片欢呼。联合国甚至还提出了阳光计划，计划在取得末日之战的胜利之后，在太阳系为战败的三体文明提供生存空间。

信心十足的舰队国际做出决议，派出总共两千零一十五艘战舰组成联合舰队，统一出击，拦截三体探测器，就像人类文明的一次示威阅兵。而后，无人飞船“螳螂”号用超长机械臂顺利捕获了三体探测器。三体探测器没有自毁，地球方面更加确定它是三体世界发给人类的一件礼物，也是这个文明用很难令人类理解的表达方式发出的一个和平信号。

丁仪一行人的观察与推测

“蓝影”号拍到了三体探测器的影像，大小与预想的差不多，长三点五米，呈完美的水滴形状，头部浑圆，尾部很尖，表面是极其光滑的全反射镜面。银河系在它的表面映成一片流畅的光纹，使得这滴水银看上去纯洁而唯美。丁仪第一眼看到它时，产生了与其他人一样的印象：一滴水银。它的液滴外形是那么栩栩如生，以至于观察者有时真以为它就是液态的，于是给它取名水滴。水滴的形状虽然简洁，但造型精妙绝伦，曲面上的每一个点都恰到好处，使这滴水银充满着飘逸的动感，仿佛每时每刻都在宇宙之夜中没有尽头地滴落着。

所有人都陶醉于水滴外形之美，丁仪却产生了不好的预感。因为这个外星探测器与人类想象中的差距太大了。接着丁仪乘坐穿梭机登上了“螳螂”号，与科学军官西子等人一块儿近距离观测水滴。当丁仪等人用电子显微镜观察水滴表面时，发现即使放大一千万倍，都只能看到光滑的镜面。丁仪认为，这种使用强互作用力，将分子牢固整齐地排列在一起的情况，使水滴的强度比太阳系中最坚固的物质还要高百倍，能轻易打穿地球。丁仪终于察觉到了其中的危险。伴随着他最后一句“傻孩子们，快跑啊！”水滴开始了对联合舰队的残酷攻击。

战争过程：毁灭你，与你何干

当水滴的尾端出现不断扩大的蓝色光环时，“螳螂”号瞬间在超高温中爆炸。这时，水滴立即开始移动并急剧加速，舰队太空检测系统却只

末日之战

发出了一个三级攻击警报。水滴以超过三十公里的秒速，在联合舰队阵列外围拐了一个三十度的锐角，直冲“无限边疆”号而来，撞击并穿透了它。紧接着，水滴又穿透了与“无限边疆”号相邻的“远方”号、“雾角”号、“南极洲”号和“极限”号。这些飞船相继发生热核爆炸。接下来的八秒，水滴又穿透了十艘恒星级战舰，核火球接连亮起。水滴继续沿直线贯穿更多战舰，用一分钟十八秒飞完了两千公里的路程，穿透了联合舰队矩形阵列第一队列中的一百艘战舰。然后，水滴向前方空荡的太空飞行了约八十公里的一小段，再次做出了那个人类宇航动力学无法解释的锐角转向，同时保持速度不变，冲向舰队矩形阵列的第二列。一分二十一秒后，第二队列的一百艘战舰也被全部摧毁。接着，水滴又以一个锐角回转冲向第三队列的“牛顿”号。此时第三队列的战舰已因察觉危险启动了发动机，不再位于一条直线上。在水滴毁灭第三队列的过程中，它的急剧转向以每秒钟两到三次的频率进行，像一枚死神的绣花针，灵巧地上下翻飞，用一条毁灭的折线把第三队列的一百艘战舰贯穿起来。两分钟三十五秒后，第三队列覆灭。

由于水滴攻击的迅猛和对雷达隐形，在开始的十几分钟里，舰队指挥系统一直都对攻击的真实来源一无所知。直到战舰间距拉开后，水滴的攻击距离也随之加长，战舰的防御系统才重新设定目标，使用了激光武器进行拦截。然而攻击完全无效，水滴将激光尽数反射，化为超强的可见光。战舰又使用电磁动能武器射击水滴，却同样无法伤害水滴分毫。随着舰群间距的拉大，水滴将速度增加了一倍，继续不间断而精确的攻击。由于空间中充满熔融状态的战舰碎片，舰队的疏散十分不顺利。只有“量子”号和“青铜时代”号因接受了丁仪的建议，提前进入“前进四”，才获得了充足的时间逃脱。

二十分钟后，联合舰队毁灭过半。此时太空中充满了碎片，形成了一团直径达十万公里、仍在迅速膨胀的金属云。残余的舰群尽管已经很稀疏，但由于能量损耗，速度降到几乎与云团的膨胀速度相同。金属云成了舰队的陷阱，疏散和逃脱已不可能。而此时水滴的速度已经超过了第三宇宙速度的十倍，即每秒钟一百七十公里左右。很快，水滴结束了最后的“围歼”，联合舰队全军覆没。

结果与意义

末日之战中，三体文明以一颗探测器“水滴”，以最传统的撞击方式，在一个小时内使联合舰队全军覆灭。这种“毁灭你，与你何干”的单方面杀戮大大打击了人类社会的自信，使人类清楚地看到地球科技水平与三体文明的差距之大，根本不在一个维度。而另外九颗水滴也将于三年后到达太阳系。人类社会彻底陷入恐慌。面壁计划被重新提上台面，罗辑恢复面壁者身份，他将逐渐逼近黑暗森林的真相，以生命担负起“救世主”的职责。另一方面，由于章北海的叛逃从末日之战中幸存下来的五艘战舰成立了星舰国际，成为黑暗深空中的新人类。至此，人类的命运到了至暗时刻。

黑暗战役

因章北海的“叛逃”从末日之战中存活下来的五艘战舰组成了星舰国际，成为星舰文明，在章北海的带领下驶向天鹅座，寻找新的家园。然而，漫长的航行将导致燃料和物资耗尽的严重问题。为了获取其他战舰上的资源，五艘战舰之间爆发了黑暗战役，最终只有“蓝色空间”号生存下来。在太阳系另一侧的“青铜时代”号和“量子”号之间，也发生了同样的事情。但对罗辑来说，这场悲惨而黑暗的战役，却成为黑暗森林理论的关键证据。

档案卡片 FILE CARD

主要参与者	“自然选择”号等五艘战舰
发生时间	危机纪元 205 年
发生地点	距太阳七十天文单位处，与地球通信时滞九小时
结果与影响	黑暗的太空新人类从此诞生，两艘幸存战舰成为承载人类文明向宇宙远航的种子 提供了验证黑暗森林理论的关键拼图

事件经过 EVENT COURSE

事件背景

末日之战前夕，章北海劫持“自然选择”号逃亡。末日之战使得“自然选择”号与前去追赶拦截它的四艘战舰——“蓝色空间”号、“企业”号、“深空”号及“终极规律”号一起，成为末日之战后人类方唯二幸存的太空力量之一。在章北海的领导下，五艘战舰组成星舰地球社会，并确定了航行目标为可补充核聚变燃料的天鹅座 NH558J2 恒星。然而，NH558J2 距离太阳系十八光年，需要两千年才能抵达。看不到尽头的漫长旅途和永别故土的孤独感，刺痛着这个新生的社会。

N 问题？不是 N 问题……

N 问题，即 Nostalgia，思乡病。这是人类历史上第一次不回归的航行，N 问题的出现在预料之中。一开始，情况还处在随舰心理医生的控制范围内，但随着离地球越来越远，比 N 问题更为凶险的敌人出现了。首先是在中校以上军衔的人群中，心理失衡的症候开始出现。他们中的大部分人变得越来越内向，人际交流骤减，每个人都害怕别人注意到自己的目光，并且都不愿意进行心理咨询。即使第二战勤部进行强制心理咨询，谈话对象也都保持沉默。甚至有军官因为被别人听到自己说梦话而拔枪相向，人们对于心理咨询的厌恶也达到顶点。高层军官心里都清楚将要发生什么。东方延绪说，完全与地球断绝联系的人们就像断了线的风筝，正在变成非人。“企业”号随舰牧师斯科特说，伊甸园正在暗下来，黑暗将吞噬一切。而“终极规律”号的舰长在说完“黑，真他妈黑”之后，在巨大的压力下开枪自尽。每个人都预感到，最后的黑暗时刻就要到来了。

小型黑暗森林

黑暗森林理论认为，宇宙是一片黑漆漆的森林，每个文明都是小心潜行的猎手。因为资源的欠缺和猜疑链的存在，每个猎手在遇到其他猎手时，第一反应一定是尽可能先开枪打死对方。星舰地球在航行了一段时间后，探明航线上至少有两片星际尘埃，尘埃的阻力将会使飞船的速度降到光速的千分之零点三。而星舰地球距离 NH558J2 还有十多光年，最终抵达需要六万年左右！连冬眠系统都维持不了这么长的时间，没有任何飞船上的生命可以抵达。唯一的解决办法是在尘埃中保持速度，或在穿越后加速。可是核聚变燃料远远不够，星舰地球的所有燃料只够两艘飞船使用，如果再保险些只够一艘，同时关键配件也太少。星舰地球面临这样一个生存死局：要么一部分人死，要么所有人死。接下来的问题，便是谁死了。谁也不愿意自己去死，那么死的便是别人。由此，五艘飞船之间的猜疑链已经形成，黑暗森林降临。五艘飞船已经变成各自拿着猎枪的猎人，局势一触即发。

伊甸园的结局

在东方延绪下决心动手前，章北海已经锁定了次声波氢弹的目标，本着“我不入地狱谁入地狱”的信念，他拆除了氢弹的保险锁。然而，章北海还是慢了几秒钟。“终极规律”号率先向其他四艘飞船发射了十二枚装载次声波氢弹弹头的隐形导弹。章北海在最后剩下的三秒钟内对东方延绪说出“没关系的，都一样”后，“自然选择”号被炸毁。“企业”号和“深空”号也被炸毁。

但是“终极规律”号未能成为伊甸园最后的幸运儿。“蓝色空间”号因率先做好了应对意外事变的准备，将内部抽成真空，并让所有人员穿上航天服，抵御住了次声波氢弹的攻击。接下来，“蓝色空间”号对“终极规律”号展开了反击。“蓝色空间”号首先使用反应速度最快的激光武器射击，“终极规律”号立刻被灼出五个大洞，并发生局部爆炸。接着“蓝色空间”号发起连续的核导弹和电磁动能弹攻击。“终极规律”号发生剧烈爆炸，化为金属云，无一人生还。

“蓝色空间”号从其他三艘已经死亡的战舰收集完物资后，将三艘战舰的残骸围成巨石阵的形状，构建了一处太空陵墓，在这里为黑暗战役的全体死难者举行了葬礼。与此同时，在太阳系的另一端，从末日之战中侥幸逃脱的“青铜时代”号与“量子”号之间也爆发了同样的黑暗战役，胜者“青铜时代”号在收割了对方的物资后，起航飞往金牛座方向。

未完待续……

地球世界对“蓝色空间”号与“青铜时代”号的谩骂排山倒海，但这两艘飞船没有做出任何回应，而是切断了与太阳系的一切联系。无际的太空用它黑暗的怀抱哺育出了黑暗的新人类。两艘黑暗之船与黑暗的太空融为一体，隔着太阳系渐行渐远。它们承载着人类的全部思想和记忆，怀抱着地球所有的光荣与梦想，默默地消失在永恒的夜色中。

对罗辑来说，黑暗森林理论最后的关键拼图——猜疑链，却由此得到验证。他最终确认了在资源有限的宇宙中，一旦暴露自己的坐标，就会招致来自更高等文明的毁灭性打击。当人类笼罩在末日之战后的绝望中，进而被黑暗战役所震惊时，罗辑重新成为面壁者，切实掌握了可以击败三体文明的钥匙。

黑暗森林威慑

面对三体文明碾压级的科技实力，第四位面壁者罗辑在叶文洁的启发下，悟出了黑暗森林法则。法则得到验证后，罗辑利用雪地工程，巧妙部署了足以向宇宙传递三体星系坐标的核弹群，以同归于尽作为威胁，终于获得与三体文明谈判的条件，达成了黑暗森林威慑，成功阻止三体舰队的入侵。然而由于威慑纪元人类文明的天真，黑暗森林威慑在执剑人交接时宣告失败，三体文明暴力控制地球社会，使人类堕入地狱模式。最终因为逃离太阳系的“蓝色空间”号的助力，追击舰“万有引力”号得以发射引力波广播，开启了广播纪元，使地球获得了最后的喘息机会。

档案卡片 FILE CARD

主要参与者	罗辑、三体文明；“蓝色空间”号、“万有引力”号
发生时间	危机纪元 208 年；威慑纪元 62 年
发生地点	叶文洁、杨冬墓前；奥尔特星云外
结果与影响	黑暗森林威慑的建立成功阻止三体舰队入侵，两个文明进入一个短暂的和平时期，威慑纪元开启 地表威慑失败，最终由“万有引力”号发射引力波广播，使地球重获一线生机，进入广播纪元

事件经过 EVENT COURSE

领悟：冰湖觉醒

为了反击智子的全面监视，对抗即将抵达地球的三体文明，人类社会推出了面壁计划。然而仅过了五年时间，面壁者泰勒的真实计划就被破壁人识破，泰勒本人亦绝望自杀。在面壁计划惨遭挫败的情况下，一直不愿意承担面壁者使命的社会学学者罗辑被强制要求工作，妻子庄颜甚至自愿作为人质，与女儿进入冬眠。

在联合国的要挟与督促下，也是由于泰勒的死亡、庄颜的离开，罗辑终于开始正视自己作为面壁者的使命。在孤独冰冷的思考中，罗辑回忆了过去与叶文洁的谈话，认为叶文洁告诉他的宇宙社会学很可能就是三体人要杀他的原因。于是他重拾了对宇宙社会学的研究，独自一人苦苦思考，在失足坠落冰湖后，他终于悟出了宇宙的真相——黑暗森林法则。

验证：星星的诅咒

顿悟之后，罗辑没有告诉任何人，只要求尽快召开一次面壁计划听证会，并提出自己的计划：通过太阳的电波放大功能，向宇宙中发送一份信息。信息只包括三幅简单的图形，还有一些附加信息，表明这些图形是由智慧体发送而不是自然形成的，每幅图形只是一些似乎随机分布的黑点。罗辑没有告诉任何人这其实是一颗恒星的坐标，只说这是一份针对星星的咒语。在咒语正式发射前，三体的诛杀令和 ETO 的基因导弹便已找上罗辑，他被迫冬眠前往末日。

罗辑在危机纪元末年苏醒，末日之战真正来临，地球舰队全军覆灭，人类陷入一片恐慌。就在这时，人们发现罗辑在两百年前发出的咒语应验了，他诅咒的那颗恒星发生爆炸。这证明了罗辑之前猜测的黑暗森林法则是正确的：基于宇宙资源有限、文明扩张无限，再加上相距遥远导致的猜疑链与关键性的技术爆炸可能，一旦一个宇宙文明发现另一个文明，先摧毁掉它才是最佳选择。所以，一旦向宇宙广播三体星系的坐标，因为距离过近，太阳系和三体星系就会迎来同归于尽的结局。面对三体文明碾压级的科技实力，以两个文明的毁灭为武器的黑暗森林威慑成为地球唯一战胜三体文明的策略。

面壁：雪地工程

人们发现被罗辑诅咒的恒星爆炸时，水滴已接近地球，秘密已然暴露，它马上放弃撞击罗辑所在的地点，转而优先封锁太阳。这让人类无法再通过太阳向宇宙广播，也就无法形成黑暗森林威慑。罗辑没有放弃，他表面上做出人类已无药可救的样子，颓废消沉，沉迷于看起来毫无用处的雪地工程逃避现实，实际上他偷偷在两个天文单位处的太阳轨道上部署了三千六百一十四枚核弹。这些核弹的位置经过精心调整，使得尘埃云遮挡太阳闪烁形成有意义的信号，最终向宇宙发送出三张坐标图——三体世界与周围三十颗恒星的相对位置。这将引来更高等文明对三体星系的攻击，当然，太阳系本身也无法逃脱一死。罗辑使用了继承自雷迪亚兹的摇篮系统，用自己的生命信息控制雪地工程的核弹起爆。只要他一死，所有核弹都会爆炸，那张招来毁灭的坐标图将立即向全宇宙广播。黑暗森林威慑初步建立。

谈判：平衡的建立

罗辑以自己的性命、太阳系与三体星系的全部生命为人质，终于换来了与三体文明的谈判机会。罗辑要求水滴解除对太阳的封锁，其他九颗水滴改变方向飞离太阳系，三体舰队不得越过奥尔特星云，三体文明对地球的武力威胁暂时解除了。而罗辑最终成为执剑人，以自己的人生化作威慑的利剑，让三体文明不敢轻举妄动。接下来，人类要求三体文明解除智子的监视，并全面传授科学技术。在三体文明的协助下，人类建立了一套引力波信号发射系统，掌握了更高级的宇宙广播技术，三体文明与地球文明之间的黑暗森林威慑从此稳固下来。

余波：“青铜时代”号案件审判

威慑建立后，联合国和太阳系舰队打算处理在黑暗战役中谋杀同伴的“青铜时代”号和“蓝色空间”号军官，而智子协助地球诱骗两舰返回。“青铜时代”号看到量子通信信道传来的信息，威慑已经建立，自己将作为末日之战的英雄回归，便决定返航。当新战舰“万有引力”号引导“青铜时代”号泊入同步轨道的太空港，并确认全员在场后，原本在欢呼的迎接者们突然拿出武器，“青铜时代”号的所有人都被以一级谋杀罪和反人类罪逮捕。原以为是庆祝归乡的花海成为他们“葬礼”的点缀。次年，太阳系舰队军事法庭在同步轨道基地对“青铜时代”号进行审判。舰长希望独自承担责任，但没有成功，为了让参与攻击的船员免遭同罪审判，他必须交出当初实际的投票结果，结果竟有 94% 的船员选择了同意攻击。除舰长外唯一有阻止攻击权限的军官史耐德说，在黑暗的太空中漂泊，极权只需五分钟。副舰长负责后勤配给，他告知法庭，被攻击的“量子”号船员的遗体都成为自己舰上的食品库存，他甚至怀疑“蓝色空间”号也是这么做的。而吃到这些遗体的船员，真心实意地对遗体的主人表示感谢。

最终审判结果：因犯反人类罪和谋杀罪，尼尔·斯科特舰长和其他六名高级军官被判终身监禁；其余 1768 人中，只有 138 人被宣布无罪，余下均被判刑，刑期从二十年至三百年不等。他们被押送至小行星带的监狱，同步轨道的最后三万千米，成为永远无法逾越的回家的距离。在最后为“青铜时代”号进行舰务交接时，史耐德设法激活了大功率超远程星际通信系统，冒死向“蓝色空间”号发出呼喊：“不要返航，这里不是家！”原本就抱有怀疑的“蓝色空间”号收到信息后，全功率加速逃离太阳系。然而人类不曾想到的是，在威慑失败后，追击“蓝色空间”号的“万有引力”号成为地球仅剩的希望，两舰共同承担起启动广播的重要责任。

新危机：威慑失败

威慑纪元，人类社会进入鼎盛时期，恢复了尊敬生命等积极正面的感情及高水平的道德伦理。曾因“发射诅咒”导致一个星系毁灭的罗辑受到了社会审判，被指控犯有世界毁灭罪。加上罗辑年事已高，下一代执剑人的选举被提上日程。唯一合法拥有一颗恒星（而且带有类地行星）的程心成为公众心目中最佳的候选人。尽管有少数人认为程心的仁慈与心软不足

三体世界的末日

以承担执剑人的重任，维德也为了竞争执剑人出手暗杀程心，智子却力挺程心成为执剑人候选，并为程心赢得公众声望推波助澜。原本不愿意担当执剑人使命的程心，在亲眼见证了这个美好的时代、观看了三体世界模仿地球文化创作的作品，以及其他公元人竞选者对三体世界的冷酷敌意后，选择承担责任，同时也是为了承担对云天明的愧疚，她选择守护两个世界的文明与善意，参与竞选并顺利当选第二任执剑人。

半年后，执剑人交接在威慑控制中心进行。可就在程心从罗辑手中接过红色开关的那一刹那，六个水滴就从潜伏处开始向地球全力加速。原来三体从未放弃入侵地球，智子扶植程心成为执剑人，是为了利用程心的善良与犹豫。一个水滴冲向拉格朗日点封锁太阳，另五个将于五分钟后到达地球，程心仍有时间按下红色按钮。但她无法下狠心亲手毁灭两个世界，在她的犹豫中，地球的机会一分一秒地在消逝。水滴编队距离地球一分半时，程心在极度的恐慌与良心的挣扎下将手中的开关扔了出去，像看一个魔鬼般看着它滑向远处。北美、欧洲、亚洲引力波发射台依次被毁，太阳电波放大功能被全频段压制，引力波宇宙广播系统无法恢复，黑暗森林威慑终止，从执剑交接开始，仅仅过了十分钟……不久之后，智子代表三体向全人类发布了演说，宣布接管地球，强制全人类迁移到澳大利亚，作为唯一的人类保留地，并以水滴屠杀相威胁。然而这不是真相。三体为了地球去威胁化，在迁移结束后，立刻命令治安军摧毁电力设施。粮食危机使澳大利亚瞬间沦为地狱。与此同时，地球抵抗组织仍然留在澳大利亚之外的地区，与地球治安军、智子和水滴进行着惨烈的战斗。

获救：“万有引力”号广播启动

就在执剑人交接之时，以“万有引力”号炊事员身份为掩护的“反执剑人”亨特发现水滴准备攻击。他觉得如释重负，因为他的任务是在必要的时机摧毁引力波广播。然而当亨特决定销毁引力波发射台时，却发现销毁模块失效了。这时“蓝色空间”号的人出现在舰内。原来在“万有引力”号还不明情况时，“蓝色空间”号成功阻止了水滴的攻击，并使水滴毁坏。“蓝色空间”号舰长褚岩结合三体第二舰队的航迹、水滴攻击两舰以及程心参选执剑人的信息，推测地球威慑已失败，计划启动引力波广播。两舰 1400 人公决投票通过了对地球的“最后审判”，引力波广播启动。一年多后，澳大利亚移民完成后的第六天，人类陷入绝望之时，地球收到引力波广播启动的信息。三体只得放弃地球，第二舰队转向，水滴撤走，澳大利亚人口得到疏散。从此，广播纪元开始。三体星系很快被高等文明摧毁，这表明地球也离毁灭之日不远了。

在奥尔特星云外，发出广播后，“蓝色空间”号与“万有引力”号深入太空，探索四维空间，在与“魔戒”的对话中隐约窥见宇宙的真相。目睹四维空间消散后，两舰上共有两百多人选择返回地球，其余一千多人选择成为新文明的种子，驶向星空深处。

那无限深邃黑暗的宇宙……

黑暗森林威慑的成功，是对宇宙社会学的最好实践。这标志着地球文明作为进入无垠宇宙的一个稚嫩文明，向成熟迈出了一大步。而地球文明与三体文明由此进入了一个短暂的和平时期，开启了新的纪元。六十年后，执剑交接的失败，则是成长在无忧无虑的威慑纪元、被三体蒙蔽的人类社会的松懈与天真导致的。最后，在被当成叛徒的“蓝色空间”号的鼎力协助之下，“万有引力”号成功发射了广播，地球获得喘息机会，进入广播纪元。两舰发射广播后，继续向深空远航，成为人类文明在银河系的希望火种。

阶梯计划

作为辅助计划与面壁计划同期提出，孤注一掷地将云天明的大脑送去了三体世界，随后便被历史遗忘。然而，在宇宙广播发出、太阳系成为死地之时，它却奇迹般地为地球带来一线生机。然而，因为科学水平的限制和社会文化的制约，人类对云天明传递的三个童话的理解错失关键信息，导致做出错误的选择。太阳系最终如童话中所说的那样，坠落二维，走向毁灭。

档案卡片 FILE CARD

主要参与者	维德、程心、云天明
发生时间	危机纪元 3-7 年
结果与影响	阶梯计划曾一度被人遗忘，最终却带来云天明的三个童话，给绝望中的人类送来一线生机。可惜人类虽百般努力，仍“参悟”不足，最终太阳系还是走向了童话中所喻指的跌落二维的结局

事件经过 EVENT COURSE

提出背景

三体危机爆发后，除面壁计划之外，行星防御理事会同时启动了一些辅助性的项目，阶梯计划就是其中之一。当时维德所领导的行星防御理事会战略情报局（PIA）是直接以三体舰队和母星为侦查目标的情报机构，他们面对的任务是：向三体舰队发射探测器，并且要在现有航天技术条件下，达到百分之一的光速。程心提出使用脉冲推进方式结合辐射帆来提速，这个方案得到维德的肯定。方案的第一步是把大量核弹送入探测器加速轨道，第二步是引爆核弹，让核弹的爆发力推动辐射帆。核弹的每一次爆炸都使飞船的速度增加一级，很像在登一道阶梯，所以被称为阶梯计划。

只送大脑

PIA 第一次向行星防御理事会提交阶梯计划提案，经中、美、俄、欧航天局进行可行性研究，要想达到 PIA 要求的百分之一光速，探测器的整体质量要减到两百公斤，去掉帆的质量，留给探测和通信装置的只有一百八十公斤了。阶梯计划被否决。但阶梯计划被否决的主要原因，不在于技术上可行与否，而是行星防御理事会认为一个探测器的侦查效果极其有限。但维德不肯放弃这个计划，于是提议送一个人去，让三体文明截获这个冬眠的人类。他认为，三体人一定不会放弃近距离研究一个地球生物的机会，哪怕有一定风险。这一方案被一致看好，因为它的实质是人类第一次与地外文明直接接触，其意义比单纯发射探测器提高了一个层次。尤其是那个进入三体舰队的人类可以说是植入敌人心脏的炸弹，运用自己在谋略上的绝对优势，有可能改变战争的走向。但冬眠设备过于庞大，研究后发现没有可行性。探测器的允许质量又被一再压缩至五百克，PIA 众人开始失去希望，就在这时维德说出了那句名言：只送大脑。维德认为，如果三体人能复苏冬眠的人体，也一定可以复苏一颗人类大脑。就算只能送一颗大脑，也可以达到同样的效果。在维德的雄辩与坚持下，阶梯计划正式启动。

接下来人选问题的困难渐渐凸现：在派出提供这颗大脑的人之前，必须先杀死他 / 她。阶梯计划的人选只能从拥有航天专业背景的绝症患者中寻找了。程心的大学同学云天明，已经是肺癌晚期，刚好符合要求。程心没多想什么，立刻找到负责人选的于维民副局长，推荐云天明成为候选人。她并不知道，云天明在大学时期就一直暗恋着她，在得知自己命不久矣时，还拿出意外获得的全部财富买了一颗星星，匿名送给程心。云天明怀着悲哀的心情接受了这个使命，决心为所爱之人献出一切，在充满未知危险的三体世界成为一个缸中之脑。在云天明安乐死后，程心才得知云天明就是匿名送给她星星的人……在愧疚之下，程心坚持在发射云天明大脑的探测器里放上了一些谷物种子，之后便进入冬眠前往未来，成为阶梯计划的未来联络员。

拉格朗日点的会面

威慑纪元 61 年，程心醒来后得知，阶梯飞行器没有任何消息，三体舰队没有截获它，也没有观测到它的存在。阶梯计划已经被历史遗忘，在历史学家看来，阶梯计划是典型的危机纪元初期冲动的产物，是一次没有经过周密计划就草率进行的冒险。然而，在黑暗森林威慑失效、“万有引力”号发射了坐标广播后，三体世界很快被更高等文明摧毁，人类社会也陷入被毁灭的绝望之中。就在这时，即将离开地球的智子告诉程心，云天明要见她。原来，云天明的大脑早已被三体世界截获，在三体世界复活，并且得到一定的社会地位。被遗忘的阶梯计划为绝境中的地球文明带来了一线曙光。程心在地 - 日拉格朗日点通过智子展开的球面与云天明单独会面。智子的球面上，云天明出现在一片金色的麦田中，恢复成一个健康人的模样。这次会面属于云天明和程心两人之间的事，谈话的内容也将严格限制在两人之间，不得涉及任何三体世界的技术、政治和军事方面的内容，云天明不能谈这些内容，程心也不能提这样的问题。会面过程中不得有第三方在场，也不能进行任何形式的记录。于是，两人只能在交流恍若隔世般的重逢之情中，暗暗交换情报，不过最后，云天明讲述了他在三体世界出版过的三个童话故事，分别是《国王的新画师》《饕餮海》和《深水王子》。会面结束后，程心凭记忆完整记下了三个童话。这三个童话被认为是云天明提供的重要情报。经过对三个童话漫长的解读分析，人类发现其中包含的关于宇宙真相的秘密，为地球提供了一线生机。

解密三个童话

曲率驱动

故事中的元素指向以肥皂驱动的纸船，还有只有用黑曜石石板才能压平的雪浪纸的暗示，通过双层隐喻和二维隐喻指向空间曲率驱动。这是一个极其重要的情报，在众多的光速航行设想中，它确定了空间曲率驱动是可行的，这就为人类的宇航技术发展指出了明确的战略方向。

宇宙安全声明

故事中提到的深水王子，身高在观察者眼中不随距离变化，喻指某种信号不随距离衰减的信息发布系统，一个在任何参照系下都恒定的物理量。与需要不停转动的伞的意象相结合，人们立刻找到一个确定的组合：恒定的速度，不随参照系变化——这明显是指光速。再加上对伞的描述“速度最快，没有质量”，是一个十分确定的单层隐喻：光。所以伞隐喻着光或光速。而捕捉魔泡树的泡沫的含义可能是：采集光能，降低光速。故事中那个神秘的地名“赫尔辛根默斯肯”，被找到就在挪威北部的罗弗敦群岛。程心他们在岛上看到了默斯肯大漩涡，得到了降低光速和黑洞的意象。他们由此想明白，降低光速，将太阳系变成了一个黑洞，这样的世界对宇宙的其他部分来说，是绝对安全的。这样的世界被称为黑域，建造黑域就等同于发布宇宙安全声明。

二维化

故事中被针眼画师画入画中的人便会永远被禁锢在画中，这个情节的含义一直无法被参透，直到二向箔袭击了探测编队的飞船，飞船开始跌入二维，人们才明白，高等文明的打击手段是使整个太阳系坠入二维，即降维打击。

结果与意义

人类从云天明的三个童话中，获知了曲率飞船技术和使用黑域这种达成宇宙安全声明的方式，一度给绝望中的地球带来一线生机。可惜对于二维化的解读仍然来得太晚，人类错过了这来之不易的生机，最终太阳系还是走向了童话中所喻指的跌入二维的结局。阶梯计划也造就了程心和云天明之间一段凄婉的爱情故事，造就了缸中之脑的典故，串联起三体第三部的一半故事线。而云天明带回的三个童话，用华丽、神秘、冷峻的方式隐喻了宇宙的真相和结局，将故事推向凄美绝望的高潮。

茶道谈话

三体世界遭受黑暗森林打击后，智子准备离开地球。离开前，智子邀请了两位前执剑人罗辑和程心到她的别墅一会。这次会面，两位前执剑人不负众望，从智子口中问出了地球可以通过发布宇宙安全声明来避免遭到黑暗森林打击的关键信息，给了在恐惧中等待毁灭的人类一丝希望。

档案卡片 FILE CARD

主要参与者	智子、罗辑、程心
发生时间	广播纪元 7 年
发生地点	智子的别墅
结果与影响	人类得知地球可以通过发布宇宙安全声明来避免遭到黑暗森林打击

事件经过 EVENT COURSE

谈话背景

宇宙广播启动后，三体世界在广播纪元三年零十个月被摧毁。消息传到地球后的第三天，智子突然邀请程心和罗辑去她的别墅喝茶。智子许久未曾露面，此次邀约引起了地球社会和舰队国际两个世界的重视。在这个群体信心十分脆弱的时期，上层都希望两位前执剑人能从智子那里带回一些稳定人心的信息。

谈话内容

茶道谈话中的智子，一改大移民中凶悍忍者的形象，变回一个温柔恬静的和服美人，以朋友身份谦恭有礼地迎接了两位执剑人——程心和罗辑。谈话中，身负人类希望的程心和罗辑分别问了智子几个问题。

程心： 地球还有多久会遭到黑暗森林打击？
智子： 不确定，但按照概率，应该还有一段时间，可能长达一两个世纪。
程心： 三体星系为什么比太阳系更危险？
智子： 这永远不能告诉你们。
程心： 未来太阳系是否也会遭到光粒摧毁行星的黑暗森林打击方式？
智子： 黑暗森林打击都有两个相同点，一是随意的，二是经济的。不是正规的星际战争，只是顺手消除可能的威胁。随意的，是说坐标被发布是唯一的打击依据，不会对目标进行近距离直接探测，只是发动打击，对超级文明来说，近距离探测比打击成本更高；经济的，是指只进行最低成本的打击，用微小低廉的发射物诱发目标星系中的毁灭能量。
程心： 有可能防御黑暗森林打击吗？
智子： 没有。人类绝对无法在打击中幸存。逃亡吧。
罗辑： 是否存在某种安全特征，或者叫安全声明，可以向宇宙表明一个文明是安全的，不会对其他世界构成任何威胁，进而避免黑暗森林打击？地球文明有办法向宇宙发出这样的安全声明吗？
智子： 有。但无法告诉人类具体的方法。

发布安全声明的可能性

茶道谈话带给人类一个关键信息，即人类有可能向宇宙发布避免黑暗森林打击的安全声明。但是对于发布安全声明的办法，三体世界却对人类无可奉告。于是社会各界的无数人陷入了如何发布安全声明的苦苦思索当中，提了无数种方法、方案，使安全声明几乎成了一种行为艺术。所有方法大致可分为两类：声明派和自残派。声明派的设想很简单，就是单纯通过宇宙广播宣布地球是安全的。但根据黑暗森林理论，这种天真的声明在残酷的宇宙中根本不可能起到作用。自残派着眼于技术，认为只要人类社会的技术倒退，建立一个低技术社会，或者通过智力自残让人类对高等文明不具备威

茶道谈话

胁，就不会遭到高等文明的打击。可是来自高等文明的打击具有随意性和经济性的特点，几乎不可能对所发现的文明进行近距离观察后再做出决定。这些方案都没有触及安全声明的本质。对安全声明的变态理解甚至引发了一些恶性事件。最后很多人认为，发布安全声明几乎是一件不可能做到的事。在死亡的威胁和生存的诱惑面前，宗教再一次成为社会生活的中心。

意义

人类之所以能在发布宇宙广播后还获得茶道谈话的机会，是因为三体文明在与地球对峙的近三百年间，基于对地球文化的理解产生了对人类的尊重。这是人类文明的一次微小胜利，也是三体文明对地球的最后一点儿仁慈与体面。茶道谈话给了绝望中的人类一个微茫的希望，即：有可能向宇宙发布避免黑暗森林打击的安全声明。茶道谈话发布后，地球社会各界都在思考如何发布安全声明，提出无数方案，却没有一个抓住安全声明的实质。在绝望和徒劳的挣扎中，宗教再一次成为人类社会生活的中心。但对于安全声明的希望，一直根植于人们心中，直到智子离开地球前，安排云天明和程心见面，人类才从云天明的三个童话中解读到关于发布安全声明的方法，获得了避免毁灭的一线生机。

掩体计划

宇宙广播启动后，为了从针对太阳系的黑暗森林打击中生存下来，拯救尽可能多的生命，人类社会提出了掩体计划：在四大行星背后建立容量足够大的太空城。经过模拟试验验证后，符合人类当前技术水平的太空城计划稳步推进，开启了掩体纪元。

档案卡片 FILE CARD

主要参与者	广播纪元、掩体纪元
发生地点	四大行星背后
结果与影响	使人类获得了最后一个和平繁荣时期，同时也错过了真正的逃生机会

事件经过 EVENT COURSE

背景：选择掩体计划的原因

黑暗森林威慑失败、“万有引力”号启动广播后，人类科学家预测，太阳系将于五十至八十年后遭遇黑暗森林打击。而按照世界人口递减速率计算，七十年后人口总数在六亿至八亿之间，即届时将有最多八亿人需要拯救。科学家以三体恒星毁灭的观测数据为基础，建立了太阳遭到同样打击时的灾变数学模型。对该模型的运算表明，如果太阳遭到光粒袭击，火星轨道之内的类地行星将被全部摧毁，但可以确定太阳系的四颗巨行星——木星、土星、天王星和海王星在黑暗森林打击后将保持完好。这个重要的预测是掩体计划的基本依据。

在短期内，人类显然不可能具备超大规模的星际远航能力，能够进行星际逃亡的人数只占总人口的不到千分之一，这有违人类社会基本的价值观和道德准则，很可能引起人类社会的剧烈动荡和全面崩溃。由于难以找到建设太空城的原材料和生存的资源，远距离躲避计划的可行性也很低。于是，以木星、土星、天王星和海王星四大行星为掩体建设供全人类移民的太空城，以避开黑暗森林打击的掩体计划，成为人类社会主要考虑的方案。

太空城生态设想

人类计划在四大行星背后建立五十座太空城，每座可容纳一千五百万人左右。其中，木星背后二十座，土星背后二十座，海王星背后六座，天王星背后四座。建设太空城的材料则取自四大行星的卫星，以及土星和海王星的星环。该计划所涉及的技术基本没有超越当时的水平，但仍存在一些挑战，如太空城的位置维持问题，不过预计能够在规划时间内克服。太阳被摧毁后，太空城将依靠核聚变能源生存。太阳爆发后形成的残骸星云中将含有几乎取之不尽的聚变燃料资源，可以很容易地大量采集，从太阳残存内核中也有可能采集到丰富的聚变燃料，可以满足人类长期生存的能源需求。每座太空城内可以拥有人造太阳，即与打击前地球日照相当的光源。木卫二表面由深达一百六十千米的海洋覆盖，含有丰富的水资源，其贮量大于地球海洋，可以满足太空城的需要。另外在星云内部还有大量的水资源。在打击后，当星云态的太阳系基本稳定时，所有太空城将脱离作为掩体的行星，在太阳系内寻找较为适宜的生存空间，也可以离开星云聚集的黄道面一段距离，避免星云的影响，同时从星云中采集各种资源。由于太阳爆发使类地行星解体，这时太阳系中的各种矿藏资源将游离在星云中。所以，打击后的太阳系残骸星云可以为上百亿人口提供舒适的生活，并使人类文明具备足够的发展空间。

尽管云天明的情报中并没有提到掩体计划，但人类普遍认为，掩体计划是成功希望最大的一个选择，完全基于人类现有的技术，没有理论上的未知。其实，掩体计划可以看成人类发展的自然延续，即使没有黑暗森林打击的威胁，人类也到了向太阳系大规模移民的时代，只是掩体计划更为集中，目的也更为明确。掩体计划推出后进展平稳，计划用二十年时间建立巨行星带资源开发工业体系，再用六十年时间进行太空城建设，两个阶段有十年的重叠期。

实施：模拟试验

广播纪元 8 年，舰队国际和联合国共同发起掩体计划模拟试验，在太空中试验太阳爆发时用外围巨行星作为掩体的有效性。从科学角度看，这个试验其实完全没有必要，用已经得到的大量数据进行计算机模拟就可以得出相当可信的结果。即使必须进行实体试验，也完全可以在试验室中进行，虽然规模小，但经过精心设计，也可以达到很高的精度。从研究角度看，太空中的这个大规模试验几乎笨拙到弱智的程度。但无论是试验的发起方还是设计和实施者都清楚，试验的最终目的不是科研，它实质上是一场耗资巨大的宣传，用以确立国际社会对掩体计划的信心。为了给星环公司参与掩体工程树立好的公众形象，程心在艾 AA 的建议下报名参加了试验。试验时间到了，氢弹引爆，由于太空中没有大气层的阻挡，其能量几乎全部以辐射形式放出。太阳旁边出现了一只火球，亮度逐渐占据整个镜头。火球持续了约三十秒后熄灭，四块巨石后面的五十艘太空艇全部安然无恙。模拟试验成功。

成果：太空城

掩体纪元 11 年，程心再次从冬眠中苏醒之时，掩体世界的太空城已颇具规模。在旋转的星海背景上，可以看到木星掩体世界全景，包括二十二座太空城，还有四座城市在下面被挡住的方向。这二十六座太空城（比计划多建了六座）都处于木星的阴影之中，排成不太整齐的四列纵队。亚洲一号的一侧是北美一号和大洋洲一号，另一侧是亚洲三号，亚洲一号与两侧太空城之间的距离仅五十千米左右，能感觉到它们的巨大，像两颗星球一般。但另一排的四座太空城在一百五十千米之外，已经很难从视觉上把握它们的大小；最远处的太空城距离有一千千米，看上去如玩具般小巧玲珑。最靠近亚洲一号的北美一号是一个纯球体，它与亚洲一号的圆柱体代表了太空城形状的两个极端；大部分太空城都是介于两者之间的椭球体，只是长短轴的比例不同；也有一些特异形状的太空城，如轮辐形、纺锤形等，但数量很少。在另外三颗巨行星背面，还有三个太空城群落，共三十八座太空城。其中，土星背面二十六座，海王星背面八座，天王星背面四座。

亚洲一号是掩体计划最早建设的太空城之一，旋转产生的离心力模拟重力，长四十五千米，直径八千米，内部面积三百五十平方千米，人口约九百万。城市规划得很整齐，是一次性建成的。建筑外形单调划一，似乎只考虑实用性，没有任何建筑美学方面的设计，都是长方

T7
RESCUE
20

太空城，太阳系掩体世界

体形状，表面的色彩都是一样的金属银灰色。这个世界几乎全都是用金属建成的。太空城中共有三个人造太阳，都悬浮在太空城失重的中轴线上，相互间隔十千米左右，都是由核聚变产生能量，按二十四小时一昼夜调节明暗。

影响与意义

掩体计划符合宇宙广播启动后人类最广大群体的利益，也是最有把握完成的工程。太空城的建立很大程度上安抚了人类社会，开启掩体纪元，使人类在地球被彻底毁灭之前最后享受了一段平和繁盛的时期。然而，掩体世界的成功也限制了人类在其他科技方向上的发展。为了掩体世界的安定，联邦政府决定接管星环城和环日加速器，全面停止星环集团与曲率驱动有关的理论研究和技术开发。人类因此丧失了快速发展光速飞船逃离太阳系的机会，文明最终仍然走向了毁灭。

太阳系二维化

威慑失败后，“万有引力”号发布了宇宙广播，三体星系很快遭到毁灭打击。一百多年后，针对太阳系的打击——二向箔最终降临。整个太阳系在十天之内全部跌落二维，成为一幅死亡巨画。

档案卡片 FILE CARD

主要参与者	掩体纪元 67 年
发生地点	太阳系
结果与影响	整个太阳系跌落二维，地球文明宣告覆灭

事件经过 EVENT COURSE

黑暗森林打击与三个童话的预言

根据黑暗森林理论，由于猜疑链和宇宙资源的有限性，一个文明一旦在宇宙中暴露自己的存在，很快就会遭到来自高等文明的毁灭性打击。罗辑根据这一理论，建立与三体文明之间的威慑协议，成功阻止了三体人对地球的入侵，使地球进入威慑时代。但是，在更换执剑人之时，三体文明看准了新任执剑人程心无法下狠心毁灭两个世界，在开关交到程心手中的那一刻撕毁了约定，致使威慑失效。最后，在宇宙中的“万有引力”号飞船得知了威慑失败，发布引力波广播，向宇宙公布三体星系的坐标。入侵已无意义，三体撤离地球，人类社会进入广播纪元。

正如黑暗森林理论所预测的，三体星系马上遭到了来自更高等文明的毁灭打击。但智子在离开地球前，因对地球文化的尊重，邀请罗辑和程心来别墅进行茶道谈话，告知人类黑暗森林打击的方式和特点，并直言人类绝对无法在打击中幸存，只能逃亡。后来，云天明传来的三个童话也通过针眼画师和雪浪纸的隐喻，预言了黑暗森林打击的方式，即二维化。然而，直至高等文明的毁灭武器二向箔进入太阳系，二维化的死亡序曲开始演奏，人们才终于了悟云天明想要传达的关键……

二向箔打击的降临

掩体纪元 66 年，太阳系预警系统发现一个不明飞行物以接近光速的速度从奥尔特星云外侧一掠而过，并往太阳系发射了一个“小纸条”。这是人类第一次观察到三体文明以外的外星飞船，人类舰队拦截了这个“小纸条”，并进行了近距离探测。“小纸条”是一个长方形膜状物，长八点五厘米，宽五点二厘米，比一张信用卡略大一点，极薄，看不出任何厚度，表面呈纯白色，看上去就是一张纸条，却能够随意穿行人体和船体，不造成任何损伤。然而，这其貌不扬的纸片，正是高等文明将太阳系二维化的武器“二向箔”。飞船上的物理学家白 Ice 是丁仪的学生，由于丁仪的启发，白 Ice 对这个看似无害的外星造物心存警惕，命令“启示”号与纸条拉开距离。就在“启示”号离开纸条五十个小时之后，纸条自己升了起来，并且让接触到它的人在惊叫中熔化……与此同时，太空艇也开始熔化，并发出强光。熔化物化为极薄的一层，接触它的人的身体也立刻变成平面铺展开去。“启示”号想逃离，却像被某种力量钉死在太空中一样无法动弹。人们联想到“蓝色空间”号和“万有引力”号遇到的四维空间向三维空间跌落的情景，终于明白，那个纸片所做的，是使三维空间向二维跌落。这个不断扩大的薄片，最终会使整个太阳系跌入二维，而逃离的速度是光速——这意味着无人能逃。此刻，白 Ice 终于明白了云天明童话中针眼画师隐喻的意义。下一刻，“启示”号和船上的所有人一起跌入二维，成为毁灭巨画中最先被画入的人。

二维化的过程

太阳系的二维化无法遏制地开始了，联邦政府向全世界发出打击警报，预测柯伊伯带以内的太阳系空间将在八至十天内全部跌落到二维。尽管很多飞船都在前往位于远日点的冥王星，但最后没有人可以逃脱。警报发出后，联邦政府通过决议，废止有关逃亡主义的一切法律。太阳系联邦政府、太阳系议会、太阳系最高法院、太阳系联邦舰队，将行使职责到最后一刻。为了使地球文明的文物尽可能完整地以二维化的形式保存下来，联邦政府决定将冥王星上地球文明博物馆中的文物，用“星环”号运出冥王星，散落到太空中。程心接受了这个委托，与艾 AA 一起前往冥王星，并见到罗辑。罗辑已经变成一个朴实无华的老人。尽管冥王星博物馆的工作人员都乘飞船逃走了，但罗辑留了下来。他像分开红海的摩西一般，介绍科学家们的主张——把字刻在石头上，用这种古老的方式尽可能多地留下地球文明的痕迹。随后，三人一起挑选出重要的文物作品搬运至“星环”号。

很快，海王星和土星两颗类木巨行星也跌落二维。紧接着，整个太空城都停止了自转，然后跌落。由于太空城仍有空气，在二维化的过程中发出清脆尖锐的碎裂声，仿佛一个巨型碾滚正在轧过一座玻璃城，最终太空城变成一张包含所有细节的 1 ：1 图纸。城市、飞船、人体……不断地摊到这张二维图纸上。接下来跌入二维的，是火星和地球。相比于海王星和土星，二维地球的“年轮”更加清晰精致，从黄色的地幔渐渐过渡到深红色的铁镍地核，二维地球的海水则像结了冰。接下来，是最壮丽的一幕，太阳的二维化。太阳二维化开始时，肉眼看不清细节，只见到遥远的太阳突然亮度增加，体积也在增加，后者是由于太阳跌入二维的部分在平面上扩展所致，从远距离看去像是恒星本身在膨胀。太阳接触二维平面的一刹那，跌入二维的部分就在平面上呈圆形迅速扩展开来，很快，平面上二维太阳的直径就超过了三维太阳，这一过程只用了三十秒左右，以太阳半径七十万千米计算，二维太阳边缘的扩展速度竟达到每秒两万多千米。二维太阳继续扩大，很快在平面上形成了一片广阔的火海，三维太阳就在这血色火海的中央缓缓沉下去。太阳在融化，把它的血铺展在二维平面中，这是最后一次日落。一个小时后，太阳完全坠入二维平面，像一个巨大的椭圆。在太阳二维化的过程中，金星和火星也坠入了二维平面。稍后，太阳这一侧的小行星带也被二维化，补齐了太阳系项链的另一半。冥王星开始下雪时，程心和艾 AA 乘上飞船离开，罗辑则留了下来。程心最后看到，太空中充满巨大的形体，就像是时空的旋涡。万籁俱寂，整个太阳系就像梵高的《星空》一般，成为一幅名为太阳系的二维巨画。

仅剩的人类和最后的避难所

在太阳系二维化的过程中，为数不多的拥有飞船的人类进行着无畏的疯狂逃亡，程心和艾 AA 也带着文物上了“星环”号驶离太阳系，罗辑则坚持留在冥王星。当“星环”号离开冥王星后，罗辑告诉她们，“星环”号安装了世界上唯一一套空间曲率驱动引擎，能够进行光速飞行，可以去往银河系任何地方。原来维德死后，星环集团一直在水星秘密进行空间曲率驱动的研究，并和联邦政府取得合作，一年前引擎才得以制造完成。在罗辑的坚持下，“星环”号上的空间曲率引擎启动了。程心和艾 AA 成为仅剩的两个太阳系人类。罗辑告诉她们去寻找早已融入银河系的“蓝色空间”号和“万有引力”号。但宇宙茫茫，没有方向可循，程心和艾 AA 决定前往云天明送她的星星——DX3906 星系赴约。这个星系中的一颗行星与地球相似，她们把它叫作蓝星。着陆后，两人惊讶地发现这竟有一个男人。这人叫作关一帆，是“万有引力”号上的研究员。现在，他跟随一支新世界的考察队工作，在收到她们的引力波信息后一直在此等待。关一帆说，银河系人类已经建立了四个定居点。

当程心跟随关一帆驶出蓝星探寻不明信号的来源时，艾 AA 突然传来消息说，云天明到了蓝星！而且给她带了一个更好的礼物。然而，程心和关一帆在返回蓝星的途中遇到死线扩散，不得不进入冬眠。当他们再次醒来时，蓝星的时间已经过去了一千八百九十万年……但他们仍然收到了云天明的礼物——一个时间之外的一千米的小世界，云天明为他们定制的 647 号宇宙。云天明希望他们在这个小宇宙中躲过大宇宙的末日，即大坍塌，然后在大爆炸后进入新的大宇宙。程心和关一帆走进了这个小宇宙，并和智子一起开始了新生活。

结果与影响

太阳系二维化再次验证了黑暗森林理论，也意味着人类在逃亡计划上的彻底失败。人类本该有机会发展光速飞船逃离太阳系，却两次错过时机，因为人类的局限——没有及时解析出云天明童话的关键，也因为人类的慈悲——选择了掩体计划而不是光速飞船。毁灭是人类文明的基因导致的无法避免的命运，甚至可能也是整个宇宙无法避免的结局。

回归运动

太阳系跌入二维后，又经历了一系列事件，程心最终与关一帆进入小宇宙生活，度过一年的时光。就在这时，他们收到了来自大宇宙的回归运动声明。出于对宇宙的责任和探索更广大世界的渴望，两人决定将小宇宙的质量归还，回到生死未卜的大宇宙，以牺牲小我的方式，留给大宇宙一线希望。

档案卡片 FILE CARD

主要参与者	程心、关一帆、智子
发生时间	??
发生地点	647 号小宇宙
结果与影响	回归运动给了大宇宙一抹亮色和希望，也使程心完成了背负在身的沉重使命

事件经过 EVENT COURSE

回归声明

程心、关一帆和智子在云天明赠送的小宇宙中生活了一年后，收到来自大宇宙的广播信息——一份包含多种宇宙文明语言的声明，内容如下：我们宇宙的总质量减少至临界值以下，宇宙将由封闭转变为开放，宇宙将在永恒的膨胀中死去，所有的生命和记忆都将死去。请归还你们拿走的质量，只把记忆体送往新宇宙。

程心和关一帆明白，如果不归还质量，宇宙将变成一座空旷的坟墓。但如果这样做，小宇宙将无法生存，小宇宙中的人也只能回归大宇宙，这就是回归运动。然而大宇宙已经过去了至少上百亿年，如今的环境充满未知。尽管智子不建议他们回归大宇宙，出于责任心，也是出于对更广阔宇宙的向往，程心和关一帆还是决定归还小宇宙的质量，回归大宇宙。

回归的过程

在智子的操作下，小宇宙的门出现了，647 号宇宙开始向大宇宙归还物质。小宇宙的土壤与土壤下的一块块金属板被机器人运到门外。最后小宇宙的重力也消失了，地面被彻底拆除。智子将一个包含两个文明所有记忆的金属盒留在了小宇宙中，那是送往新宇宙的漂流瓶，等待被新宇宙的文明发掘。程心将一个五公斤的生态球留在了小宇宙，使小宇宙不会成为一个没有生命的黑暗世界。最后，三人乘上一艘浓缩三体最先进技术的小型飞船，缓缓穿过宇宙之门，回归大宇宙。

结果与意义

或许是出于仁慈与不忍，刘慈欣并没有写到宇宙彻底陷入虚无的那一刻，而是用回归运动给了大宇宙一线生机。回归运动的结果并没有写

出，但主角程心通过回归运动完成了自身的责任与使命，使人物得以成长与圆满。地球文明与三体文明，在经历了长久的对峙后终于达成和解，变成惺惺相惜的朋友，将共同的记忆漂流至新宇宙，一起翘首期盼重见光明的希望。

小宇宙中只剩下漂流瓶和生态球。漂流瓶隐没于黑暗里，在一千米见方的宇宙中，只有生态球里的小太阳发出一点光芒。在这个小小的生命世界中，几只清澈的水球在零重力环境中静静地飘浮着，有一条小鱼从一只水球中蹦出，跃入另一只水球，轻盈地穿游于绿藻之间。在一小块陆地上的草丛中，有一滴露珠从一片草叶上脱离，旋转着飘起，向太空中折射出一缕晶莹的阳光。

——《三体 III · 死神永生》

“请归还你们拿走的质量，
只把记忆体送往新宇宙。”

——《三体 III · 死神永生》

阵营

地球三体组织

叶文洁完成与三体文明的接触后，离开红岸基地返回北京，结识了物种共产主义者麦克·伊文斯，两人凭借着对人类文明的失望共识和对三体文明的美好幻想成为“同志”。其后，伊文斯继承了父亲跨国石油公司的财产，暗中联合一部分“志同道合”的科学界与政界精英创建地球三体组织（Earth Three-body Organization，即 ETO），展开行动。他们利用“三体游戏”和“科学边界”组织介绍和宣扬三体文明，策划活动挑起民众对现代科学的反感，不断壮大支持三体文明的势力，反对他们认为腐朽落后的人类现阶段文明。

ETO 组织分为降临派、拯救派和幸存派。三个派别支持的不同方向，主要来源于叶文洁和伊文斯两人的思想分歧。这成为 ETO 不可避免的根源劣势。后在经历内部斗争事件的背景下，史强带领的反 ETO 行动，严重削弱了 ETO 力量，统帅叶文洁也被捕。远在最后一位核心成员——破壁人山杉惠子剖腹自杀前，ETO 支持者就随着打击力量的逐步围剿，加之三体人对该组织的战略放弃，消失在大低谷时代后的历史长河当中。

档案卡片 FILE CARD

目　标	消灭人类暴政，世界属于三体
成立时间	1988 年
解散时间	危机纪元 100 年左右
信　仰	三体文明
基　地	“审判日”号（第二红岸基地）
领导者	麦克·伊文斯（实际控制者）、叶文洁（精神领袖）

关键词 KEYWORDS

物种共产主义

ETO 降临派领导者麦克·伊文斯十二岁时，目睹了父亲公司原油泄漏事故所造成的可怕生态灾难。这场灾难给作为志愿者的他留下了极大的震撼和阴影。十三岁生日时父亲提及将来，伊文斯只告诉父亲，希望自己能够成为拯救濒临灭绝物种的救世主，弥补一个环保主义者作为人类施暴者的原罪。怀着这种渴求，物种共产主义的信念也就此笃定。它主张众生平等，一切物种都与人类地位相同。他来到中国西北植树造林拯救褐燕，林子却被民众无法制止地砍伐。他绝望地断定人类的疯狂已经不能凭人类自己制止。为了其他物种的生存，人类必须毁灭。而三体文明的到来正是一次绝佳的机会。

三派分立

降临派：三体叛军最本原最纯粹的一脉，主要由伊文斯物种共产主义的信奉者组成。他们对人类本性都已彻底绝望，这种绝望最初来源于现代文明导致的地球物种大灭绝，伊文斯就是其典型代表。与世人的想象不同，这些人大都是现实主义者，对于他们为之服务的外星文明也并未抱太多的期望，他们的背叛只源于对人类的绝望和仇恨，伊文斯的一句话已成为降临派的座右铭：我们不知道外星文明是什么样子，但知道人类。

拯救派：在对三体文明抱有宗教感情的同时，对于人类文明的态度远没有降临派那样极端，他们的最终理想就是拯救主。为了使主生存下去，可以在一定程度上牺牲人类世界。但他们中的大多数人认为，能够使主在三个太阳的半人马座星系生存下去，避免其对太阳系的入侵，是两全其美的理想结局，因此致力于解决物理上的三体问题。三体游戏是其向社会传播三体文化的主要途径。

幸存派：在三体舰队被证实存在后出现，大多来自社会底层。他们基于人类必败的考量，认为入侵的时间点既然在此生之后，那么就必须聚焦于未来必然的战败后，子孙后代的生存环境问题。而解决这一问题就应该识时务地站在三体人阵营这一边，他们相信这种方式能够让后代得到更好的生存环境，因此自身不得不站在人类文明的对立面。

党同伐异

正像历史上绝大多数反叛组织都会遭遇内部分化的过程一样，ETO 内部的价值体系也在不同派别的声音中产生巨大矛盾。以伊文斯代表的降临派，作为 ETO 的核心力量，在“审判日”号舰船上建立了与三体人通信的系统，独揽了通信特权。为了贯彻思想、彰显力量和排除异己，伊文斯甚至派遣降临派核心成员潘寒杀害了拯救派的申玉菲。叶文洁意识到问题后，针对组织内部分化的矛盾，在一次会议上，利用未留姓名的“核弹少女”杀死了潘寒。然而这样的内部斗争也导致叶文洁自己被潜伏的史强带领的反恐队伍逮捕，随后通过叶文洁的线索，史强设计的“古筝行动”，消灭了第二红岸基地——“审判日”号轮船上的全数降临派成员，并公布了其拥有的三体文明资料。拯救派发觉到真相后，也一蹶不振。此后，逃脱围捕的降临派成员将组织各项事务转入地下。

破壁计划 & 暗杀罗辑

面壁计划启动后，ETO 内部计划出一套破除面壁人伪装的“破壁计划”，扫清三体人入侵的障碍。“秦始皇”代表领导层任命了三个“破壁人”：冯·诺依曼、墨子和亚里士多德。三人依次破解了弗里德里克·泰勒、曼努尔·雷迪亚兹和比尔·希恩斯的伪装。另一方面，ETO 虽然没有为面壁者罗辑安排破壁人，但在他向太阳系外的恒星 187J3X1 发送“咒语”后，ETO 对其进行了基因导弹袭击。经过基因改造的病毒定向感染了罗辑。在肝脏和心肺功能都已衰竭，现代医疗手段无能为力之时，联合国众人只能寄希望于罗辑冬眠后的未来世界，拥有治愈病毒的技术挽救其生命。

销声匿迹 & 最后的遗产

破壁计划后，ETO 失去三体世界的信任，面临着大低谷时代广泛而密集的围剿行动。在人人自危、担心自己被认定有 ETO 成分的情况下，ETO 完全失去了任何行动的可能性。大低谷结束后，ETO 彻底退出人类社会，销声匿迹。其最后一名成员山杉惠子在危机末苏醒后对自己丈夫——面壁者比尔・希恩斯的破壁行动，是 ETO 沉寂百年后的绝笔。不过此时，ETO 的幽灵犹存。Killer5.2 是 ETO 成员为了暗杀罗辑而编写的病毒程序。通过多种方式确认目标后，操控一切感染后的外部硬件对目标进行现实层面上的物理谋杀。冬眠苏醒后的罗辑一天内先后遭到该病毒的六次追杀，亏得大史机灵……

行星防御理事会

三体危机爆发后，联合国为了应对三体文明对人类造成的威胁，组建了一个由各常任理事国成员组成、针对地球防御事务形成大国间共识的理事会——联合国行星防御理事会（Planet Defence Council，即 PDC），对常任理事国主导并参与的各个防御计划进行统一调配规划，行使决策权。前身为联合国安全理事会。作为人类解决三体问题的核心大脑，在掌握了三体人思维透明的情报后，PDC 实施了著名的面壁计划。随后与之相关的一切事宜，包括执剑人的交接，也通过 PDC 主持。同时，PDC 向下发展出直接以三体舰队和母星为侦察目标的情报机构——行星防御理事会战略情报局（PIA）。阶梯计划实行后，云天明情报抵达地球，PDC 与舰队国际联合，组成情报解读委员会（IDC）。

档案卡片 FILE CARD

目　标	协调组织各国力量，应对三体危机
成立时间	危机纪元元年
上级机构	联合国
办公地点	联合国总部
具体领导者	轮值主席、常任理事国代表

关键词 KEYWORDS

组建地球防御系统 & 否决技术公有化

地球防御系统是行星防御理事会在美国国家战略导弹防御系统（NMD）基础上，针对智子威胁在阿拉斯加的格里利堡建立的防御打击系统。这是 PDC 应对三体危机与美国联合的初期方案，但在实施上并没有取得太大成效，甚至没能抓住智子的物理本质进行有效打击。

作为常任理事国成员，美国和俄罗斯在三体危机开始后制定了自己的外太空逃亡计划，在国际社会上引起轩然大波，由此引发了一场“技术公有化”运动，旨在促进技术优势国家将技术共享公开，保证人类面对三体危机的机会均等。但由于PDC原本就带有成员国各自的利益诉求，加之逃亡主义的盛行，技术公有化实际上削弱了先发国家的逃亡优势，在行星防御理事会会议上，任何技术公有化的相关提议都被否决。而这一情况同样也造成了各个技术强国之间的分裂，致使危机纪元初期建立地球联合舰队的方案破产。

群星计划

行星防御理事会在第十二次会议通过了第479号提案，宣告了群星计划的正式启动。群星计划是面向个人和企业，拍卖恒星所有权的一项决议。但最终却并没能获得广泛成功，危机纪元的技术手段难以让这份购置协议产生任何价值，因此更像是一个全人类美好的许诺。本质上，群星计划是一项来自联合国的政治宣言，但时任联合国秘书长的萨伊并不认为这是一项失败的计划。催生出群星计划的各种因素，也成为行星防御理事会提出面壁计划的根基。

面壁计划

危机纪元3年，行星防御理事会第十九次会议确定执行面壁计划，并且公布了面壁者名单。这一计划实际上是在主流防御计划之外平行进行的额外战略计划。考虑智子无法观察人类个体的思维，依此制订的反制战略计划。行星防御理事会是面壁计划的具体指挥和执行机构，负责监督和为面壁计划提供一切资源协调。虽然行星防御理事会对面壁计划的监督权是在面壁者战略计划权限之上的，但对三个面壁者远超当代技术条件的需求，或者需要调配巨量资源的需求，行星防御理事会都会尽量满足。

阶梯计划

危机纪元初年，联合国开始成立与行星防御有关的各种机构，其中包括行星防御理事会战略情报局。它是直接以三体舰队和母星为侦察目标的情报机构，总部设在距联合国大厦不远的一幢六层旧楼中，首任局长为托马斯·维德。其技术部门成员具有很强的宇航技术背景。面对三体威胁，PIA首当其冲。局长维德提出阶梯计划，虽然起初得到上级组织PDC的否决，但最终在他个人强有力的执行下，将阶梯计划改为只送大脑并且成功向三体舰队发射云天明的大脑。在后续云天明带来的三则故事中，人类得到了揭示躲避打击的高级技术发展方向的珍贵情报。

人类纪念工程

曾连任两届联合国秘书长的萨伊，在离任后发起了人类纪念工程，目的是全面收集人类文明的资料和纪念实物，最后用无人飞船发向宇宙。行星防御理事会认为人类纪念工程可能助长失败主义情绪，通过决议制止了它的进一步发展，甚至把它等同于逃亡主义。但萨伊一直在为这项事业做着个人的努力，直到八十四岁逝世。

中国太空军 · 舰队国际

中国太空军是隶属于中国人民解放军的太空军事力量。三体危机初期，人类并没有开始着手建立统一的防御计划，各国之间主要的防御策略主要是为了维护国家利益。在这个背景下，中国太空军于危机纪元 3 年被组建起来。在经历了一轮失败主义思想风波后，怀有胜利信念的领导者通过“增援未来”计划进入冬眠。而太空军舰船关键的可控聚变技术路线，在章北海刺杀行动结束后被确定下来。

章北海冬眠期间，中国太空军并入亚洲舰队，共同组成舰队国际。在三体探测器“水滴”降临太阳系后，引发了末日之战，在场的人类战舰除“青铜时代”号和“量子”号外，在一小时内被水滴全数摧毁，只有少数人员生还。而章北海劫持了亚洲舰队的“自然选择”号，早在这场战争开始之前便已逃亡，也使四艘追击战舰得以幸存。末日之战后，这七艘战舰分别向着金牛座方向和 NH558J2 恒星飞去。但为了给养和存续，互相之间发动了后世称为“黑暗战役”的行动，通过杀死战友获取远航补给后，这场战役余下的两艘战舰，在罗辑的威慑建立后被诱骗返回地球。最终，“蓝色空间”号得到警告，毅然决定逃离家园。舰队国际大崩溃后留下的唯一遗产，成为人类星舰文明的最后希望。

档案卡片 FILE CARD

组织名称	中国太空军	**组织名称**	舰队国际
目　　标	应对三体危机，保卫国家及人类文明	**成立时间**	危机纪元 150 年左右
成立时间	危机纪元 3 年	**所　　属**	独立政体
所　　属	中国人民解放军	**基地位置**	木星
领 导 者	常伟思	**成 员 国**	亚洲舰队、欧洲舰队、北美舰队

关键词 KEYWORDS

思想风波

在太空军组建初期，对于四个世纪后的战争所需要的科技发展水平，大多数人都缺乏信心和热情，对未来深感绝望。盲目的技术崇拜和对冬眠技术抱有的幻想，让太空军内部斗志低沉，甚至对军人的尊严也产生了怀疑。章北海作为第一批政治部成员加入后，将这些思想表现归总为失败主义思潮在军队内部的泛滥，并针对太空军这一问题做了汇报，批判了这股风气，揭示失败主义给军队造成的可怕影响，尤其点名批评了一直作为其搭档的战友吴岳。

增援未来

为了将坚定信念贯彻在未来战场，章北海提出“增援未来”计划，保留怀有胜利信念的一批同志们通过冬眠技术前往未来，领导太空军向着正确的方向发展。而在两个世纪后，人类的技术应用已经取得长足发展，未来太空军的思想脱离了原先预计的失败倾向，计划的目的已经不具备现实意义。但实际上，章北海通过太空军的这项计划实现了自己的最终目标。通过在思想工作上对失败主义的批判，从而有理由提出计划作为去往未来的手段，最终成功劫持星际战舰逃亡。

路线更正

太空军的初期任务，主要是创立一个太空战争的理论体系，以及在科技发展方面的战略规划，因此大批学者和研究人员也加入太空军。但在太空飞船研究的问题上，大部分意见集中在低技术层次的工质推进引擎上，老一辈航天技术专家的执着，让聚变发动机技术的发展无的放矢。太空战争理论课题组的成员，也大都选择了低技术战略研究室。而章北海认为应该直接越过化学驱动引擎，开发无工质聚变发动机。在章北海于太空学习期间，他以一己之力暗杀了三位领导工质飞船引擎开发的航天专家。至此，对于太空飞船引擎的开发方向得到确定。未来战争中的太空军舰船也将全数采用聚变发动机，并且具备了星际航行的技术可能。而实际上，章北海的这次行动是为了得到能够进行星际逃亡的飞船。同时，战舰技术的发展也让后来的人类联合舰队错估自身实力，认为凭借技术优势能够应对与三体人即将发生的战争。

末日战役

危机纪元 205 年，人类联合舰队以排成阵列的方式，准备迎接他们认知当中来自早已疲弱不堪的三体第一舰队的探测器。然而探测器进入太阳系被人类捕获后，丁仪目睹了水滴不可思议的技术高度，已经料想到探测器将如何对人类联合舰队进行攻击。实际情况如同丁仪最后的预想，半个小时后，舰队被尽数以撞击的方式摧毁。携带人类古往至今最高技术成就的人类舰队仅剩下两艘飞船……轻视三体文明的人类力量，在这一刻得到了最绝望的回应：“毁灭你，与你何干。”

星舰国际成立

三体探测器“水滴”进入太阳系前，章北海就开始了他的行动，他劫持亚洲舰队的“自然选择”号加速离开太阳系。舰队国际立刻派出亚洲舰队“蓝色空间”号和“深空”号，北美舰队“企业”号和欧洲舰队“终极规律”号四艘战舰组成追击舰队。因此它们并没有参与末日之战。在得知末日之战结果后，四舰选择与逃离的“自然选择”号一同向着 NH558J2 恒星方向前进，加上末日之战中幸存的“青铜时代”号和“量子”号一共七艘战舰，分别以不同的方向飞离太阳系。而摆在他们面前的，是二十个世纪的漫长航程，以及无法找到合适家园的可能。章北海作为引领人类逃亡的先驱，意识到五艘战舰上的人们在很长一段时间里都必须依赖舰船生存，进而会演化出脱离地球母文明的另一种文明形态。为了稳固漂泊在宇宙空间中的船员的身心状态，必须将船员们作为一个具有目标的整体，让他们形成自主思想。作为地球文明的唯一继承者，这个新兴的文明取名为“星舰地球”。至此，人类世界被划分为：地球国际、舰队国际和远航的星舰国际。后者尽管只有五千余人，却携带了人类文明的全部希望。

黑暗战役

在逃离太阳系的所有舰船意识到无法依赖自身补给完成航行时，五艘战舰之间爆发了争夺有限生存资源的内战。由“终极规律”号先发制人，利用次声波氢弹除掉了三艘舰船上的所有生命。“蓝色空间”号将船体抽至真空而幸存下来，随后反击摧毁了“终极规律”号，留下的资源成为其远航过程中的养料。其余没有生命迹象的三艘舰船残骸被“蓝色空间”号围成巨石阵的形状，构建了属于“星舰地球”的“太空陵墓”。另一边，“青铜时代”号和“量子”号之间的黑暗战役几乎同时展开，获得胜利的“青铜时代”号与“蓝色空间”号在随后罗辑对三体文明的威慑成功后，被诱骗回归地球，而在返航后，“青铜时代”号上所有成员被以反人类罪逮捕，接受了最高军事法庭的审判。“青铜时代”号随即发出不要回到地球的警告，“蓝色空间”号所属官兵立刻加速离开地球，成为人类星舰文明的唯一种子。同时，这场黑暗战役也为罗辑提供了证据，验证了黑暗森林理论。罗辑确认了反制三体文明入侵的方式，威慑纪元因此建立。

星环公司

威慑纪元 61 年，艾 AA 采用新的方法观测到恒星 DX3906 拥有两颗行星，而这颗恒星正是云天明赠送给程心的礼物。联合国和太阳系舰队意图收回这颗恒星，程心决定转让并收到一笔巨款，这成为星环公司最初的资金来源。星环公司成立后，程心将它全权交付给艾 AA 管理。在紧随其后的广播纪元中，程心进入冬眠。在艾 AA 六年的成功运作下，星环公司飞速发展起来，成为近地轨道太空建筑业巨头。

作为总裁的程心结束冬眠后，在艾 AA 的带领下参观星环公司总部。两人都设想开发光速飞船技术，但一次黑暗森林打击的误报事件，使光速飞船计划遭遇广泛声讨，彻底陷入死地，国际立法全面禁止光速飞船的研究和制造。此后，在掩体计划模拟试验期间，程心再度遇到已经刑满释放的维德。此时的维德也同样将目光聚焦于光速飞船技术上，于是程心决定将星环公司全权交由维德接手，寄希望于他能够带领公司继续开发光速飞船技术。十天后，维德接管星环公司，程心与艾 AA 进入冬眠。维德管理期间，掩体工程将人类社会逐步迁居进入太空城，星环公司以大规模参与掩体工程建设赚取利润，一举成为首屈一指的巨型集团。然而维德此时宣布星环城将从太阳系联邦中独立，由于程心此前与维德的约定，程心被从冬眠中唤醒。再次醒来的程心参观了这个时代由太空城组成的新世界，并来到了星环集团总部——星环城。面对太阳系联邦舰队的围困，程心要求维德放下武器。维德遵守了最后的约定，向太阳系联邦政府投降，被判处死刑。星环集团也因制造反物质子弹而被没收所有资产。

档案卡片 FILE CARD

目　　标	建造光速飞船
成立时间	威慑纪元 61 年
解散时间	掩体纪元 11 年（公开）；掩体纪元 67 年（实际）
所　　属	程心
位　　置	星环城；水星地下基地
领 导 者	艾 AA；托马斯·维德；罗辑

关键词 KEYWORDS

恒星级礼物

危机纪元 4 年，身患肺癌的云天明购买了恒星 DX3906 赠送给程心。威慑纪元末，艾 AA 观测到其周围存在着两颗行星，并且很有可能存在类地属性。联合国和舰队国际获知这一情况，按照法律，只有在其主人同意的情况下才能实现出让，于是，冬眠了二百六十四年的程心被唤醒。程心觉得自己不能独自占有一个世界，为了人类能够拥有可以触及的另一个选择答应转让。而所获得的巨额资金，被艾 AA 建议成立一家公司来进行运作，这便是星环公司。在威慑纪元中，随着宇航技术的大举开发和利用，艾 AA 管理下的星环公司深度参与着近地轨道各项太空工程的建设，获得了大笔资金和长足发展。

光速飞船技术萌芽

程心第一次参观自己的星环公司时，人类家园已暴露在宇宙黑暗森林中，随时可能遭到未知文明的打击。在这个前提下，程心和艾 AA 都认为研制光速飞船是人类免遭毁灭的可行方案。但这次旅途中却发生了假警报事件，民众抢夺飞船，使地球同步轨道和月球背面有几十艘小型恒星际和准恒星际飞船正在建造的秘密暴露。许多财团公司和超级富豪的这一举动，以及企图在打击到来前撤离太阳系的意图，遭到了国际社会广泛的公平和道德质疑，因为在死亡面前的不平等在任何历史中都无法被容忍。大多数人都认为，光速飞船的出现可能引发世界范围的动乱，光速飞船计划因此面临前所未有的巨大阻力。随后光速飞船被国际社会宣布为非法，禁止一切技术开发。

维德的领导

地 - 日拉格朗日点，掩体计划模拟试验的志愿者程心遇到了十一年前意图刺杀自己的维德。维德知道程心在通晓云天明留下的三个童话后，并没有放弃光速飞船计划。他认可程心的选择，并且提议将星环公司交由他管理，用来自主开发光速飞船技术。程心随后答应，但提出了一个条件：当光速飞船事业可能危害人类的生命时，必须唤醒自己，她将拥有最终的决定权，并可以收回一切权力。

维德接受了条件，十天后，他成为星环公司的总裁，全面接管了公司事务。在他的带领下，星环集团大规模参与掩体计划工程，获取巨额利润以保证光速飞船研制计划的顺利开展，同时对基础研究也同样投入大量资金，与世界科学院一直保持着良好的合作关系。因此在半个世纪的时间里，虽然光速飞船的研制一直被联邦政府所知晓，但星环集团与联邦政府的关系基本是融洽的。

星环城独立危机

掩体计划初期，星环集团选择在木星第二拉格朗日点建设星环城作为研究基地。这是一座联邦政府管辖之外的唯一太空科学城。在星环城建设的中期，维德又开始了被称为太阳系长城的环日加速器的建设。但在六年前，星环集团突然宣布了研制曲率驱动飞船的计划，把自己的目标公开化。这在国际社会引起轩然大波，以后，星环集团与联邦政府便摩擦不断。虽然星环集团承诺将会避免发动机产生的航迹提前暴露地球文明。但联邦政府却从维护目前人类社会稳定的角度上，通过了全面停止星环集团与曲率驱动有关的理论研究和技术开发的决议，并对星环集团今后的活动进行严格监督。

于是，作为回应，星环集团宣布从太阳系联邦中独立，不再受联邦法律制约。这一冲突最终升级成为联邦舰队对星环城的封锁行动。在这种情况下，程心被从冬眠中唤醒，联邦政府希望通过她劝降时任星环集团总裁的维德。程心来到星环城，得知光速飞船的研制已经进入到了实践阶段，然而面对星环城内维德的城市自卫队和他们拥有毁灭力量的反物质子弹。程心要求维德放下武器，遵守诺言。年迈的维德并没有拒绝，最终答应了程心。随着维德落网，被判处死刑，星环城独立危机告一段落。但随着反物质子弹的缴获，联邦政府认定星环城和星环集团为非法组织，并没收全部财产。

最后的遗产

掩体纪元 66 年，未知高等文明的飞船向太阳系发动了二向箔打击。两年后，程心与艾 AA 在“星环”号飞船上苏醒，向太阳系外围航行，在冥王星上与第一任执剑人罗辑相见。罗辑透露，在维德死后第三十五年，空间曲率驱动的研究在星环集团的水星基地恢复。随后由罗辑牵头，与联邦政府秘密合作开发出三套曲率引擎飞船，随着两次试航的依次进行，第二、三号引擎在打击来临的情况下无法及时赶回太阳系，而唯一留存下来的，只有她们所乘坐的“星环”号。作为唯一具备在打击来临时飞出太阳系的飞船，“星环”号便是星环集团的最后遗产。

银河系人类

“蓝色空间”号和“万有引力”号两舰舰员组成的人类星舰文明及其后代。按关一帆所述，在猎户座旋臂存在由两舰舰员和随行科学家成立的 1 至 4 号世界。相对于最终毁灭前没有离开太阳系的人类文明来说，银河系人类获知的宇宙真相更为残酷，突破种种规则后，人类的能力已经可以到达时间的末尾，在空间上到达宇宙的边缘。与此同时，银河系人类的认知也进化得更加适应宇宙本身的黑暗环境。太阳系人类哲学上的终极命题在银河系人类眼中，成为更为现实的存在和更加具体的目标。

档案卡片 FILE CARD

目　标	种族延续
成立时间	广播纪元
存续时间	?
所　属	人类文明
位　置	秘密

关键词 KEYWORDS

星舰文明

在人类面对三体文明威胁而选择逃亡的星舰当中，“蓝色空间”号在经历黑暗战役与“青铜时代”号不要返程的警告后，成为唯一真正航向深空的星舰文明。随后追击了半个世纪的“万有引力”号，在“蓝色空间”号船员的占领下，包括舰长在内的多数船员见证了地球被三体文明占领的事实，随后除了二百多名决定返航的船员，“万有引力”号选择与“蓝色空间”号一道，成为唯二航向深空的人类集体，银河系人类由此起源。

三号世界

航向深空的两艘舰船，在银河系不同地点散播人类火种，共建立了四个定居点，叫作“新世界”，代表着人类开垦新疆域的星星之火。其中三号世界发生了一些事件，使他们认为自己世界的坐标已经暴露。以黑暗森林法则为前提，三号世界对自身进行了宇宙安全声明改造，处在光速为零的“黑域”包裹中，三号世界的人称之为“光幕”。他们再无法向外界发出任何信息，因此三号世界也被称作“光墓”世界。在关一帆的推测中，三号世界的人们不需要再考虑黑暗森林法则的威胁，偏安一隅，乐在其中。

末日飞船

人类拥有了触及光速的能力后，看待宇宙的方式也全面更新，对基本规律的重新认知，同样造成了文化上的巨变。如同宇宙的终结、宇宙的目的这些哲学命题，在科学迭代当中拥有了确定而实际的结论。然而，意义的崩塌让部分新世界的人想要通过接近光速，去往时间尽头的宇宙末日。这样的速度让自身参考系当中的时间流速变得极为缓慢，外界的宇宙时间相对应地不断加快，直到时间尽头。

两千万年后 & 旧宇宙的终结

在关一帆与程心跌入黑域后，外界的时间以正常的流速运转，而黑域内的两人却因为低光速错过了18903729年。面前的蓝星在程心的眼中甚至经历了一次颜色变化。银河纪元409年，647号宇宙的入口被云天明作为礼物，放置在DX3906星系的行星——蓝星上。在关一帆与程心经历了被困黑域的千百万年后，这个独立的小宇宙最终被两人打开，静候两人的智子陪二人度过了两年平静的时光。然而归零者发布的宇宙质量回归运动声明打破了平静，人类的语言赫然在列。最后，两人与智子一道走出了小宇宙，但漂流瓶会将人类曾经迈入深空的故事，带向新的宇宙。

三体文明

半人马座α星系距太阳系4光年，这个三星系统拥有唯一的一颗行星，三体文明在此诞生。在三个恒星无规律运动的恒乱纪元交替中，极端的高温与严寒曾经将三体文明毁灭了两百多次。顽强的生命在长期的苦痛当中进化出适配环境的生理系统——脱水与浸泡。直到第一百九十二次文明重启，毁灭的无常让三体人摒弃了感性情绪，成为由理性主导的智能生物。九千万年的蹒跚脚步至此，三体人坚强地存活下来，并形成科技高度发达的社会。然而三体科学家在不断地尝试中，发现三颗恒星的混沌系统是一个无解的命题，未来的三体人必须向太空中的新家园移民。另外，随着三个恒星的呼吸现象，气态层的膨胀让曾经存在过的十一颗行星被引力捕获吞噬，成为坠向死亡的流星。三体人的家园——最后的第十二颗行星也将在一百五十万至二百万年后被吞噬。

冷酷的宇宙现实给三体人留下毁灭的倒计时，在四光年外的地球，身处动荡时代的叶文洁却背叛人类文明，向三体再次传来回信。在确定了人类文明的精确坐标后，三体人踏上了向新世界迁移的征程。对于人类文明来说，三体人对宇宙社会学的认知更加深刻。在黑暗森林法则的支配下，针对人类文明技术爆炸的可能性，三体人派出名叫智子的探测器先行前往人类世界，锁死人类的基础研究，圈定人类文明的科学边界，并培养了忠于三体文明的地球三体组织，通过其建立的三体游戏，向信徒介绍三体文明的过往。

在与人类的后续战争中，因为思维透明的生理特性，虽然三体水滴摧毁了人类几乎所有战舰，但罗辑通过面壁计划中玉石俱焚的策略建立了对三体文明的威慑。而程心对执剑人的交接，则被三体人认为是破坏威慑的最佳时机。于是在水滴的进攻下，地球上的人类文明短暂地属于了三体人。然而随着星舰文明向全宇宙广播两个文明的坐标，人类与三体文明都面临着黑暗森林打击，命悬一线。最终，三体文明在更高级存在的威慑下，走上了与人类相同的道路，漂泊在宇宙之中。

档案卡片 FILE CARD

目　　标	迁徙太阳系、毁灭人类
诞生时间	?
毁灭时间	广播纪元 3 年
位　　置	半人马座 α 星系
衍生文明	三体第一舰队、三体第二舰队

关键词 KEYWORDS

三体问题

一个天文学中的基本力学模型，指三个质量、初始位置和初始速度都是任意的可视为质点的天体，在相互之间万有引力的作用下的运动规律问题。在数学研究当中，三体问题除了十几种特例外，无法精确求解，这也意味着宇宙中出现了这种运动，在混沌的可能性当中，几乎无法判断出三个天体的运动规律。这对于三体世界来说，是一个极端压抑的宇宙环境，文明随时处在与环境不适配的可能性当中，甚至可能轰然倒塌。

恒乱纪元

三体问题带来了两个显而易见的极端情况，一是三个恒星同时炙烤下，三体人的生存环境达到极端的高温，二是完全接受不到任何能量的极端低温。对于三体社会，三体问题使得文明只能在较长的气候适宜的条件下发展，这种情况被称为恒纪元。然而大部分时间中，由于天体运动的无规律，自然环境迅速恶化为任何生命都无法生存的情况，这称为乱纪元。在漫长的恒乱纪元交替中，三体人通过生理演化，创造出了能够延续文明的方式，脱水与浸泡。在乱纪元当中，三体人集体将自己体内的水分完全排干，成为干燥的纤维状物体，以躲过环境恶化的情况。恒纪元到来时，再集体浸泡复活，进行生产和建设。

思维透明

生存方式的高度统一，带来了需要统一调配、服从集体的社会形态。三体社会是高度集权的专制社会。在三体人的思维当中，欺骗、诡计、伪装、误导等都是文明在拥有充分发展可能性的前提下，为了争夺资源而衍生出的内部斗争。对自身而言，现实和物理意义下的生存和死亡，并不与内部斗争的结果相关，只与能否成功对抗恶劣环境有关。因此，三体社会的信息交换，被一种特定的方式所联系：思维透明。对三体人来说，想和说并无区别。这是为社会集体运动而衍生出的生理适配，任何三体人之间都能获知对方的思考活动，信息交流的速度因此大大加快，个体与个体、集体之间不存在信息误解，统一的调配行动也就完全按照指令顺利执行。但这一交流方式，也让三体人在地球文明面前展现出最大的弱点。在人类获知三体危机后，根据这一弱点起草了面壁计划。

威慑之下

最后的面壁者罗辑，因为人类在末日之战中的逃亡战舰引发的黑暗战役，参悟了黑暗森林法则的存在。明确了在黑暗森林宇宙中，由于文明发展程度的不同和猜疑链存在，弱小文明的无声无息便是生存权。一旦向宇宙中的文明广播自己的位置，便会迎来高等文明的高技术打击，因此广播技术便成为唯一的武器。三体文明也知晓有比自己更发达的文明存在，对于三体人来说，这是无法规避的威慑，也是唯一能够阻止自己向地球迁徙、替代人类的终极策略。罗辑的面壁计划，让三体文明不得不接受一个事实：是接受两个文明的毁灭，还是暂时停止对地球的征伐。此后，三体第一舰队转向深空，三体文明与人类文明达成了短暂的和平。

人类保留地

在罗辑将广播发射权交给程心时，三体文明对于程心的判断是她并不如罗辑那般坚决，无法忍心成为两个文明的毁灭者。因此利用水滴在最短的时间内摧毁了人类所有广播发射装置，断绝了人类企图通过广播自身位置引发黑暗森林打击的可能。人类的唯一威慑就此被解除，此时全体人类成为三体人的阶下囚。智子随后发布了人类保留地声明：为了阻止威慑的再次出现，人类必须解除全部武装，进行前往澳大利亚的“裸移民”。同时承诺，当三体舰队到达时，将给予澳大利亚移民舒适的生活。然而这不过是三体文明的谎言，人类灭绝才是他们的真正目的……

家园毁灭

而在这次威慑崩坏事件前，“万有引力”号作为引力波宇宙广播系统的一部分被建造出来，在对叛逃舰船“蓝色空间”号的追击过程中，由于智子盲区和进入四维碎片等一系列事件，被“蓝色空间”号占领，随后两舰达成统一，共同向全宇宙广播了三体世界的坐标。对于太阳系和三体文明家园即将面对的黑暗森林打击，三体第二舰队也只能选择航向深空。四年后，三体文明所在的半人马座 α 星被不明宇宙高等文明发射的光粒摧毁。

歌者文明

银河系高等文明之一，名称来自其中一位名叫“歌者”的清理员。作为分析太空信号源的监听者和底层文明清理者，歌者注意到了公布三体坐标的广播，但此时的三体星系已经被光粒摧毁。在清理三体文明残骸的过程中，它发现了三体文明曾与叶文洁交换的信息，得知太阳系“弹星者”——地球文明的存在。歌者准备使用“光粒”进行打击，履行清理者的职责，但因为类木行星的存在，光粒打击具有死角。于是，歌者向长老请示后，选择使用降维武器二向箔进行清理。

关键词 KEYWORDS

母世界与边缘世界

在歌者与长老的对话当中，将自身描述为一粒从“母世界”起航的种子。伴随着母世界与边缘世界的交战，曾经存在于文明古典时代的乐趣渐渐消逝。随着战争中母世界渐落下风，如果无法取得胜利，母世界可能通过二维化来避免毁灭。为了生存，母世界的种子在宇宙中不断搜寻低位文明并进行清理。

信息翻阅

长老相对歌者而言地位更高，拥有检查其他个体思维的权限。歌者在被长老批准使用二向箔时表现出不安的情绪，随后长老对歌者进行了信息翻阅，以寻觅不安的源头，最后得知了原因：歌者先前听到了关于母世界即将进入二维化的消息。而后歌者主动删除了这份杂念，一边继续唱歌，一边将二向箔投向太阳系。

归零者

又名“重启者”，可能指代一个智慧文明，也可能指代多个文明，在当前的宇宙文明探索中，它们的存在已经被确认。其科技程度之发达，甚至能够将整个星系的质量化为纯能，进行信息超膜广播。归零者的目标是将目前的宇宙“零维化”，将时钟拨过十二点，令宇宙还原为初始的十维无限光速状态，即重回田园时代。关一帆认为，归零者做的事更像是一种宗教，或者一种行为艺术。

关键词 KEYWORDS

重启宇宙

在程心获得云天明的赠品——647 号小宇宙后，收到了来自归零者用上百万种文明语言发布的宇宙质量回归运动声明：我们宇宙的总质量减少至临界值以下，宇宙将由封闭转变为开放，宇宙将在永恒的膨胀中死去，所有的生命和记忆都将死去。请归还你们拿走的质量，只把记忆体送往新宇宙。

1379 号监听站，三体世界

“方寸之间，深不见底啊。”

——《三体 III · 死神永生》

思想

三体问题

困扰三体文明整个文明历程的问题，经过漫长岁月的研究，三体人证明三体问题无解。在确定了地球文明的存在后，三体文明把关于自身的信息传递给 ETO。组织成员把三体问题与三体文明的发展历程相结合，再融合人类历史，制作成三体游戏，吸纳人类精英参与解谜。当有玩家成功揭示三体文明和三体问题的关系时，会收到线下聚会的邀请。因此，解决三体问题的能力也是 ETO 考查发展对象的标准之一。

档案卡片 FILE CARD

创立者	自然存在
研究者	魏成、ETO 拯救派、三体游戏玩家
关键词	混沌
影　响	迫使三体文明寻求离开家园，寻找新的栖身之所

核心思想 CORE CONCEPT

初观混沌，历法失灵

跟随第一部主角汪淼的视角，就能发现书中三体问题相关讨论的全貌。汪淼初次进入三体游戏时遇到了周文王和他的追随者，此时游戏处于战国时代。周文王告诉汪淼，他背上的长方形木箱是一个沙漏，用来计算时间，沙漏八小时漏完一次，颠倒三次就是一天。汪淼从和周文王的互动中第一次知道了这个世界的运行规律以及游戏的通关目标。三体世界的时间分为恒纪元和乱纪元。当天空出现两颗飞星时，世界进入恒纪元，此时太阳升起落下变得有规律，一个昼夜固定在十八小时左右，天气变得温暖，适合文明生存。但恒纪元持续的时间不固定，可能一天，可能一个世纪，谁也不确定具体有多长。而在恒纪元之外的时间里，三体世界都处于乱纪元时期。乱纪元时期的太阳运行完全没有规律，严寒和酷热随机出现，游戏内的生命必须排干身体内的水分变成一张人形的软皮，等待下一个恒纪元到来。因此，三体游戏的通关目标就是运用玩家的智力和悟性，分析研究游戏内的现象，掌握太阳运行的规律，预测乱纪元和恒纪元的出现时间。周文王此行的目的就是去为纣王预测太阳运行的规律。周文王利用自己发现的阴阳平衡规律制作了一部精确的万年历，但这部万年历只有刚开始的一小段时间是符合太阳运行规律的，当世界进入恒纪元的第八天，太阳并没有像周文王预测的那样照常升起，相反，天空中出现了三颗飞星，三体世界进入了漫长的严寒岁月。第 137 号文明在严寒中毁灭。

汪淼第二次进入三体游戏时，游戏内的文明进程已经重新启动并进化到了东汉时代。汪淼在一座金字塔前遇到了墨子，墨子制造了一个宇宙模型机器。这台机器按照墨子几百年的观测记录建造，用来模拟太阳运行的规律，同时还有一个记录员在机器内部记录机器模拟运行的结果，这些记录最终汇集成一本准确的万年历。这一轮文明的太阳虽然像墨子预测的那样正常升起，但却是和地面擦肩而过，太阳短暂擦过地面后很快变成了一颗飞星。第 141 号文明在烈焰中毁灭。

窥破真相，万物焚尽

汪淼第三次进入三体游戏时，他认为自己已经发现了三体世界的秘密。这次，他决定要揭示这个现象。汪淼向教皇解释了自己的猜想。三体世界中有三颗太阳，它们在彼此引力的作用下做着无法预测的三体行动，当三体行星围绕其中一颗太阳做稳定运行时，就是恒纪元；当另外一颗或两颗太阳运行到一定距离内，它们的引力会将三体行星从它正在围绕的太阳身边夺走，让三体行星在三颗太阳的引力范围内游移不定，这就是乱纪元。经过一段不确定的时间后，三体行星再一次被其中一颗太阳捕获并围绕这颗太阳做稳定运行，恒纪元又开始了。之前看到的飞星，其实就是距离非常遥远的太阳。当地面上看到一颗飞星和两个太阳时，说明一个太阳在远处，两个太阳在近处，此时地面会被两个太阳的火焰吞噬。当地面上看到两颗飞星和一个太阳时，说明两个太阳在远处，一个太阳在近处，行星能够围绕一个太阳做稳定运动，此时是恒纪元。当地面上看到三颗飞星时，说明三个太阳都在远处，地面将进入严寒。而当地面能同时看到三个太阳时，三日凌空将彻底毁灭行星上的所有事物，世界要经过漫长的时间才能重新出现生命和文明。汪淼的猜想被教皇认为是异端邪说，教皇命令士兵烧死汪淼，但就在此时，地面上出现了三颗太阳，第 183 号文明在三日凌空中毁灭。而汪淼由于成功揭示了三体世界的基本结构，使游戏进入了第二级。

无法可解，被迫远航

汪淼第四次登录三体游戏时，文明进化到了科学革命和工业革命阶段。汪淼在这里遇到了冯·诺伊曼和牛顿。冯·诺伊曼和牛顿计划用三千万个士兵，每三名士兵组成一个小单元，共一千万个单元组成人力计算阵列并计算太阳的运行规律。人力计算机运行了一年零四个月，准确算出了日出时间，但出乎意料的是，这一次是三颗太阳同时出现。三颗太阳叠加的引力吸走了地面上的一切，第 184 号文明在三日连珠的引力叠加中毁灭。但这一轮的文明里，牛顿建立经典力学体系，再加上冯·诺伊曼结构计算机的发明，奠定了对三体运动进行定量数学分析的基础。

汪淼第五次进入三体游戏时，整个世界已经面目全非，在第 191 号文明中出现了“飞星不动”现象，三颗太阳相继近距离掠过三体行星，它们对行星产生的潮汐力均超过了洛希极限，最终三体行星撕裂成了两部分。游戏中的“三体人”告诉汪淼，三体是一个混沌系统，会将微小的扰动无限放大，其运行规律从数学本质上讲是不可预测的。三体问题已经确切地被证明无解。另外三体人发现三体星系在遥远的时间前曾有过十二颗行星，但由于恒星呼吸现象，十一颗行星已经陆续被周期性膨胀的恒星气态层吞没。三体人预测下一次恒星气态层膨胀将在一百五十至二百万年后发生，为了文明的延续，三体人不得不飞出三体星系，在银河系中寻找可以移民的新世界。而游戏的最终目标也变成了飞向宇宙，寻找新的家园。

宇宙社会学

宇宙社会学包含两条宇宙文明的公理：第一，生存是文明的第一需要；第二，文明不断增长和扩张，但宇宙中的物质总量保持不变。由这两条公理可以引申出两个概念：猜疑链和技术爆炸。罗辑根据这两个概念发现了黑暗森林法则，最终建立黑暗森林威慑。

档案卡片 FILE CARD

别　名	宇宙文明公理
创立者	叶文洁
完善者	罗辑
关键词	猜疑链、技术爆炸
延伸理论	费米悖论、黑暗森林法则
影响	帮助罗辑建立黑暗森林威慑，使人类对宇宙的认识更加深刻

核心思想 CORE CONCEPT

宇宙文明公理

叶文洁在杨冬的墓前建议罗辑研究宇宙社会学。她假设宇宙中分布着数量巨大的文明，它们的数目与能观测到的星星是一个数量级的，这些文明构成了一个总体的宇宙社会，宇宙社会学就是研究这个超级社会的形态的学科。宇宙社会学有两条公理：一，生存是文明的第一需要；二，文明不断增长和扩张，但宇宙中的物质总量保持不变。结合猜疑链和技术爆炸这两个重要概念，可以推导出宇宙社会学的基本图景。叶文洁把宇宙文明的公理告诉了罗辑，但没有进一步解释，或许是因为此时地球上已经被智子监控，她担心如果透露更多的细节会给罗辑带来危险。但叶文洁相信以罗辑研究人类社会学的专业背景完全可以发现更多的真相。叶文洁与罗辑的对话虽然只涉及了宇宙文明的公理，但仍然使四光年外的三体世界感到了威胁。如果罗辑把这个公理公之于众，那么掌握了它的人类将会出现难以预料的行为，这个结果不是三体人想要看到的。罗辑成了三体人唯一害怕且想要暗杀的人类。

罗辑在漫长的思考中发现这两条公理之上还有一个更简单的法则：适者生存。这点与达尔文的生命法则相通，只不过达尔文是通过观察地球生命总结出来，而罗辑则是用这个法则去还原整个宇宙的生命图景。当罗辑在自己的庄园中领悟了宇宙的真相后，很快也发现了宇宙中的黑暗森林法则。之后罗辑向 187J3X1 恒星发送的“咒语”、三体星系的毁灭以及“魔戒”的回复都证明这个法则真实有效。

猜疑链和技术爆炸

根据宇宙文明的第二条公理和费米悖论，宇宙如果不是一片荒漠，那么早已经被文明挤满。当一个文明探测到了另一个文明，就会出现猜疑链。以黑暗战役为例，假设“自然选择”号和“终极规律”号分别代表宇宙中的两个文明，当“自然选择”号和“终极规律”号脱离太阳系的家园进入“黑暗森林”后，他们之间就是两个独立的文明。现在，这两个文明已经得知了对方的存在并掌握了对方的具体位置，这时候猜疑链产生了。正如宇宙的物质总量保持不变，两艘飞船的物质总量也不变，甚至更加稀缺。为了使自己的文明延续下去，飞船上的人类必须寻找新的资源。而最近的资源就在自己身边。获得资源最直接的办法就是与对方交流，询问能不能共享资源。但是根据宇宙文明的第一条公理，生存是文明的第一需要，在发出交流信号之前，必须先确定对方也是善意的才能继续交流，否则会直接进入战争。但“自然选择”号无法判断“终极规律”号也有着同样善意的想法，“终极规律”号同样无法判断“自然选择”号认为自己是善意还是恶意。即使他们都假定了对方也有善意的想法，他们仍然会猜测对方怎么判断自己是不是善意的，这是一个无限循环的猜疑链。要想打破这个猜疑链，唯有控制或者消灭对方，于是黑暗战役产生了。把黑暗战役的背景放大到整个宇宙，不同种族间有着难以想象的巨大差异，在生物学上的差异甚至可能超越了“界”一级，这使得猜疑链更加牢固。同时宇宙间黑暗且漫长的距离也减弱了信息传递的有效性，遥远的距离使得两个文明在收到对方的信息之前就迫切地想要消灭对方获得对方的资源。因此人类无法判断黑暗中的哪一颗星星是善意的。

假如已经确定对方是一个比自己落后许多的文明，也无法完全放心，因为还有另一个重要的概念：技术爆炸。一个文明的技术发展可以在短时间内产生巨大的飞跃，特别是得知宇宙中还有另一个文明存在时，生命对未知的恐惧和对生存下去的渴望会促使自己迅速成长，直到确保自己是安全的，这时就会出现技术爆炸现象，一个落后的文明的科技水平在短时间内随时会超越一个更先进的文明。因此一个文明在发现另一个文明后，不管是让另一个文明知道自己的存在，还是让它继续存在下去，对自己来说都是一个威胁，唯一的手段就是消灭对方。

威慑博弈学

罗辑通过雪地工程建立黑暗森林威慑后，人类开始深入思考威慑本身，由此诞生了威慑博弈学。构成威慑的主要元素有四个：一是威慑者和被威慑者，分别为人类和三体世界。二是威慑操作，是否发射三体世界坐标。三是威慑控制者，掌握发射开关的人或组织。四是威慑目标，三体世界放弃侵略并向人类世界传递技术。威慑者与被威慑者同归于尽的威慑被称为终极威慑，终极威慑只有一次威慑操作的机会，失败后再无第二次。终极威慑成功的重要指标是威慑度，只有威慑度高于 80%，终极威慑才有可能成功，而被威慑者相信威慑控制者进行威慑操作的可能性，可以衡量威慑度的高低。黑暗森林威慑就是终极威慑。黑暗森林威慑的成功建立在罗辑个体的不可预测上。人类和三体的威慑博弈学者们对罗辑的人格特征和心理因素进行了详细研究，依据威慑失败时的精神状态不同，发现罗辑的威慑度在 91.9% 至 98.4% 之间浮动，这对三体世界来说是一个巨大的风险，因此三体世界一直不敢轻举妄动。但由于“宇宙迫害妄想症”，罗辑在掌控黑暗森林威慑六十年间的形象由救世主逐渐变成了主宰世界命运的暴君。人类最终决定把控制权转交给程心，但程心的威慑度不到 10%。在程心获得控制权的那一刻，水滴封锁了地球的宇宙广播能力，黑暗森林威慑终止。

黑暗森林打击

超级文明打击弱小文明使用的武器一般是随意且经济的，弱小的文明也可以利用黑暗森林打击保护自己。被罗辑“诅咒”的 187J3X1 恒星被一个接近光速的小体积物体击中后迅速毁灭，人类称这个物体为光粒。黑暗森林威慑终止后，被“蓝色空间”号控制的“万有引力”号随即启动了引力波广播，公布了三体星系的坐标。几乎没有任何耽搁，四年后三体星系就遭到了光粒的攻击。由于太阳系和三体星系只隔了四光年，且有明显的通信痕迹，太阳系遭到黑暗森林打击只是时间的问题。太阳系要想躲过黑暗森林打击只有发布宇宙安全声明。人类根据云天明的童话故事制订了三个防御计划：掩体计划、黑域计划，还有光速飞船计划。但太阳系遭到的二向箔打击，证明只有光速飞船计划才是人类唯一的出路。

宇宙黑暗森林现状

由于宇宙中的物质总量保持不变，宇宙中的文明不断增长和扩张，各个文明为了继续生存势必会进行一次又一次的战争，为了战争的胜利甚至使用宇宙规律武器。长期战争的结果就是宇宙的维度在逐级减少，但即便宇宙“重启”回到十维，宇宙中仍然继续保持黑暗森林状态。正如“魔戒”的隐语所说的那样：“把海弄干的鱼在海干前上了陆地，从一片黑暗森林奔向另一片黑暗森林。”只要宇宙中的物质总量保持不变，只要文明仍在扩张，宇宙中的黑暗森林状态就永远没有停止的那一天。

三与三十万综合征

在“万有引力”号上，关一帆经过对宇宙的长期观察和研究后，用数学意义上的和谐与美为标准，判断宇宙是一个高位截瘫的病人。宇宙的三与三十万综合征有两个症状：第一，光速只有每秒三十万千米，而宇宙的尺度是一百六十亿光年；第二，宇宙有十个维度，我们的宏观世界却只有三维，其余维度都在微观中蜷缩。关一帆觉得这实在很奇怪，可以说是毫无美感，简直令人无法理解。

档案卡片 FILE CARD

别　　名	宇宙高位截瘫
创 立 者	关一帆
创立时间	威慑纪元
关 键 词	光速、维度
影　　响	促使关一帆探测四维空间，并与“魔戒”发生交流

核心思想 CORE CONCEPT

症状

宇宙病了，病得很严重，关一帆是这么认为的。这个病人有两个主要症状：第一，已知宇宙的尺度是一百六十亿光年，而且仍然在膨胀中，但宇宙间速度最快的光速只有每秒三十万千米，在这个速度下的光速永远无法从宇宙的一端传到另一端。这意味着，宇宙一端的信息和作用力也永远无法到达宇宙的另一端。如果把宇宙当成一个人类，其血液将永远无法从大脑传输到脚部，大脑感知不到身体的其他部分，其他部分也不知道大脑的存在，因此这是一个高位截瘫的病人。第二，在弦理论中，除了时间维，宇宙有十个维度，可现在只有三个维度释放到宏观，其余的都卷曲在微观中，这在数学上是不美的。在关一帆眼里，宇宙已经由所有美和信仰的寄托变成了一具膨胀的死尸。

病因

四维碎块里的“魔戒”说：把海弄干的鱼在海干前上了陆地，从一片黑暗森林奔向另一片黑暗森林。宇宙中的高级文明无节制地使用维度打击和制造低光速黑洞，这些宇宙规律武器导致宇宙的维度不断减少，光速不断降低，于是宇宙变成了今天的样子……

治疗

归零者希望重新启动宇宙，使宇宙回到宏观维度十维、光速接近无限大的田园时代。他们尝试把宇宙降到零维，然后继续降维，这种极端的方法或许可以使宇宙回到最初。同时，制造大量死线把光速降到零，最终重现无限光速。但在关一帆看来，这种行为更像是一种行为艺术，在暗物质的影响下，宇宙将停止膨胀，然后在自身的引力下坍缩，最后成为一个奇点，大爆炸重现，一切归零后，新的宇宙诞生了。而新的宇宙有无穷的可能性，归零者的行为不可能主导宇宙的走向。

“魔戒”

未来社会

危机纪元前

20 世纪 60 年代，叶文洁之父叶哲泰在动乱中惨死。叶文洁历经波折，辗转至红岸基地工作，发现太阳电波放大现象，向宇宙发出第一声啼鸣，成为整个三体故事的起点。八年后，叶文洁无视监听员警告，再次回复三体文明，使对方确认了地球的距离，智子工程正式展开，计划封锁人类的基础科学发展。时间来到 2007 年，基础科学家连续自杀，引发科学界的恐慌不安……在主角们的积极行动下，谜团终于被解开，古筝行动将三体世界的存在与其冷酷的目的向世人公开。危机纪元开始，地球文明从此陷入跨越星际的生存战争中。

危机纪元初

智子的持续干扰和监视让人类社会被阴霾笼罩，敌我过于悬殊的科技差距造成恐慌深入民众集体和各国领导层，失败主义渐渐占据人心，主张逃亡的声音也不绝于耳。然而，进入战争状态的各国始终没有实现技术公有化。不过，各种联合组织仍为应对危机而诞生，应用技术也还在榨干最后的理论储备，突破目前的极限。着手进行防御和对抗的人们先后启动了一系列战略计划，也有人选择进入冬眠准备参加未来的战斗。不过，随着战时经济的不断强化，人类社会开始面临动荡，三体入侵属于遥远的未来，而人类当下的危机正悄悄显现……

战时经济

焦虑与恐慌刺激人们囤积各类商品，从银行提款到抢购物资，失控与混乱甚至引发踩踏事故的悲剧。政府不得不冻结银行储蓄，稳定经济。同时，基本物资的供应也转为具有鲜明时代烙印的票券兑换制。

太空电梯·黄河空间站

逃亡基金

各国政府将组织民众在对抗来临之前逃离地球，这是这个时代的一般民众想要保护后代生命安全的心愿。在科技被锁死的情况下，逃亡比反击更加现实。于是在这种社会氛围当中，有人利用这种心理向人兜售冠以政府名义的“逃亡基金”，这种骗局在这个时代屡见不鲜。

大低谷时代

在四个世纪后的生存危局来临前，人类倾尽资源发展太空工业，地球环境迅速恶化，资源枯竭伴随着农业大减产，让普通人的生活水平跌落谷底。国际社会矛盾频发，关系紧张，政府力量的萎缩，让地方动乱难以遏制。人类文明进入了最混乱悲惨的大低谷时代。

饥荒、污染、沙漠化、人口锐减……无法忍受痛苦的人们开始反思和抵制这一切，将四百年后的入侵危机抛在一旁，专注眼下的生活。最终，各国政府纷纷终止太空计划，力图改善民生，幸运的是，随着基因工程和核聚变技术的突破，大规模快速生产粮食成为现实。第二次启蒙运动、第二次文艺复兴的曙光，开始照耀饱经苦难的人们。悲伤成为历史，只有大低谷纪念碑沉默矗立，是警戒，也是悼念。

民生凋敝

各国大力投入太空军事战略，随之而来的代价却是环境与资源的极大破坏。粮食产量的降低威胁着普通人的生命健康，基本的温饱需求重新成为问题，通货膨胀，金融与信用体系接近崩溃。同时人们普遍认为，环保带来的美好生态环境只是为将来的三体人占领做嫁衣，因此保护环境是毫无意义的，不但阻止环保组织活动，甚至把他们当作 ETO 分支镇压。就这样，肆意粗放的开采和索取，重工业排放的持续污染，终于造成了更大的环境问题，气候异常与沙漠化进一步将普通人的生活推向地狱。

镇压 ETO

大低谷时代，人们对 ETO 的容忍度为零，它成为“人奸”的代名词。在各国政府的打击围剿下，ETO 组织遭到清洗，分崩离析，但对 ETO 的打击也在扩大泛滥。普通人无论是相信失败主义还是逃亡主义，都被视作叛贼，一时间人人自危。顺带一提，ETO 的遗产可能只剩下悄悄潜伏等待暗杀罗辑的 Killer5.2 病毒了，不知惠子醒来时是什么心情……

第二次启蒙运动与第二次文艺复兴

基因工程和核聚变技术实现突破后，人类解决了粮食和能源问题。技术突破使生产力跃升，人们也从这场灾难中回过神来。为了躲避地表的各种环境灾害，大部分城市迁入地下。人类对危机之下的社会命运展开反思，过度聚焦危机反而造成了更可怕的后果，这一轮灾难让人类文明提升了“免疫力”，以后无论任何情况发生，都不会忘记优先尊重眼下的生命。在人文主义思潮下，各国相继放弃太空计划，把尊严和平静还给当代的人民，“给岁月以文明，给时光以生命”。后来，在这样安定的岁月中，动荡时期的人们拼命追求的航天技术突破反而实现了。

危机纪元末

伴随全球经济复苏，在尊重普通民众生活的前提下，各国重启太空计划。在危机纪元初选择冬眠的前辈们纷纷醒来，发现这时的人类掌握的技术应用水平早已实现超越，太空战略的成果——太空舰队也已经成为独立的国家体系。可控核聚变技术使能源极大丰富，无线供电成为常态。地下城没有了街道的概念，建筑成为悬在空中的“树叶”，连绵的广场与郊野充满了人性化的舒适和惬意。不同文化的语言与词汇开始互相融合，人们的青春和寿命都更长久，目光中也充满着这个时代的自信。人与人间的真诚、理解与爱意印证着这个时代的美好，直到一颗水滴将一切打碎……

应用技术的进化

这个时代极度发达的应用技术令人目眩，它使当代居民的精神强健自信，同时点缀着人类能想象的任何角落：从地下树屋城市到让人自由翱翔的雨伞自行车，从自动加热的水杯到随人体形状凹陷的座椅，一切都是如此人性化，令人精神舒适。电力无处不在，闪闪发亮的屏幕亦无处不在。作为超信息化社会，地球国际普通民众的生活已是如此万物互联，舰队国际的信息系统甚至更加发达。

没有阴霾的社会

可控核聚变技术使人类再也不必向自然过度索取，人与环境的关系自文明时代以来前所未有地美好，人口密度维持较低水平，普通人的生活也相当惬意自在，这也带来人与人之间关系

的松散闲适，家庭的概念对这个时代的人而言已不复存在。至于对三体世界，绝大多数人似乎都忘记了智子的存在，对人类的胜利坚信不疑，甚至也有人认为三体人苦苦为生存挣扎，可怜又顽强，值得同情与尊重。

大低谷纪念碑

冬眠者社区

冬眠者们不习惯地下城市的生活，选择回到地表聚居。虽然地表经历了大低谷时代的荒凉破败，风沙漫天，尘土飞扬，但成年人的生活形态很难改变。他们一边维持着过去时代的生活方式，一边努力学习种田——唯一冬眠者会做、当代人做不了的工作。不过实际上，冬眠者社区的物资，尤其是能源，其实还是来自地下城市。

威慑纪元

末日之战失败后，罗辑恢复面壁者身份，成功建立了对三体文明的威慑。威慑纪元开启。人类文明从此可以与三体文明平等对话，科技水平通过三体文明的知识传授急速进步，危机纪元末年的绝望阴影像一场幻梦，人类社会又恢复成童话般的美好。然而这份美好却建立在两个世界同归于尽的可能性之上，这真是相当奇

巨树建筑

妙……因为手握两个文明生死存亡的能量过于巨大，人类社会眼中的执剑人形象也在不断变化。威慑纪元 62 年，执剑人的交接终于还是发生了，而三体人的反击亦然，毕竟他们已经为此惨淡经营了六十年。

一人之下

威慑纪元是一个很奇怪的时代，文明程度空前，却笼罩在执剑人的独裁阴影中。人们认为科技发展带来的反而是集权效率的提升。当下，两个世界的命运交付到同一个人手中，和平稳定终究浮动在不安之上。不管是对三体态度强硬的鹰派，还是怀疑被诅咒的星星是否有生命存在的鸽派，对这两者而言，执剑人都是他们的对立面。人类不感谢罗辑。

知识传授

世界科学院建立后，三体世界的知识进入人类视野当中。三体人毫无保留地向人类社会倾泻海量的基础科学知识，让人类社会几乎成为一所大学，接受和消化这些信息成为科研领域的重要工作。在这个时代中，人类的知识领域被不断拓宽，同时两个世界的文化交流也在这种近似师徒的关系下悄然开始。

文化反射

令人吃惊的是，三体世界对人类文化的模仿似乎没有经历邯郸学步的过程，一开始就达到了很高的水准。这种现象被学者们称为文化反射。人类文明在宇宙中有了一面镜子，使人类从以前不可能的角度重新认识自己。在以后的十年间，反射文化在人类世界流行开来，取代正在日益颓废和失去活力的地球本土文化，成为文化主流，在大众中引领时尚，也在学者中成为寻找新的文化思想和美学理念的源泉。

广播纪元

在奥尔特星云外的两艘战舰成功推测出地表威慑失败后，用舰载引力波天线向宇宙公布了三体星系的坐标。黑暗森林打击即将降临。消息传到地球后，三体人放弃入侵并撤离，广播纪

澳大利亚大移民

元开启。在广播纪元中，人类面对的威胁被重新定义，开始着手应对黑暗森林打击。但对于安全声明的解读，使人类社会的不同主张开始走向极端。同时，真身不明的末日威胁使宗教复兴。人类在解读了云天明的童话后，仍然选择掩体计划作为主流战略,太空城的建造启动。几十年过去，随着太空大迁移的开始，广播纪元结束了。

宇宙安全声明

茶道谈话使人类得知,宇宙安全声明是存在的,但具体方式绝对无法从智子口中知晓。“全人类一起动脑子全力解决一个具体问题，这在人类历史上还是第一次。”人类全员的生存解谜开始了，办法和方案无穷无尽，无奇不有。具体意见可以分为两派：自残派和声明派。但实际上没人触及安全声明的关键核心，只有急于自救的荒诞事件在不断发生。

宗教复兴

在死亡的威胁与生存的诱惑面前，宗教再一次成为社会生活的中心。近地轨道上，人们视为全球性教堂的巨大十字架代表着宗教在广播纪元的辉煌，甚至代表三体文明的智子也被人们视作崇拜的对象。地球成了一座大教堂，一颗祈祷之星，每个人都以从未有过的虔诚祈祷救赎的出现。除了梵蒂冈教皇主持的多次全球规模的礼拜外，人们在各种场合都进行着小群体的或个人的祈祷，他们饭前和睡前都默诵着同一句祷词：主啊，降予我们启示吧，指引我们向星空表达我们的善意，让全宇宙知道我们是安全的。因此，人们得知云天明传来的消息时，第一个反应就是，自己的祈祷得到了回应，拯救天使终于出现了。

掩体纪元

打击即将来临，人类着手制订三种生存计划：掩体计划、黑域计划、光速飞船计划。民众广泛看好的是掩体计划，而对光速飞船计划态度冷漠，至于黑域计划，认同者也有不少，但大家都认为没有技术实现的可能。一批批太空城在四大行星背后建立起来，黑洞研究则不了了之，公开的光速飞船研究以镇压星环城终结。可惜人类的全部努力，对高等文明而言，只是微不足道的把戏……掩体纪元 67 年，二向箔打击降临，人类与几十座太空城一起进入死亡巨画。

宇宙地图

银河系 & 我们的宇宙

地球文明和三体文明所在的星系——银河系，其直径约为 10 万 ~ 20 万光年。这个数字过于庞大，我们已经失去了对它的直观感受。可以这么简单类比一下，如果将银河系缩小到地球大小，那么地球大概只相当于 1000 个原子那么大，而此时的地球文明和三体文明，距离只有不到 500 米远。

银河系是一个棒旋星系，由星系最中央的短棒和星系外围的旋臂组成。地球文明和三体文明都居住在银河系边陲，是猎户旋臂中的近邻。除了太阳和半人马座 α 星之外，银河系中大概还包含数千亿颗恒星以及相同数量级的行星，按照《三体》的设定，银河系中可能蕴含的文明数量恐怕也要以亿来计数。而宏大厚重的《三体》三部曲中的全部故事，几乎都发生在其中一个微不足道的角落。

这远远不是宇宙图景的全部。当我们将目光放得更远一些，我们会发现银河系和其他数十个星系共同构成了本星系群（直径大概 1000 万光年），而本星系群和其他的数百个星系群又共同构成了室女座超星系团（直径大概 1 亿光年），而我们可以观测到的宇宙，直径可以达到 860 亿至 930 亿光年。这还仅仅是可观测宇宙而已。我们的宇宙在诞生之初就经历了一次暴涨，在近期又进入了加速膨胀阶段——数以万亿计的星系、恒星、行星和可能存在的文明，在我们能看到它们之前就已经进入了光锥之外。虽然我们没有任何可能再和它们建立联系，但它们确实存在。

一旦将目光投向整个宇宙，无论多么世俗的人都会变得哲学起来。世间的一切兴衰荣辱、一切爱恨情仇、普通人的柴米油盐、帝王将相的丰功伟绩，甚至地球文明和三体文明之间的致命杀戮，也都不过是宇宙中的毫末之事。

三体星系

距离我们最近的恒星就是三体文明所在的半人马座 α 星，距离我们约 4.3 光年。按照中国的星座文化，我们也可以称之为南门二（中国星座文化中，这颗星和附近的几颗恒星共同组成了天庭的南大门）。半人马座 α 由三颗恒星组成。和书中混乱无序、随时带来毁灭的设定不同，半人马座 α 三颗恒星的运行是有规律可循的。半人马座 α 星 A 和半人马座 α 星 B 是两颗距离较近的恒星，构成双星系统，它们围绕共同的质心运行，而半人马座 α 星 C 距离它们较远（约为 0.21 光年）。半人马座 α 星 C 的运行轨道迄今仍有争议，有天文学家认为这颗恒星最终会远离其他两颗恒星而去。

由于距离遥远，我们对三体星系的实际情况所知甚少。但从理论上来说，半人马座 α 星可能拥有环境宜居、运行稳定的行星，“三体文明”也完全有可能在现实世界存在。2016 年，欧洲南方天文台确认了半人马座 α 星 B 所属的一颗类地行星，它与地球质量相当。但遗憾的是，这颗行星距离半人马座 α 星 B 只有 0.04 个天文单位，和水星的公转轨道差不多。因此这颗行星表面温度高达上千摄氏度，并不适合与地球生命相似的生命生存。

与《三体》中带来地球文明毁灭的可怕形象不同，科学家更期待半人马座 α 星可以成为人类未来航向星海时的前哨站。如果有朝一日这成为现实，人类或许会在那里竖立一座丰碑，纪念包括《三体》在内的每一篇曾对半人马座 α 展开瑰丽想象的科幻作品，它们曾经是我们走向宇宙和未来的灯火。

银河系概念图（NASA）

太阳系

在猎户旋臂的角落，三体星系的近旁，我们来到了人类的家园太阳系。人类所居住的地球是太阳系的第三颗行星，地球与水星、金星和火星同属于“类地行星”，即主要由岩石所构成的固体行星，密度较大，体积较小。而太阳系的后几颗行星木星、土星、天王星和海王星则主要由气体构成，体积相比于类地行星要大得多，称为“气态巨行星”。巨行星（尤其是木星）体积很大，帮助太阳系内部的行星阻挡了部分来自彗星和小行星的攻击，或许是受此启发，在《三体》中，人们将太空城市建立在气态巨行星的背后。

火星和木星之间是一条由碎石、冰块和尘埃组成的小行星带，在《三体》中，人们在那里建立了林格 - 斐兹罗监测站，监控三体舰队的动向。小行星带的成因目前尚不明朗。18 世纪时，德国教师提丢斯和德国天文学家波得共同提出了提丢斯 - 波得定则，他们发现太阳系的行星分布符合一条简单的数列，而数列中唯一缺乏的一项就在火星和木星之间，即小行星带的位置处。“小行星带是由一颗曾经存在的行星破碎而产生”的想法，也启发了无数科幻作家的思维。至今为止，人们仍然不知道提丢斯 - 波得定则是一个巧合还是一种客观规律，也无法明确得到小行星带的成因。但大自然的奇妙所引发的科幻灵感却成为人类的宝贵财富。

在海王星之外，分散着柯伊伯带和奥尔特云（奥尔特云为目前通用的名称，原作使用的是奥尔特星云），它们主要由冰组成。柯伊伯带是一条环状的条带，其中零散分布着一些稍大的碎块。人们曾经认为应该属于一颗行星的冥王星，就是柯伊伯带中的一块比较大的碎片。目前普遍认为，柯伊伯带是由无法完全凝聚成行星的碎片组成。奥尔特云则比柯伊伯带要广袤得多，它不是一个圆环，而是一个包裹着太阳系的巨大的“球壳”。奥尔特云的起点大概位于 2000 ~ 5000 个天文单位处，但我们还不清楚它究竟可以延伸到何处，甚至有推测认为奥尔特云会一直延伸到地球和半人马座 α 之间距离的一半左右。奥尔特云的形成原因目前仍在争议之中。

太阳系的物质分布非常不均匀，地图很难成比例画出，但我们有一个精妙的“足球场比喻”来形象地表述: 海王星是太阳系最靠外的行星，如果我们将海王星的公转轨道类比为一个足球场，那么太阳大概就是足球场正中心的一个小乒乓球。距离这个乒乓球大约 1 米、2 米、3 米和 5 米的距离处，散落着圆珠笔尖大小的水星、金星、地球和火星。在距离乒乓球 7 ~ 10 米远的一个环形区域内，则是尘埃组成的小行星带。作为气态巨行星的木星和土星在这个尺度上也只有小钢珠那么大，分别位于距太阳 10 米远和 20 米远处。其后的空间异常空旷，只有 50 米远处的天王星和大概 100 米远处的海王星存在。在足球场之外，半径 120 ~ 140 米处散落着另外一圈尘埃，也就是柯伊伯带，冥王星只不过是这些尘埃中稍大的一颗。而冰雪组成的奥尔特云则如同冬季的云雾一般笼罩着大地，从几千米远的地方一直延伸到数百千米之外。

太阳系如此广阔，也如此空旷。迄今为止，人类的脚步依然只能触及太阳系内很小的一个区域。《三体》故事发生的主要场所，绝大多数局限于太阳系中。只有到了全书的末尾处，才有极少数的人类个体离开家园，走向远方。但我们依然会永远怀着探索和期待，希望我们有朝一日，终将立于群星之间。

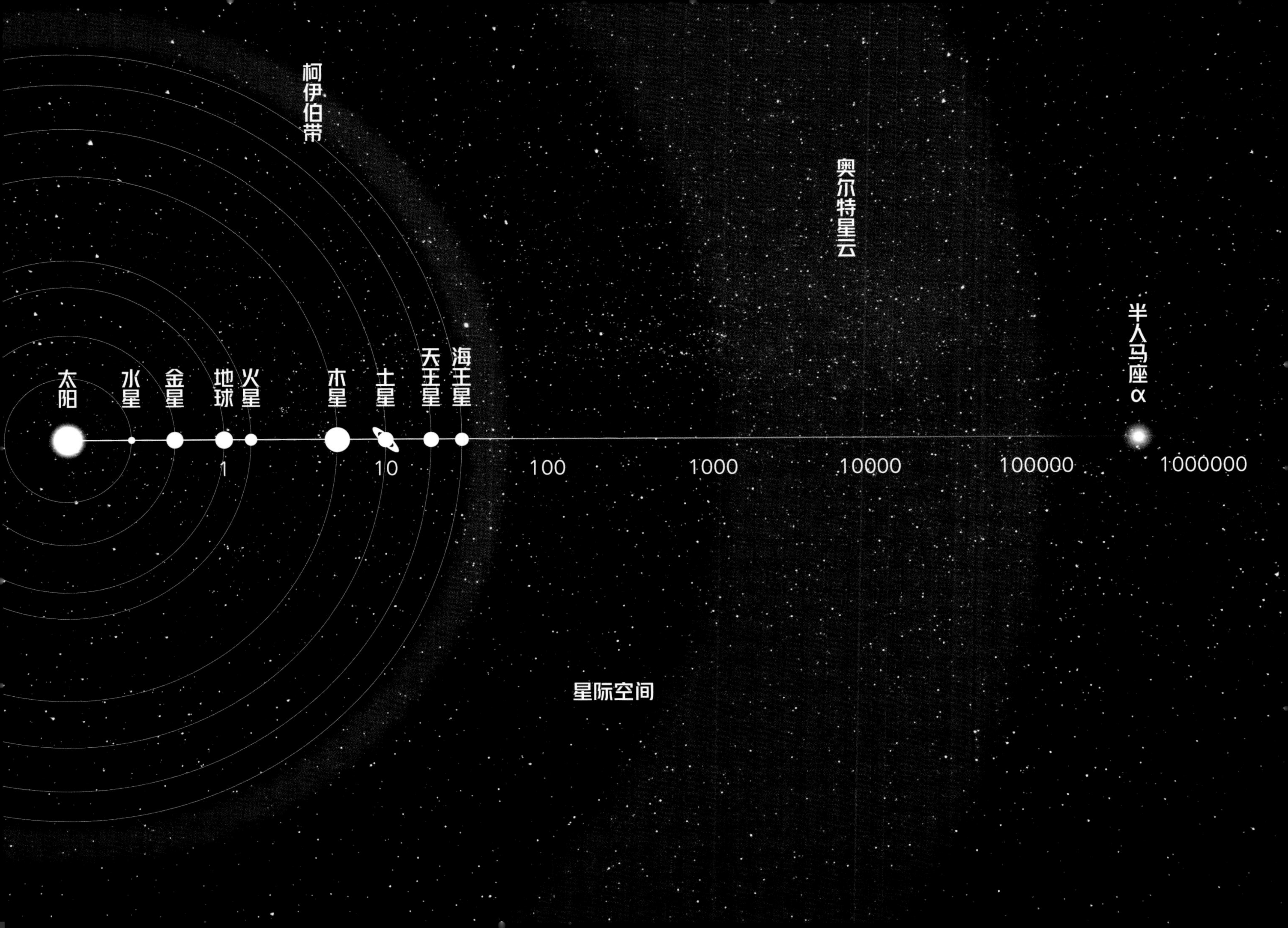
柯伊伯带
奥尔特星云
太阳
水星
金星
地球
火星
木星
土星
天王星
海王星
半人马座α
1
10
100
1000
10000
100000
1000000
星际空间

天梯三号·“凡尔纳岛”

飞船 & 武器

探秘 ETO

V 装具

一种全沉浸式游戏装置，V 装具是三体游戏唯一的登录设备。游戏作者把海量的细节隐藏在游戏画面内，而 V 装具可以非常逼真地模拟出这些效果。顺带一提，三体游戏的开发方式类似 LINUX。

V 装具由全视角显示头盔和感应服组成，感应服中装有压缩机，运行时会发出“嗞嗞”的声音。感应服可以使玩家从肉体上感觉到游戏中的击打、刀刺和火烧效果，甚至能产生酷热和严寒的体感，模拟身体暴露在烈焰或暴风雪中的感觉。游戏在头盔中以全视角方式显示，旁人看不到显示器上的游戏内容。

“审判日”号

即第二红岸基地。位于大西洋深处的一艘巨轮，由一艘六万吨级的巴拿马尺型油轮改建，船体为黑色，上层建筑是白色，高三十一米，吃水八米左右，中部树立着一面巨大的抛物面天线。“审判日”号是地球三体组织降临派的核心基地和指挥中心，伊文斯等降临派的核心人物常驻在“审判日”号上。古筝行动后，“审判日”号被超强度纳米材料“飞刃”切成四十多片，与伊文斯等降临派成员一同被消灭。

建造时间	1985—1988 年
所有者	地球三体组织
目　的	不受限制地在公海区域与三体文明直接交流
结　局	在古筝行动中被毁，人类由此了解到三体文明的更多具体信息

“审判日”号

故事背景

由于伊文斯等降临派的核心人物常驻在“审判日”号上，叶文洁一直打算在三体组织内部消灭降临派，但叶文洁一直没有攻击“审判日”号，原因是“审判日”号为降临派的核心基地和指挥中心，降临派与三体文明交流的信息保存在“审判日”号内部的某台计算机上，叶文洁如果攻击了这艘巨轮，降临派就会在危急时刻删除所有信息，这些信息对于以叶文洁为首的拯救派来说非常重要，相当于基督教的《圣经》或伊斯兰教的《古兰经》，拯救派迫切想要知道三体文明的信息内容，因此降临派就把这些信息当作了“人质”，让拯救派不敢轻举妄动，直到古筝行动开始。

“审判日”号一直是三体文明与降临派交流信息的重要基地，三体文明肯定知道人类的古筝行动，他们没有通过智子把古筝行动告诉伊文斯，是因为三体文明知道了人类有谋略、会欺骗，于是不再信任地球三体组织和伊文斯，他们害怕地球三体组织的背后还有更大的阴谋，于是舍弃了地球三体组织，这让降临派在古筝行动后受到重创，直到人类启动了面壁计划，三体文明才不得不重新联系地球三体组织。

“审判日”号 JUDGEMENT DAY

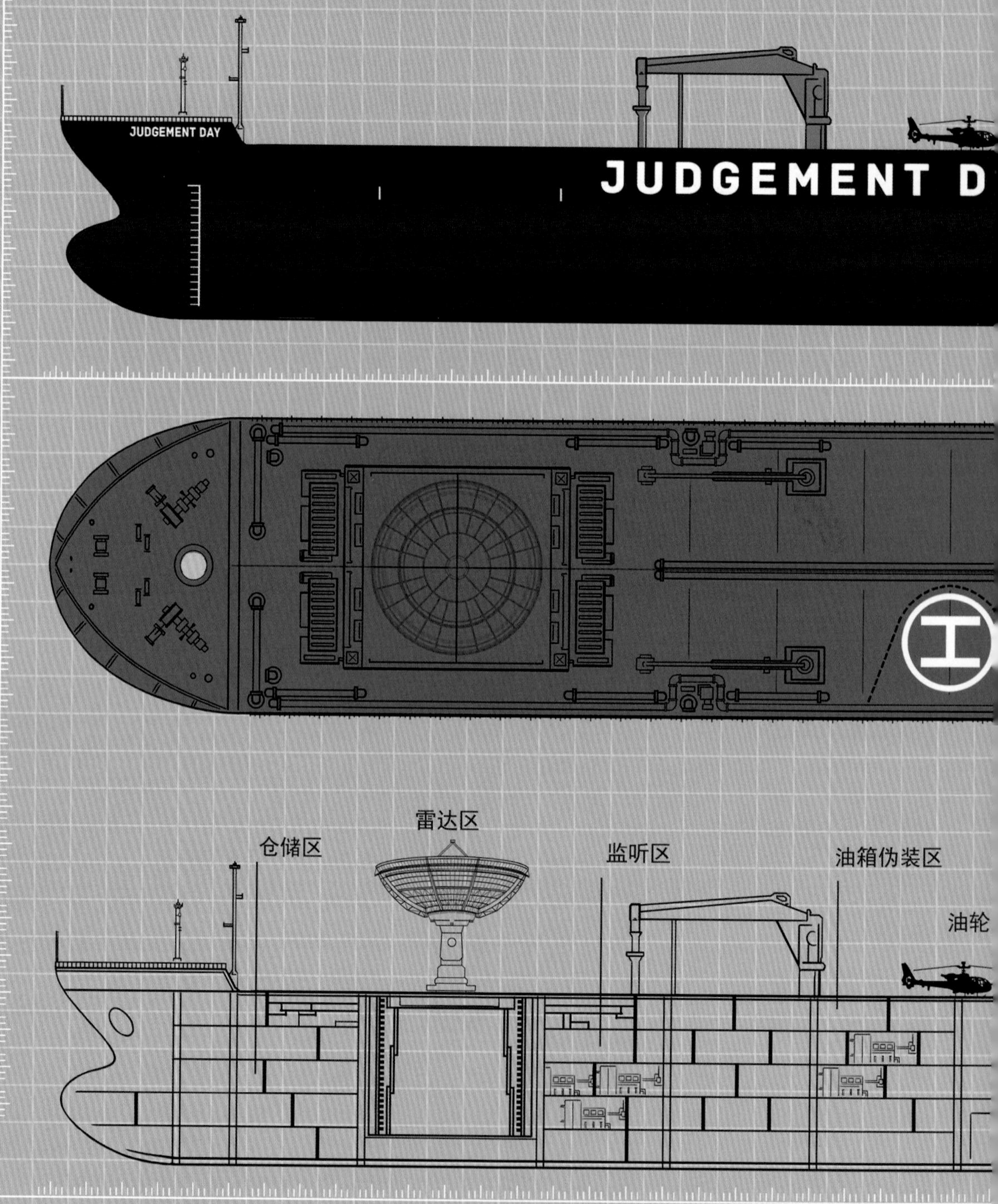

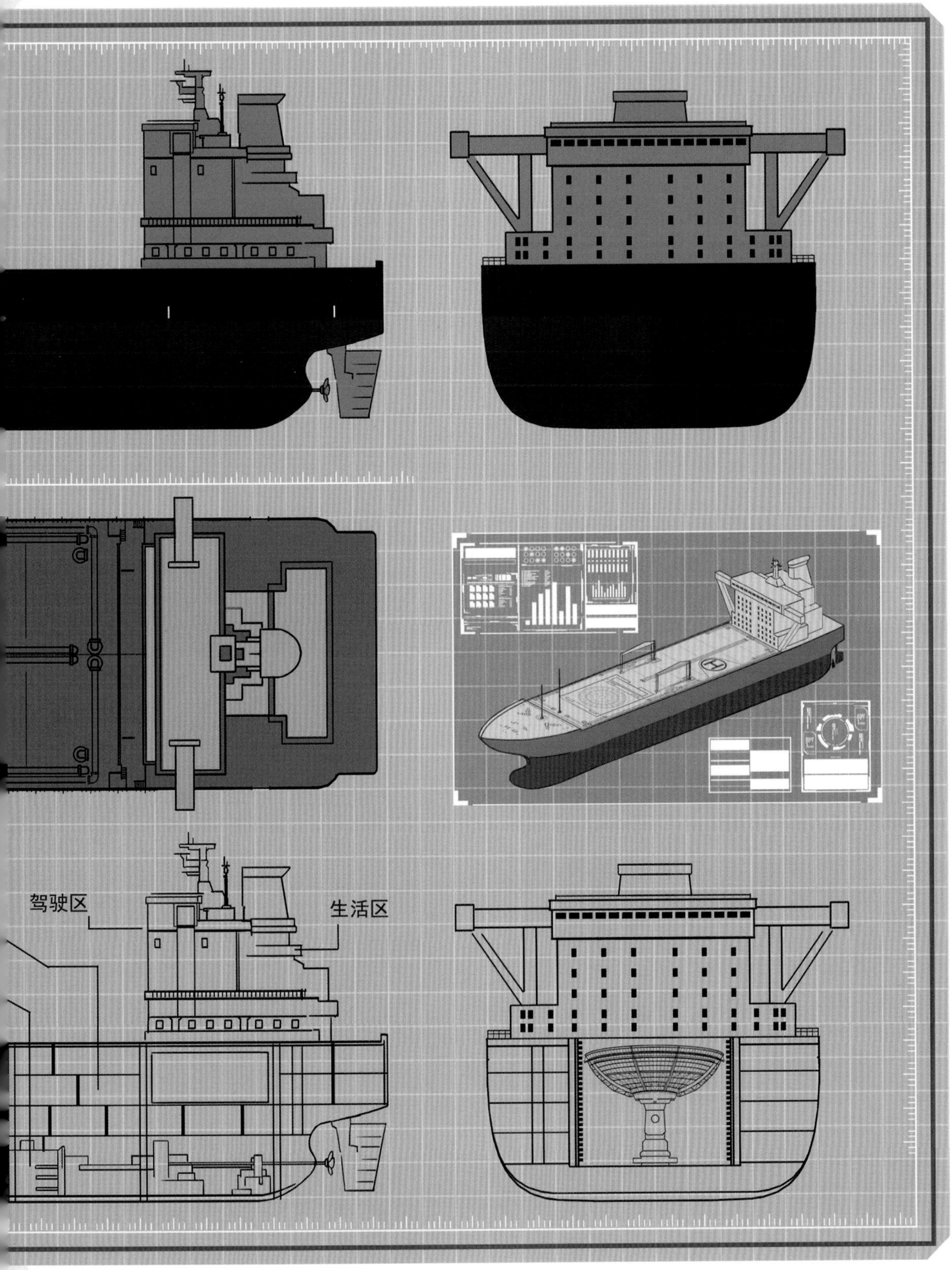
驾驶区
生活区

三体世界的武器

智子

三体文明用来遏制人类文明科技发展和监视人类的武器。智子是一个微观粒子，拥有很高的智能，在微观下对人类的主要威胁是扰乱人类高能物理试验的结果，使人类基础物理学科停止发展，在宏观下智子的作用有限，低维展开后的智子十分脆弱。人类在智子的监视下任何秘密都将不复存在。

诞生时间	1990 年代
目　　的	遏制地球文明的科技发展、监视人类行为
杀 伤 力	☆☆☆☆
影　　响	锁死人类科技；催生面壁计划 成为三体文明与地球文明交流的桥梁

智子的诞生

为了遏制地球文明的技术爆炸，三体文明决定把建造第二支太空舰队的资源全部用于建造智子。三体人把这个计划称为智子工程：把一个质子改造成一台智能超级计算机。而蚀刻电路的工作，必须在宏观维度下进行。三体人在三体行星的轨道上建造了一台巨型粒子加速器，用于质子二维展开的试验。粒子加速器的周围有三个为加速器提供能量的立方体聚变发电站。

在第一次试验中，质子展开成了一条无限细的线。一维质子由于太阳风暴产生的阻力不断减速，一部分一维丝落入了三体行星的大气层，在行星引力的作用下飘落到了地面。于是三体行星上的人们发现身边经常有奇怪的闪光，这些闪光呈细丝状，转瞬即逝，出没不定。这些一维丝无限细，它的核力场可以反射可见光，但它只是质子的一小部分，对宏观世界几乎不产生任何作用。一段时间后，行星表面的一维丝更加密集。这些一维丝在外界的作用下渐渐裂成小段，最后不再反射光线。虽然人们感觉它们消失了，但一维丝的尘埃将永远在三体世界的空间中漂浮。

第二次试验，质子被展开成了三维。在加速器的位置上突然出现了几个巨大且规则的几何物体，有球体、四面体、立方体和锥体等。这些物体表面是全反射的镜面，在映照了行星表面的图像后具有了复杂的色彩。巨大的镜面集合体不断涌现，形状越来越多样化，有环状、立体十字形、类似于莫比乌斯带的扭环等。所有的几何体往四周散开，很快布满了大半个天空。几何体反射的阳光使地面的亮度增加了一倍。接着所有几何体开始变形，形状越来越纷乱复杂，这使得几何体本身的色彩更加怪异和变幻莫测。在这些三维物体中，有一些像是眼睛的三维体引起了三体人的注意，他们认为这些眼睛可能是质子内部原本存在的智能或智慧，它们为了显示自己的存在而变化出眼睛来观察三体行星。接着，这些眼睛们开始合为一体，先成为一颗巨眼，最后完全失去眼睛的形状，变成一个完美的圆，缓缓转动——这是一个巨大的抛物面反射镜！反射镜聚焦的阳光投射到三体行星上，很快锁定了三体人的首都。一根顶天立地的倒锥形光柱出现了，太空中的反射镜就是光锥的底部，光锥的头部正刺中首都中心，使那里的一切都在短时间内变成白炽状态。三体的太空防御部队向反射镜发射了核弹，核弹命中反射镜后爆炸，产生了几团蓝色的火球。火球熄灭时，反射镜上出现了几个大洞，然后整个镜面撕裂成十几个碎块。碎块继续变形，很快与太空中其他的几何体混在一起，不分彼此了。第二次展开也宣告失败。

质子二维展开的第三次试验在夜间进行。加速器启动后不久，在三体行星地表仰望夜空，会看到星空分成了两部分，这两部分中星群的图案是对不上的。当三体人正试图理解这个现象时，一个更惊人的景象出现了：太空中出现了一个没有厚度的真正意义上的几何平面“镜子”。这说明质子的二维展开试验成功了。因为行星引力的存在，再加上地面电磁辐射的调节，二维的质子将整个行星包裹起来，形成固定的球面工作平台。蚀刻电路的工作花了两年时间才完成，这两年的时间里，三体行星都笼罩在完全的黑夜中。

人类的反击：智子屏蔽技术

广播纪元初期，人类为了屏蔽智子的监视而发明的技术。通过在一个空间内散布大量的带电原子使智子失效来实现屏蔽。人类在一个密封狭窄的房间内安装了这种屏蔽力场后，能够使这个房间彻底与外界隔绝，无法被智子探测。此时该房间成为智子盲区，被称为智子屏蔽室。智子屏蔽室四壁装有某种晦暗的带电金属，为了防止误触，进入智子屏蔽室内的人需要穿着连体高压防护服。

在智子的长期监视下，人类除了思想以外的所有外在行为都被智子掌握，这使得人类在三体人面前非常被动，因为人类的思想必须依靠媒介来传播，一旦人类的思想暴露在外界，就必然会被智子看到。虽然每个人类都能够思考，但并不是所有人都有成为面壁者的潜质，而普通民众长期在这种环境下生活也会越来越压抑，似乎自己的一言一行都被别人监视着。为了应对这种状况，人类开始研究智子屏蔽技术。大移民结束后不久，人类实现了智子屏蔽技术。第一批进入屏蔽室的人都患上了“屏蔽综合征”，感受到前所未有的解脱，他们敞开了心扉，无所顾忌地向身边的人倾诉。

程心在太空中与云天明对话后，为了保证对话的解读不被智子监控，同时也是为了保护云天明的安全，PDC 的官员带程心进入一间智子屏蔽室。在这间屏蔽室里，四壁都是带电的金属，入口的门关上后整个屏蔽室就完全密封。由于当时能够建立的屏蔽力场只能在有限的空间体积内保持均匀，体积增大会使力场发生畸变，失去屏蔽作用，因此屏蔽室不能过大，室内陈设尽可能减少，保持简单。程心进入的这间智子屏蔽室仅有一张小桌子和一把椅子，桌子上有一个高保真录音话筒。为了隔绝外界的探测，屏蔽室内充满了静电，进入屏蔽室内的人不但会闻到像硫黄的刺鼻味道，皮肤也会感到微弱的瘙痒。程心在智子屏蔽室内复述了与云天明谈话的全部内容后，情报解读委员会的工作也是在屏蔽室内展开的。

水滴

三体舰队在到达太阳系前发射的强互作用力宇宙探测器。探测器内部装置会产生一种能够抵消粒子间的电磁力的力场，力场会消除材料分子自身的振动，并使分子紧密排列，使普通的探测器成为强互作用力探测器。探测器外表呈水滴状，像一滴圣母的眼泪，但实际上是一个比太阳系最坚固的物质还要坚硬百倍的可怕武器。人类面对水滴，只能依靠强互作用力材料本身进行防御，但末日之战时期的人类还没有能力大批量制造强互作用力材料导弹，因此在水滴面前毫无还手之力。不过，水滴并非是绝对无敌的，只要破坏了水滴内部产生强互作用力的装置，水滴就会失去作用，变成一块普通的金属。

目的（伪）	伪装成送给人类的礼物，让人类放松警惕
目的（真）	摧毁人类的太空军主力；锁死太阳，让人类无法通过太阳向宇宙中发送任何信息
数　　量	10
杀 伤 力	☆☆☆☆☆

名称由来

由于当时的人类对自身实力过于乐观，以为自己已经拥有了能够与三体舰队抗衡的实力，因此当人类第一次见到三体舰队的探测器时，很自然地想到了水。水是生命之源，象征着和平，而三体舰队的探测器呈完美的水滴状，头部浑圆，尾部尖细，表面极其光滑，看起来纯洁而唯美。于是，人类判断水滴不是武器，而只是一个三体舰队送给人类世界的、没有实际功能却形态优美的艺术品礼物，因此把探测器命名为“水滴”。

捕获行动

罗辑通过太阳向宇宙发出了咒语后，正在穿越第二片星际尘埃的三体舰队马上向太阳系发送了十个探测器，其中一个探测器提前到达了太阳系，于是地球三大舰队决定拦截并捕获水滴。按照拦截行动中的公平原则，三大舰队中的任何一方都不能独享与三体文明探测器首次接触这一荣誉，但当时的技术又无法让三方派出的人员同时参与接触水滴。最终，三大舰队选择了丁仪，丁仪不属于三大舰队的任何一方，同时也是发现宏原子和发明可控核聚变技术的资深物理学家，他是最适合的人选。

丁仪认为，一样东西要是离心中的概念差得太远，并不是一件好事。水滴是三体舰队发射的探测器，但在外形上像个无害的艺术品。可是三体人的艺术是在威慑后受地球影响才开始发展的，此时的水滴只是在人类的眼里像艺术品，而在三体人的眼里，或许是因为其他的原因才会形成这种外形。如果不是绝对的善，那会是绝对的恶吗？丁仪暂时也想不出来，但一想到自己是两个世纪前的物理学家，现在居然还能在大学里教物理，到底有多大的技术差距，才能让一个文明长时间彻底锁死另一个文明的科技？丁仪觉得不寒而栗，他认为三体人绝对不会善良到送给地球一个和平信物。

捕获水滴的工作是由小型无人飞船“螳螂”号完成的。在捕获行动开始前，“螳螂”号一直与水滴保持着五百公里的距离，行动开始后，“螳螂”号缓慢向水滴靠近，每前进五十公里就停几分钟，待后方监视系统扫描没有异常后再继续靠近。整个过程用了一个半小时才完成。最后，“螳螂”号停在了距离目标五十米的地方，开始近距离扫描水滴。扫描完成后，“螳螂”号伸出超长机械臂，谨慎地试探前进，用了半个小时才接触到水滴。机械臂的六指夹钳接触并夹紧水滴后，又等待了十分钟，水滴仍没有反应，机械臂开始带着水滴收回，回收过程又用了半小时。水滴进入“螳螂”号后，人们又等待了两个小时，没有发生异常，丁仪一行人乘坐的穿梭艇开始驶向一千公里外的“螳螂”号。出发前，他提议“量子”号和“青铜时代”号提前进入深海状态，如果水滴真的是无害的，那还可以退出深海状态；但万一水滴是一个武器，提前进入深海状态的飞

水滴

船就可以立即逃离。丁仪的这一提议，在末日之战后为人类留下了另一颗宝贵的火种。穿梭艇靠近“螳螂”号后，四人考察队穿上轻便航天服，登上了“螳螂”号船体。

根据考察队的观察结果，水滴的表面温度低于周围太空的温度，接近绝对零度，暂时无法得知水滴内部是否有强力的制冷设备。水滴的表面绝对光滑，观察队使用一千万倍的放大倍率，看到的仍然是光洁无瑕的镜面，在每平方厘米二百公斤的压力强度下仍然没有留下任何划痕，这种技术完全超出了人类当时的技术水平。观察队猜测三体人已经可以做到用强互作用力把分子牢牢钉死，分子自身不再振动，让水滴比太阳系中最坚固的物质还要坚硬百倍。丁仪和考察队员们终于确认，水滴根本不是圣母的眼泪，而是银色的死神。

联合舰队并未理解丁仪的临终警告，为了阻止考察队继续提醒舰队疏散，水滴立即发起了进攻。水滴尾部的尖端出现了一个明亮的蓝色小光环，光环急剧扩大，从蓝色变黄，再变成红色，但亮度在逐渐减弱。当光环扩大到水滴最大直径的一倍时消失了，同时第二个蓝色小光环出现，扩张，变色，亮度减弱，消失，下一个继续出现，频率为每秒两到三次，同时水滴开始移动并逐渐加速。光环带有超高温，在出现的同时也瞬间熔化了考察队和“螳螂”号。此时的人类对末日之战中即将发生的事情没有丝毫的心理准备。

真实目的

经过三百公里的加速路程后，水滴已超过了第三宇宙速度，直奔人类联合舰队而去，接连穿透了排列好阵形的联合舰队。水滴能够毫不减速地做出人类难以想象的锐角转向，转到下一个方向继续撞击，在二十分钟内让人类的两千艘战舰像一串鞭炮似的炸完，而人类对此束手无策。只用了一个小时的时间，人类的太空武装力量全军覆没。

水滴在末日之战结束后继续向地球逼近，但没有使用自身的发动机加速，而是在近距离掠过木星时借用了木星的引力加速。水滴在距离地面两万公里处转向，飞向了太阳并急剧减速，最后与地球的相对速度降为零，并进入与太阳同步的轨道。此时水滴处于地球与太阳之间，与地球的距离约四万公里，不断向太阳发出强烈的电磁波，波的强度超过了太阳的放大阈值，频率覆盖了能够被太阳放大的所有波段，至此人类无法再通过太阳向宇宙发送任何信息，直到三年后罗辑利用雪地工程建立起威慑系统，与三体世界谈判解除封锁。

威慑建立后，三体舰队承诺只留四个水滴在太阳系，防止引力波发射器被人类极端势力劫持。每个水滴都有一个人类探测器跟随，随时掌握其位置和轨道。其中的两个后来跟随“万有引力”号追击“蓝色空间”号。但实际上，还有另外六个水滴一直潜伏在距地球一千八百万至两千万公里之间的太空中，其中三个以太阳为背景，借助凌日干扰掩护自己，另外三个混杂在漂浮的反应堆核废料垃圾中，静候执剑人控制权交接完成。在程心接过引力波广播系统最高控制权的十五分钟后，潜伏的六个水滴立即向地球发动攻击，十分钟后，水滴摧毁了地球上所有的引力波发射台，黑暗森林威慑终止。

水滴之“死”

水滴跟随“万有引力”号拦截“蓝色空间”号时进入了高维空间，三维的水滴在四维空间中，会暴露出内部所有的装置。“蓝色空间”号的船员在四维空间内销毁了水滴内部的力场发生装置，失去了力场的水滴变成了一块普通的金属。水滴的表面不再是绝对光滑的镜面，而是呈现晦暗的黄铜色，同时也失去了精准判断方向的能力。

面壁计划产物

量子舰队

第一位面壁者弗里德里克·泰勒的战略设想，实际未能实现。泰勒的伪装计划是成立一支具有牺牲精神、与三体舰队进行近距离作战的部队，以球状闪电作为主要武器，以电磁驱动进行发射。实际球状闪电的牺牲者却是地球主力舰队，攻击者将使用宏原子核聚变将他们杀死，转化为量子态的幽灵战士。幽灵是不会再惧怕死亡的。不过，危机纪元 8 年，泰勒就被破壁人一号击败，这个计划从未真正开始。

诞生时间	未实现
提 出 者	弗里德里克·泰勒
目的（伪）	建立一支具有牺牲精神、进行近距离作战的宏原子武器部队
目的（真）	攻击地球主力舰队、使牺牲者以量子幽灵态与三体舰队作战

宏原子核是人类当时所掌握的最具有威力的武器，但是人类的宏原子核武器相对于三体人而言，仍不过是原始人拿着弓箭去与现代人的导弹战斗。泰勒一开始并没有计划突然袭击地球主力舰队，而是希望地球主力舰队的战士们抱着必死的信念，自愿借助于宏原子，与自己的战舰一同化为量子态后，再和三体舰队作战。但随着泰勒计划的推进，他发现实现这一目标似乎已经成为不切实际的幻想。阻碍泰勒计划的因素不但有三体文明，还有人类自身的限制。

泰勒曾在日本的鹿儿岛见到防卫厅长官井上宏一，希望恢复神风特攻队，重新建立为信念赴死的传统，但是被井上宏一以违反现代社会的基本道德准则为由拒绝。之后泰勒找到了曾经的对手拉登，希望拉登能把自己的组织保存到四个世纪后，为了人类而战斗，但是希望再次破灭。一次次的打击使泰勒对现代人类的献身精神彻底失望，进而将自己的面壁计划改为不预先告知，直接袭击地球主力舰队，寄希望于他们死后与三体舰队继续作战，似乎也是另一种意义上的同归于尽……

宏观量子态中的人会随着时间在空间中扩散，使得现实中任何一点的量子概率越来越小，量子态中的人平均发散到整个宇宙后，在现实空间中任何一点出现的概率几乎是零，因此无法保证成为量子态后的幽灵舰队还能与现实世界产生联系。而要研究这一技术也需要对人类进行大量的转化实验，这就需要以人类的牺牲为代价，因此不管泰勒是否计划袭击地球主力舰队，都会发生谋杀行为，这绝对不会被现代社会所接受。讽刺的是，泰勒如此疯狂的举动在三体文明看来只是蚍蜉撼树，三体文明并不在乎这一技术是否能实现，他们对于量子的研究早已远超人类，有充足的把握轻松应对。

恒星级氢弹

第二位面壁者曼努尔·雷迪亚兹的面壁计划产物。外观呈圆柱形，长五米，直径一点五米，爆炸当量达两亿吨级，与宏原子核聚变武器一起被认为是危机纪元能够投入实战的武器中最有威力的两种。雷迪亚兹的伪装计划是，将恒星级氢弹的发射基地设在水星的地下深井中，表面上是为了增强太阳系内侧行星的防御力量，实际上是为了使水星坠入太阳，引发连锁反应，以整个太阳系作为“人质”，威慑三体世界放弃入侵。

发明时间	危机纪元 20 年	**提 出 者**	曼努尔·雷迪亚兹
目的（伪）	补充地球主流防御的薄弱环节	**目的（真）**	以自身的毁灭为条件反制三体入侵
数　　量	5000 颗左右	**杀 伤 力**	☆☆☆
影　　响	为雪地工程的实施提供了物质基础		

人类完善恒星爆炸的理论后，在巨型计算机上成功模拟出恒星爆炸的模型，随即开始制造超大当量的恒星级氢弹。首颗氢弹的爆炸当量为3.5 亿吨 TNT，是人类曾经制造的最大氢弹的十七倍。由于超大当量的恒星级氢弹爆炸所产生的能量会波及全球，因此雷迪亚兹把恒星级氢弹的试验放在水星。雷迪亚兹对外宣称把水星作为恒星级氢弹的发射基地是为了补充地球主流防御的薄弱环节。当太阳系外侧行星包括地球都被三体舰队占领后，处于太阳辐射掩护中的水星基地将是人类最后的堡垒。但雷迪亚兹的真实意图是用氢弹把水星推入太阳进而引发太阳的连锁反应，使太阳吞噬太阳系的所有行星，最终让太阳系成为一个比三体世界更严酷的地狱。因此恒星级氢弹对于人类来说是一个同归于尽的武器，但人类目前还没有足够的能力制造出足量的恒星级氢弹，因为制造出这样的氢弹需要耗费大量的资源，而行星防御理事会各国代表通过这个计划的目的其实也有着自己的打算。

行星防御理事会各国代表通过恒星级防御氢弹面壁计划的原因，一方面是越来越多人质疑行星防御理事会对内侧行星战略价值的忽略，另一方面是行星防御理事会各国代表看到了恒星级氢弹在未来的重大战略价值。假如人类解决了与三体文明之间的问题，又或者不需要等待那个时候人类就开始探索太阳系其他行星，那人类文明在未来必然会拓展到其他行星，那时候将会面临新一轮的资源争夺问题。这些行星表面荒凉，不需要担心伤及无辜和破坏环境，完全可以大范围使用恒星级氢弹进行扫荡清除，但是当时的政治环境并不允许他们进行恒星级氢弹的研究，而雷迪亚兹的面壁计划正好符合他们的目的。因此行星防御理事会各国代表虽然表面上在质疑雷迪亚兹面壁计划的可行性，但最终却通过这个计划，其实是在利用雷迪亚兹去研制恒星级氢弹武器，为可能即将发生的太阳系战争做准备。

摇篮系统

雷迪亚兹的面壁计划的产物。摇篮系统是雷迪亚兹为了顺利逃生而设计的一个装置，它的外形是一块全黑色的手表形信号发射器，表盘面积和厚度是一般男士手表的一倍，通过一个太空链路持续向水星发射信号，这个信号可以识别雷迪亚兹的许多简单的语音指令，同时关联到雷迪亚兹的生理指标参数，一旦雷迪亚兹的生理指标参数异常，摇篮系统就会中断信号，引爆联合国大厦附近的某个物品。摇篮系统虽然只是雷迪亚兹用来逃跑的伎俩，但启发了罗辑使用威慑系统，为人类争取到了与三体文明平等对话的机会。

发明时间	危机纪元 23 年之前
设 计 者	曼努尔 · 雷迪亚兹
影　　响	启发罗辑对三体文明使用威慑系统，为人类争取到了与三体文明平等谈判的机会

雷迪亚兹的面壁计划被公布后，行星防御理事会各国代表一致认为雷迪亚兹应该受到审判。但雷迪亚兹早已有了预判，为了顺利逃回自己的国家，躲避地球上几十亿人的追杀，他提前准备了摇篮系统。摇篮系统的含义是一旦摇篮停止摇动，婴儿床上的婴儿就会醒来，开始啼哭。婴儿象征着氢弹，氢弹爆炸产生的破坏力足以让全人类啼哭。雷迪亚兹的这个想法来源于他曾看过的一部美国电影，但雷迪亚兹改进了电影里的装置，摇篮系统不但会监测心跳，还会监测并分析血压、体温等其他生理指标，如果发现异常，系统就会立刻停止发送反触发信号并引爆氢弹。摇篮系统发射的信号要经过许多个复杂的通信链路节点，要破坏系统，必须在一微秒内同时摧毁所有节点，让每一个相隔三百公里左右的节点同时失效，以人类当时的能力是无法完成的。不过这其实只是雷迪亚兹尚未实践的构想，他的手表上还什么都没有连接……但这已足够让雷迪亚兹顺利逃回自己的国家，即使那终点是死于自己的人民手中。

雷迪亚兹事件结束后，罗辑受到雷迪亚兹的摇篮系统启发，在他主持的雪地工程中，也暗中布置了一个摇篮系统。罗辑的摇篮系统也是一个生命体征监测仪，监测仪发出的信号会通过摇篮系统的链路抵达雪地工程部署在太阳轨道上的三千六百一十四枚核弹，信号每秒钟发射一次，维持着这些核弹的非触发状态。一旦罗辑失去生命体征，摇篮系统的维持信号就会消失，太阳轨道上的核弹将被引爆，包裹核弹的油膜物质将在爆炸中形成围绕太阳的三千六百一十四团星际尘埃，太阳将在这些尘埃的遮挡下发生闪烁，形成三张包含三体星系与附近三十颗恒星相对位置的坐标图。

思想钢印

第三位面壁者比尔 · 希恩斯的面壁计划产物。最初阶段是用解析摄像机扫描人类的大脑，然后在计算机中合成为一个动态的数字大脑模型。在对解析摄像机的测试中，希恩斯发现了人类思维判断的机制——其实这正是他的目的。最终，希恩斯制造出可以改造人类意志的思想钢印机器。他对外宣称的是，唯一的一台思想钢印机器将用于为人类塑造具有坚定胜利信念的太空军战士，但实际上思想钢印机器共有五台，另外四台秘密交给钢印族保存。机器中关于胜利信念的代码不是“+”号，而是“-”号，失败主义才是希恩斯信念的真相。

发明时间	危机纪元 20 年
设 计 者	比尔·希恩斯
目的（伪）	把太空军战士改造为坚定的胜利主义者
目的（真）	让失败主义在太空军中传播
数　　量	5 台
影　　响	催生了钢印族，而对钢印族的审查让章北海获得执行舰长的权限，即实施逃亡的机会

希恩斯对惠子说，自己完全想不出作为面壁者该做什么，他告诉惠子：“既然自己想不出来，那就帮助别人想出来。”这个别人指的是现代人类的后代。人类的技术文明史只有数百年，现在研究科学的仍是原始人的大脑，希恩斯说希望借助技术加快人脑进化，因此打算投入更多力量到脑科学研究，目标是在一至两个世纪后提升人类的智力，使人类科学突破智子禁锢。了解后续发展的读者可以推测，此时的希恩斯其实已经有了一个比较清晰的方向，他不仅是在欺骗智子，对挚爱的妻子惠子也恪守着面壁者的责任，将欺骗贯彻到底。

在第八十九次面壁计划听证会上，希恩斯汇报自己设想了一种叫解析摄像机的设备，这种设备以 CT 断层扫描技术和核磁共振为基础，但在运行时对检测对象的所有断面同时扫描，每个断面之间的间隔精度要达到脑细胞和神经元内部结构的尺度，这样，对一个人类大脑同时扫描的断层数将达到几百万个，进而在计算机中合成为一个大脑的数字模型。但这种技术要求模型要以每秒 24 帧的速度动态进行，所以合成的模型也是动态的，相当于把活动中的大脑以神经元的分辨率整体拍摄到计算机中，以便对大脑的思维活动进行精确地观察，甚至可以在计算机中整体地重放思维过程中所有神经元的活动情况。解析摄像机确实是希恩斯面壁计划的一部分，但是希恩斯巧妙地为解析摄像机设置了另一个功能来迷惑他人。

希恩斯进入冬眠后，惠子一直在帮助希恩斯研究脑科学，她组织制造了一千亿个微处理器，每个微处理器模拟一个神经元，把这些微处理器连接起来，用硬件来模拟人类的大脑。后来随着计算机的发展，人类也可以用计算机模拟大脑的数字模型了。希恩斯苏醒后，开始用解析摄像机进行简单的思维判断试验，这个试验催生了“恐水症”——这正是希恩斯的最终目的，此时，思想钢印已实际诞生。希恩斯继续研发，将思想钢印机器制作完成，并以思想钢印可以塑造坚定的胜利主义信念为由，说服常伟思将军在太空军中使用。根据希恩斯的说明，思想钢印的原理是让人类对信息不经判断就信以为真，并且这个信念将坚如磐石。对此常伟思并不认同。之后的面壁计划听证会上，各国代表考虑到智子的封锁会导致技术进步日益减速，引发新一轮失败主义浪潮，最终做出让步，同意让太空军自愿使用思想钢印。钢印族从此诞生。但很可惜的是，这一条故事线并未真正展开。

无工质飞船

人类实现恒星际航行的唯一方案。无工质飞船不需要携带大量的推进工质，直接用核聚变的辐射能量推进飞船。可控核聚变技术成熟后，无工质飞船的速度将达到第三宇宙速度的 1000 倍左右，即光速的百分之五以上，初步具备恒星际航行能力。无工质飞船对人类的发展影响重大，帮助人类把行动范围扩展到了奥尔特星云以外，甚至在离开太阳系，与地球文明断绝联系后，仍然能保持一定的行动能力和生存能力，只要有效使用飞船的资源，飞船上的人类可以实现世代存活。

发明时间	危机纪元
目　　的	实现恒星际航行
影　　响	帮助章北海实现逃亡计划，逃亡的人类依靠无工质飞船成为银河系人类

在危机纪元初期，中国太空军把太空战争理论研究分成了独立的三个部分。一是低技术层次，飞船的速度达到第三宇宙速度的五十倍左右，飞船不具备生态循环能力，作战半径将限制在太阳系内部。二是中技术层次，飞船的速度达到第三宇宙速度的三百倍左右，具有部分生态循环能力，飞船的作战半径将扩展至柯伊伯带以外。三是高技术层次，飞船的速度达到第三宇宙速度的一千倍左右，即光速的百分之五，飞船具有完全生态循环能力，作战范围扩展至奥尔特星云，初步具备恒星际航行能力。章北海认为高技术层次是胜利的唯一希望，也是逃亡的唯一希望，现阶段研究化学发动机是在浪费资源和时间，人类应该集中资源越过工质型聚变发动机，直接研究无工质聚变发动机。但当务之急是实现可控核聚变技术。

可控核聚变技术实现后，人类的太空飞船研究围绕工质推进飞船和无工质推进飞船两大方向形成了两大派别。航天系统主张研究工质推进飞船，工质推进飞船是化学火箭的变种，用核聚变的能量推动有质量的工质，产生反推力推进飞船，因此飞船需要携带大量的资源。太空军主张研究无工质推进飞船，无工质推进飞船使用核聚变的辐射能量直接推进飞船，飞船不需要携带大量的工质，可以节省更多的空间和能源，无工质飞船是唯一能进行恒星际宇宙远航的方案。但是这两个方向都要耗费巨大的资源，不可能同时进行，只能选择其中一个方向发展。章北海认为，继续研究工质飞船是在重复甲午战争的悲剧。工质飞船在未来的战争中风险极大，要用超过三分之二的运载能力运载推进工质，而工质消耗极快，这会导致工质飞船只能以行星基地为依托，在太阳系内航行，无法进行恒星际航行，也就大幅度降低了人类的生存几率。在即将到来的战争中，人类防卫的前沿要推进到奥尔特星云，并且要保证舰队在太阳系外的广阔空间有足够的迂回能力，无工质推进飞船将是唯一可行的办法。为了人类的未来以及顺利实现逃亡计划，章北海不得不牺牲那些主张工质飞船的老航天。可控核聚变技术取得突破的三年后，太空飞船的发展方向最终被确定为无工质辐射推进。末日之战前夕，人类最新一代的无工质聚变推进系统在全功率推进时可以加速到光速的百分之十五，人类拥有了恒星际航行的能力。

威慑武器

太阳电波放大功能

太阳的辐射层中存在一种“能量镜面”，叶文洁在研究日凌干扰的过程中，发现了它的增益反射特性：把超过一定阈值的低频侧电磁辐射放大近亿倍并反射出去，这使太阳成为一个电波放大器。人类可以利用太阳的电波放大功能，将太阳作为一根超级天线，向宇宙发射广播，它的功率比地球上能够使用的全部发射功率还要大上亿倍。但即便是这么大功率的电波，在宇宙中的其他文明眼里，仍然只是最原始的低效率通信，歌者文明称之为“中膜”。

发现者	叶文洁
作　用	宇宙广播
杀伤力	∞
影　响	导致三体文明入侵的直接原因，也是歌者向太阳系发射二向箔的直接原因

叶文洁的发现

为了使宇宙中的外星文明接收到地球的电波信号，地球的发射功率应该与一颗中等恒星的辐射功率相当，苏联天体物理学家卡达谢夫把想象中的文明分为Ⅰ、Ⅱ、Ⅲ三种类型，Ⅰ型文明用于通信的功率相当于整个地球的输出功率，Ⅱ型文明用于通信的功率相当于一颗典型恒星的输出功率，Ⅲ型文明用于通信的功率约等于整个星系的输出功率。而地球文明只能大致定为 0.7 型——连Ⅰ型都未达到，因此要让外星文明收到地球的电波信号，必须要借助太阳。叶文洁在一次日凌干扰中发现，太阳辐射层中“能量镜面”的存在可以反射低频段的电磁辐射，并将其放大近亿倍，但只能反射超过一定阈值的电磁辐射，低于这个阈值的电波会被太阳表面沸腾不息的对流层弱化屏蔽。而红岸基地的最大发射功率超过了这个阈值，于是，人类可以将太阳作为一个超级天线，通过太阳向宇宙发射电波。这种电波的功率比地球上能够使用的全部发射功率还要大上亿倍，这意味着地球文明可以进行Ⅱ型文明能级的发射。

不使用很可惜

叶文洁在一次值班中，把红岸基地的发射功率设置到刚刚超过太阳增益反射理论的阈值，频率设定在最可能被能量镜面放大的频率上，借测试天线机械性能为名，将它对准已斜挂在西天的太阳，发射的内容与每次正规发射一样。此时，地球文明向太空发出的第一声呼喊以太阳为中心，光速飞向整个宇宙，在 12000 兆赫波段上，太阳是银河系中最亮的一颗星。八年后，叶文洁收到了识别度为五个 A 的宇宙电波，这个电波来自四光年外的半人马座三星。叶文洁据此确定太阳确实是一个超级天线。罗辑也是利用太阳的电波放大功能，发送了一句咒语标记距太阳 49.5 光年的 187J3X1 恒星，从而验证了宇宙的黑暗森林状态。

不要乱用

歌者在清理三体星系的“遗物”时发现，三体星系与太阳系之间曾有过三次通信。在歌者的世界中，把太阳电波放大功能划分为原始膜，原始膜也叫中膜，是通信效率最低的；长膜用得最多，也就是引力波广播；短膜似乎是不可能使用的。除此之外，还有在不同宇宙间传递信息的超膜。太阳系通过太阳电波放大功能，向三体星系发送了带有自译解系统的信息，引起了歌者的兴趣。第一次通信后，三体的回复与太阳系的再次回复令人格外惊讶，这也足以暴露两个星系的相对距离，从而暴露太阳系的位置。携带罗辑咒语的广播让歌者察觉到了危险，最终歌者向太阳系掷出了二向箔，不过它到底还是慢了一点……

引力波广播

星际通信中最原始的手段，被称为“太空狼烟”，也被歌者文明称为“长膜”。人类通过引力波广播建立了黑暗森林威慑系统。引力波广播的发射装置体积巨大，结构复杂且无法小型化，因此人类把发射装置分布在各大洲。建造一个引力波发射装置的成本非常高昂，倾尽人类的能力共建造了二十三台。引力波广播对于人类来说，属于同归于尽式的终极威慑手段，只要公布了三体星系的坐标，太阳系的坐标也会随之暴露。因此在“地球之子”事件后，人类将引力波发射装置缩减为四台，三台位于地球，一台则是“万有引力”号船体本身。

建造时间	威慑纪元初
数　　量	23 → 4
杀 伤 力	∞

罗辑通过核弹链系统建立威慑后，人类要求三体文明传送的第一批技术就是引力波通信技术，这使得人类迅速掌握了黑暗森林威慑的主要手段。由于引力波天线建造的成本高昂，而且制造引力波广播的物质在常规环境下经过五十年会衰变成普通元素，人类需要定期更换引力波天线，这使引力波的建设成本更加沉重。最终人类只建造了二十三台引力波发射器。但是，极端组织“地球之子”频繁进攻，引起了两个世界的巨大恐慌，人类只好把引力波发射器减少到四台，其中三台分别位于亚洲、北美洲和欧洲，最后一台是“万有引力”号船体本身。威慑建立十二年后，为了防止极端分子夺取引力波控制权，人类把引力波发射器移到了地层深处。

“万有引力”号的外观是绝对规则的白色圆柱体，没有任何多余的棱角，几乎是地球上的引力波天线的完美复制品。由于建造一艘引力波飞船的费用是建造地球上二十三个发射台费用的总和，以及担心引力波飞船会因为其他原因脱离了人类和三体文明的控制，因此“万有引力”号是威慑纪元初期人类唯一的一艘引力波飞船，也是唯一的一艘恒星际飞船。引力波飞船可以随时向宇宙的各个方向广播引力波信息，因此三体文明特地派了两个水滴跟着“万有引力”号，名义上是协助追击“蓝色空间”号，实际只要执剑人交接仪式一完成，水滴马上就会摧毁“万有引力”号。但三体文明还是不够了解宇宙，没有想到水滴也会失去作用。“万有引力”号成为人类最后的救赎，当得知水滴摧毁了地球上的所有引力波天线后，“万有引力”号向宇宙公布了三体星系的坐标。人类进入广播纪元。

到掩体纪元时期，人类又建造了更多艘能够发射和接收引力波的飞船，与“万有引力”号不同，把引力波天线与飞船分成了两个独立的部分，飞船可以和不同的天线组合。但人类此时建造更多的引力波发射器，似乎已经没有了意义。

想象之外：高等文明的战争

曲率驱动

装备曲率驱动的飞船能够进行光速航行，但这无法为全人类提供保障，因此曲率驱动研究也被视作邪恶的逃亡主义行为。但实际上，逃亡是人类在打击中幸存的唯一方式。曲率驱动飞船在进入光速的加速阶段，会留下像是泡泡的低光速黑洞航迹，这些航迹也被称为慢雾。由于曲率驱动技术标志着一个文明拥有了进行恒星际航行的能力，高级文明观察到慢雾附近有可能存在文明时会立即进行打击。但相反地，如果文明在慢雾内部，则会把慢雾视为宇宙安全声明。

发明时间	掩体纪元 66 年
目　　的	逃离太阳系
影　　响	帮助程心和艾 AA 成功逃离降维打击

曲率驱动信息的发现

程心带回云天明的故事后，IDC 一直未能从三个童话故事中解读出第三个信息，直到程心和艾 AA 用香皂和小纸船进行试验。在船尾扎一个小孔，然后放进一小片香皂，再把小船放入灌满水且水面已平静下来的浴缸中，小船开始向前移动。程心突然发现，香皂在水中溶解后，小船后方水面的张力会降低，但船前方水面的张力不变，小船会被前方水面的张力拉过去。此时，平静的水面变幻成太空，白色的小船就是光速航行的飞船。这个现象让程心和艾 AA 联想到了曲率驱动。

曲率驱动引擎的研发

程心和艾 AA 发现了曲率驱动的信息后，托马斯·维德全面接管了星环公司，在之后半个世纪的时间里，维德将公司参与掩体工程时获得的利润投入到曲率驱动的研究中，最终成功让一截三毫米的头发移动了两厘米。但继续研究需要使用更多的空间，联邦政府此时严厉禁止研究曲率驱动。为了获得能够继续研究曲率驱动的试验基地，维德已经做好了与联邦政府发生战争的准备。但最终，维德还是按照约定，把是否开战的选择权交给了程心。程心选择向联邦政府投降，星环公司的曲率驱动研究被迫停止，维德以反人类罪、战争罪和反曲率驱动技术禁止法罪被判处死刑。维德死后三十多年，星环城的残余力量在雷迪亚兹当年在水星上用巨型氢弹炸出的大坑里建造了一个试验基地，秘密进行曲率驱动的研究。研究很艰难，但仍有重大进展。由于发现了曲率驱动的航迹能够产生黑域，然而要生成能够容纳太阳系的黑域需要一千多艘曲率飞船，因此曲率驱动研究最终获得了联邦政府的暗许与私下合作。不过就像程心意识到的，宝贵的时间终究还是被耽误了……

低光速黑洞

光速低于第三宇宙速度的区域，也被称为黑域、慢雾或光墓。低光速黑洞是宇宙安全声明之一，需要在半径达五十个天文单位的空间内改变宇宙基本常数，被称为上帝工程。低光速黑洞是一个高效的防御屏障，来自外界的高速攻击体进入低光速区域后会瞬间被摧毁，因此低光速黑洞也被称为宇宙保险柜。但在高级文明里，低光速黑洞被用于制造城墙和陷阱，攻击者进入低光速黑洞后将再也无法逃离。

目　的	低级文明用于发布宇宙安全声明，高级文明用于防御和进攻
杀伤力	☆☆☆☆☆
影　响	使程心和云天明永远错过

赫尔辛根与默斯肯

在云天明的童话中，针眼画师、空灵画师、绘画用的雪浪纸、压纸的黑曜石石板和熨斗、卫队长长帆、香皂、饕餮鱼等都来自赫尔辛根默斯肯。云天明一直在反复强调这个名字，但 IDC 用地球上已知的各种语言拼写赫尔辛根默斯肯，始终无法发现与其有关的信息，直到 IDC 增设的语言学小组中来了一个叫巴勒莫的语言学家。巴勒莫从女朋友处得知，赫尔辛根默斯肯其实是挪威的两个古地名，它们都在挪威的诺尔兰郡。赫尔辛根是一座靠着海的山，在山顶能看到最近的默斯肯岛，站在默斯肯岛上可以隔海遥望黑色的赫尔辛根山的悬崖。默斯肯岛地处挪威北部的罗弗敦群岛，整个群岛由冰川蚀刻而成，在西部峡湾与北海之间形成了一道长达一百六十千米的屏障，屏障将北冰洋和斯堪的纳维亚半岛北端隔开，形成了水流湍急的海峡。默斯肯岛上一位叫杰森的老人说，默斯肯岛和赫尔辛根山之间经常会出现大漩涡。程心一行人乘船来到大漩涡边缘近距离观察，他们发现默斯肯大漩涡暗示着黑洞。

黑域计划

曹彬发现当光速降低到太阳系的第三宇宙速度，即每秒 16.7 千米以下时，太阳系的光将不可能飞出太阳系，这也意味着太阳系将和宇宙的其余部分彻底隔绝，变成一个绝对封闭的世界，对于其他世界来说，这个世界意味着绝对安全。这需要在半径达五十个天文单位（约七十五亿千米）的广阔空间里改变宇宙基本常数，因此黑域计划也被称为上帝工程。但这个工程一旦成功，将是安全保障系数最高的。由于黑域本身就是一个高效防御屏障，来自外界的高速攻击体进入低光速区域后按照相对论原理将会瞬间爆炸，因此黑域也被称为宇宙保险柜。另一方面，黑域也将迫使人类长久地生活在熟悉的地球世界，此时光速降低到每秒 16.7 千米，电子计算机和量子计算机只能低速运行，使人类退回低技术社会，这是比智子锁死更强的科技锁死，是一种技术自残。

光速武器

在真正的星际战争中，只有弱小的虫子才会把降低光速用于自保，在神级文明手中，光速经常被当成规律武器，神们制造低光速黑洞把敌人锁死在里面，或者当作城墙和陷阱。当大量的低光速黑洞融为一体，连绵千万光年，就形成了星际长城，再强大的舰队一旦陷进去就永远被困在其中。由于低光速黑洞会永远扩散，当宇宙中所有的低光速黑洞连为一体，它们中不同的慢光速会平衡为同一个值，这个值就是宇宙的新 c 值，后来诞生的文明会认为这个新的 c 值是宇宙中的铁律。关一帆猜测，在一百多亿年前的宇宙田园时代，宇宙中的光速接近无限大，那时的光是超距作用，可以在一个普朗克时间内从宇宙的一端传到另一端。在那之后的战争时代，光速不断被用作规律武器，使光速一级一级地慢下来，直到最后停止。

死线

超大功率的曲率驱动会产生死线，死线航迹内的光速为零。当死线被扰动后，死线会迅速扩散，扩散后的死线有可能会使整个星系变成低光速黑洞。学者们称其为死线破裂。死线一般是归零者弄出来的，归零者也叫重启者。云天明的飞船到达 DX3906 后可能扰动了死线，使死线迅速扩散，程心和关一帆被困在了低光速黑洞中。当他们脱离低光速黑洞后，DX3906 已经过去了一千八百九十万年。

光粒

宇宙中高级文明清理低级文明最原始和最经济的武器之一。光粒本身非常小，运行速度接近光速，借助相对论效应迅速增大自身质量并摧毁目标。光粒在运行时会发出辐射，由于光粒的运行速度和自身辐射的速度有差值，人类可以通过观测辐射到达的时间来估算光粒到达的时间。

目 的	用最经济的方式摧毁目标恒星
杀伤力	☆☆☆☆☆
影 响	光粒摧毁 187J3X1 恒星和三体星系，证明了宇宙中确实存在黑暗森林法则

为了验证黑暗森林理论，罗辑进行了一个试验，通过太阳电波放大功能，发射了距离地球 49.5 光年的 187J3X1 恒星的坐标。危机纪元 208 年，人们发现 187J3X1 恒星在五十一年前被一个接近光速的物体击中，光速物体体积很小，被称为光粒。光粒在穿过恒星外围气层

那一瞬间才从尾迹被观测到。由于光粒十分接近光速，它的质量被相对论效应急剧放大，击中目标时其质量已经达到了 187J3X1 恒星质量的八分之一，立刻就摧毁了目标。187J3X1 的四颗行星在爆炸中被汽化。187J3X1 恒星被光粒击中证明了宇宙中确实存在着黑暗森林法则。但许多人仍然怀疑黑暗森林法则的真实性，一种观点认为击中 187J3X1 恒星的光速物体不足以摧毁恒星，187J3X1 星系也可能是被一次自然的超新星爆发毁灭。另一种观点认为光粒摧毁 187J3X1 恒星可能只是银河系中偶然发生的一种自然现象。直到光粒摧毁了三体世界后，黑暗森林法则才最终被证实。

三体星系也是被一个极端接近光速的小体积物体借助相对论效应产生的质量膨胀所摧毁。光粒击中了三体星系中一颗刚刚捕获了三体行星为自己卫星的恒星，当恒星爆发后，三体行星也受到波及，被完全摧毁。“万有引力”号在启动引力波广播时与三体星系相距约三光年，考虑到引力波以光速传播的时间，光粒的发射点应该比两艘飞船更接近三体星系，而且是在接到信息后马上发射。但这个范围内的太空中没有其他恒星系，因此可以推测，光粒是在这个范围内的某个宇宙飞行器上发射的，黑暗森林打击有可能来自宇宙中的任何一个角落，甚至就在家门口，这使黑暗森林打击的来源更加扑朔迷离。

人类无法通过观测光粒来预警它的到达时间，因为光粒的运行速度几乎是光速，但在观测光粒攻击恒星时，科学家在观测数据中发现由于光粒极高的速度，在与星际空间的稀薄原子和尘埃的剧烈碰撞中，会发出包括从可见光到伽马射线的强烈辐射，人类可以通过观测这种具有明显特征的辐射来推断光粒的到达速度和时间。光粒的运行速度虽然接近光速，但与精确的光速还是有一个微小的差值。这个差值使得光粒发出的辐射比光粒的速度要稍微快一些，如果光粒的飞行距离足够长，这个差值将越来越大。另外由于光粒的质量会膨胀，因此会受到附近天体引力的影响，使前进弹道发生轻微的弯曲，这种弯曲比纯光线在相同引力场中弯曲的曲率要大得多，需要光粒在接近目标时及时修正路线，这就使光粒所走的路程比自身发出的辐射要长一些。基于以上两个因素，光粒发出的辐射将先于光粒本身到达太阳系，这个时间差就是预警时间。根据目前能够观测到光粒辐射的最远距离，人类估算辐射将超前光粒约一百八十个天文单位到达太阳系，因此人类设立了二十四小时的预警时间，并建立了太阳系预警系统。但这只是理想状况，如果光粒从近距离的飞船上发射，太阳系将和三体星系一样完全没有预警的时间。但即便如此，太阳系预警系统还是计划建立三十五个观测单元，从所有方向密切监视太空中的光粒辐射。

二向箔

二向箔外表是一个长方形的膜状物，长八点五厘米，宽五点二厘米，比一张信用卡略大，侧面看不出任何厚度，封装状态下晶莹剔透，封装力场开始蒸发后会发出白光，看上去像一张白纸条。封装力场完全蒸发后，会使周围空间向二维跌落，只有乘坐能够达到逃逸速度的光速飞船才能逃离跌落的范围，因此二向箔是高级文明最高效的顶级宇宙规律武器之一。

目　的	用最高效的方式清理低级文明
杀伤力	☆☆☆☆☆☆
影　响	使太阳系二维化；加速三维宇宙跌落二维的速度

掩体纪元 67 年，歌者在检查三体星系的“遗物”时发现了太阳系的信息。在歌者看来，太阳系的结构与三体星系的结构不同，如果用光粒清理可能会清理不干净，因此歌者向太阳系投掷了二向箔。但根据时间推算，毁灭太阳系的二向箔比歌者发射的二向箔要先一步到达。

掩体纪元 66 年，太阳系预警系统发现一个不明飞行物向太阳发射了某个物体，这个物体虽然也是光速前进，但没有产生丝毫的碰撞辐射，在所有可见波段完全不可见，但预警系统发现，这个物体会不间断地发射出微弱的引力波，这种引力波频率和强度恒定不变，没有搭载任何信息，可能是其固有的某种物理性质导致。掩体纪元 67 年，这个物体在距离太阳一百五十个天文单位时开始减速，它的引力波频率也迅速降低。在几天的时间里，它的速度由接近光速急剧降低到光速的千分之一以下，此时人类决定派出飞船拦截。“启示”号和“阿拉斯加”号两艘飞船组成编队，从海王星城市群落出发前往拦截，白 Ice 负责领导这次拦截行动的技术工作。他曾经是丁仪的博士生，在危机纪元末冬眠，于二十二年前苏醒。

与不明物体相距一百五十千米时，探测编队派出无人太空艇。太空艇在距离物体五米处悬停，向人类传回了高清晰全息图像。这是一个长方形膜状物，长八点五厘米，宽五点二厘米，比一张信用卡略大，侧面几乎看不出任何厚度，表面呈纯白色，看上去就是一张白色小纸条。检测表明，它对任何频段的电磁波都不反射，呈现的白色不是反射外界的光线，而是自身发出的淡淡白光。由于包括可见光在内的任何电磁波都能穿透它，因此它看起来像是透明的。它也无法被触碰，太空艇上的机械臂试图进行抓取，但只是穿过它，没有产生实际的碰撞。它像是一个幻影，与现实世界中的任何物体都不发生作用。研究者通过测定它产生的引力来计算质量，但在引力测定仪的最高精度上没有任何显示，因此推测其质量可能为零。二十多个小时后，“纸条”发出的光和引力波逐渐减弱。五十多个小时后，其封装力场完全消失——太阳系开始向二维跌落。二维化后的太阳系只剩下了没有光学特征但有质量的二维平面残骸，这些二维平面残骸理论上可以展现物体原本的所有细节。

二向箔发动后无法停止，如果时间足够长，可能会使整个宇宙跌落到二维。由于三维宇宙自身也在膨胀，单个二向箔永远无法使整个宇宙跌落到二维，最多使一个星系二维化。从长远看，这是一种同归于尽的攻击方式，因此攻击者为了避免自身也被二维化，会先把自己改造成低维生命，再向敌人发起维度打击。正如一百多年前“蓝色空间”号和“万有引力”号的探险队在四维空间与“魔戒”对话时，“魔戒”说：“把海弄干的鱼在海干前上了陆地，从一片黑暗森林奔向另一片黑暗森林。”

超越超膜

647 号小宇宙

三体世界制造的所有小宇宙中最小的一个，被云天明送给了程心。647 号小宇宙的时间线和空间都独立于大宇宙，使用者可以把小宇宙的入口带到大宇宙中。小宇宙无法向大宇宙传递信息，但可以用监测系统接收各个大宇宙的超膜信息广播。当大宇宙坍塌进入新宇宙后，小宇宙可以检测到适合生存的环境并自动建立出口，同时还会与其他小宇宙的移民进行联系。小宇宙本身没有质量，它从大宇宙中带走的五十万吨物质在回归运动后被归还给了大宇宙。

制 作 者	三体文明
所 有 者	程心
目　　的	由云天明提供，让程心和关一帆躲过大宇宙坍缩，在大爆炸后进入新宇宙
所处位置	大宇宙之外

小宇宙内部

647 号小宇宙在大宇宙中的入口是一个用微亮的细线画出的一人高的长方形。小宇宙的入口最初放置在地层三十米深处的一个实体的金属框架中，一千八百多万年后，金属框架化为尘土，只剩下了“门”本身。“门”有智能识别功能，只有程心和关一帆能进入。

程心和关一帆初次进入 647 号小宇宙后，这里的时间才开始了流动。这时太阳开始发出微弱的光线，蓝天也从太阳的周围开始出现并逐渐扩展到整片天空，地面上逐渐显现出田园和未播种的黑色土壤。田园旁边有几幢崭新且精致的白色房子和几棵树，树的叶子大而奇异。站在小宇宙的中间环顾四面八方，可以看到远处也有一模一样的田园世界，那是这个世界的映像，不管一直朝着哪个方向走，最终都会回到原点。小宇宙中的重力与地球同为 1G，沿着石块铺出的小径来到白色的房子前，可以看到房门前堆放着一些简单的原始农具和一排关机状态的柱状金属机器人。这时其中一幢房子的房门被打开，智子从里面走了出来，她既是三体世界的智子的数据复制体，也是为程心和关一帆服务的 647 号小宇宙管理者。智子邀请程心和关一帆沿着田埂走进一幢白房子中。白房子的客厅是中式的装饰风格，墙上挂着几幅淡雅的字画，智子向程心和关一帆介绍了 647 号小宇宙的基本情况。

从白房子出来后，程心和关一帆看到机器人开始在田里用十分原始的方式进行春耕，一部分机器人手握小小的钉耙一点点地平整松软的土地，一部分机器人在已经平整好的田地里一手提着装种子的袋子，一手把种子埋进地里。这些种子经过改良，都是程心在阶梯计划时给云天明带的种子的后代。小宇宙中的生活用品由三体世界制造，外形上与人类的产品完全一样，十分完备。

程心和关一帆会与机器人一起干农活或者散步，其他时间都在电脑终端前阅读三体世界收集的人类世界的大量信息，以及用三体文字记录的文献资料。为了能看懂这些资料，他们开始学习三体文字，智子成了他们的老师。三体文字是一种表意文字，与语言无关，直接表达含义，刚开始学习时比较困难，越往后越容易，表意文字的阅读速度比人类的表音文字快至少十倍。程心根据所了解的历史写下了《时间之外的往事》。

回归运动

麦田第二次成熟收割后的第三天，647 号小宇宙收到了大宇宙的超膜广播。超膜广播使用包括地球语言和三体语言在内，一共一百五十七万种所有存在过的文明的文字，发布了一则简短的信息：我们宇宙的总质量减少至临界值以下，宇宙将由封闭转变为开放，宇宙将在永恒的膨胀中死去，所有的生命和记忆都将死去，请归还你们拿走的质量，只把记忆体送往新宇宙。如果大宇宙永远膨胀下去，所有的星系都将互相远离，宇宙将会变成一座空旷的坟墓。程心决定响应回归运动，归还 647 号小宇宙内的质量。

智子通过 647 号小宇宙的控制系统，操纵小宇宙的门在大宇宙中耗费三个月，进行了上万次跳跃移动，最终只检测到了一个恶劣的三级环境，但这已经是最好的结果了。智子设定好让物质能够穿过门的参数后，647 号小宇宙开始向大宇宙归还物质。物质搬运从土壤开始，机器人用干农活的小推车花了三天把土壤倾倒进门里，土壤消失后，小宇宙出现了一片金属的地面，地面由一片片光洁的金属板拼接而成，在小世界一侧被掀开的地面下露出了一艘十几米长的流线形小型飞船。飞船浓缩了三体世界最先进的技术，可以在行星上降落和起飞，内部按照地球人类的人体工程学设计，可乘坐三名成员，同时装备了核聚变和曲率驱动两套动力系统以及适合人类的迷你型生态循环系统和冬眠装置。金属地面被继续掀开，露出了具有三体特征的机器设备，这些设备像是一堆怪诞的雕塑或某种自然形成的地质构造，它们同样被机器人一一拆解并送进门内。地面下的某个机器被关停后，小宇宙的重力消失，机器人在空中拆除了显示蓝天和白云的薄膜，此时水体失去了约束开始蒸发，形成了大量的云雾，太阳在云雾后照射出了一道横跨宇宙的绚丽彩虹，失重的水形成了大大小小的液球，在彩虹周围漂浮着。

生态系统关闭后，程心和关一帆也穿上了太空服。智子设置了能够让气体穿过门的参数，小宇宙中的气体涌进门时响起一阵低沉的轰鸣声。云雾在门的附近形成了一个巨大的漩涡，然后转变成一股龙卷风，低沉的轰鸣声也随之变成了尖啸，漂浮的水球被吸入龙卷风后消失在了门里。空气渐渐稀薄，小宇宙的太空显现出来，漆黑深邃，但没有星星，只剩下太阳、白色房子、飞船和十几个机器人。最后房子被拆除，太阳熄灭，成了一个一半透明的金属球体。机器人把房子和金属球体推走后，也排成一列进入门内。

智子在小宇宙中放下了一个金属盒，这是要留在小宇宙中的东西——送往新宇宙的漂流瓶。金属盒主体是一台微型量子电脑，其中存储了小宇宙电脑主机的全部信息，几乎是三体和地球文明的全部记忆。当新宇宙诞生时，金属盒会收到门的信号，然后启动小推进器穿过门进入新宇宙。进入新宇宙的金属盒会在高维太空中漂浮，一边用中微子束不断播放自己存储的信息，一边等待被拾取和解读。所有的物质被归还后，程心也留下了一个只有五公斤重、装着几条小鱼的全封闭生态球，之后和关一帆、智子一同乘坐飞船缓缓穿过了宇宙之门。

三体游戏

三体游戏·朝歌

游戏网址为 www.threebody.com，只支持穿戴 V 装具登录。游戏中随意脱下感应服会被注销 ID。V 装具由一个全视角显示头盔和一套感应服构成，感应服可以使玩家感受到游戏中的击打、刀刺和火烧、酷热、严寒等效果。游戏会根据玩家的 ID 为每个玩家单独开设一个进程。游戏服务器在境外，系统和防火墙很严实，开发方式类似 LINUX，但更超前。游戏内部隐藏了海量的宇宙真实情况的信息，等待玩家发掘。

第 137 号文明

登场人物 PLAYERS & NPC

海人	汪淼第一次登录游戏时使用的 ID
周文王	创造了六十四卦，认为太阳是阳，黑夜是阴，世界在阴阳平衡中运转
周文王的追随者	在路上脱水后被周文王和海人带到了朝歌
纣王	第 137 号文明的统治者
伏羲	认为太阳是脾气乖戾的神，醒时喜怒无常，是乱纪元；睡时呼吸均匀，是恒纪元

文明背景 CIVILAZATION SETTINGS

初次进入游戏时的场景

汪淼置身于一片黎明之际的荒原，荒原呈暗褐色，细节看不清楚，远方地平线上有一小片白色的曙光，其余的天空则群星闪烁。一声巨响，两座发着红光的山峰砸落到远方的大地上，整个荒原笼罩在红色光芒中。被激起的遮天蔽日的尘埃散去后，汪淼才能看清两个顶天立地的大字：三体。

乱纪元的特征

天边的晨光开始暗下去，很快消失了，夜幕重新笼罩了一切，苍穹星光灿烂。汪淼注意到另一个方向的地平线又出现了曙光，分不清东南西北，曙光很快增强，不一会儿，这个世界的太阳升起来了，是一颗蓝色的小太阳，很像增强了亮度的月亮，但还是让汪淼感到了一丝温暖，并看清了大地的细节。但这个白昼很短暂，太阳在地平线上方划了一道浅浅的弧形就落下了，夜色和寒冷又笼罩了一切。不久，天边又出现亮光，并且迅速增强，转眼间太阳就升了起来，这次升起的是一颗大太阳，当它升至一半时，直径占了视野内至少五分之一的地平线。暖流扑面而来。

恒纪元的特征

天空出现两颗飞星，比星星大，能显出乒乓球大小的圆盘形状，运行速度很快，肉眼能明显地看到它在星空中移动。太阳升起落下开始变得有规律，一个昼夜渐渐固定在十八小时左右。恒纪元能持续的时间谁也说不准。文明只能在较长的气候温暖的恒纪元里发展，大部分时间

里人类集体脱水存贮起来，当较长的恒纪元到来时，再集体浸泡复活，进行生产和建设。

游戏目标

运用智力和悟性，分析研究各种现象，掌握太阳运行的规律，文明的生存就维系于此。

“三颗飞星”

黑夜里大雪纷飞。十天后，雪仍在下着，但雪片大而厚重，像是凝结的黑暗，这是在下二氧化碳干冰。又过了十天，雪还在下，但雪花已变得薄而透明，这是凝固的氧、氮，大气层正在绝对零度中消失。金字塔被雪埋了起来，最下层是水的雪，中层是干冰的雪，上层是固态氧、氮的雪。夜空变得异常晴朗，群星像一片银色的火焰。这一夜持续了四十八年，第 137 号文明在严寒中毁灭，该文明进化至战国层次。

第 141 号文明

登场人物 PLAYERS & NPC

墨子	认为宇宙是一部机器，一个悬浮于火海中的大空心球，球上有许多小洞和一个大洞，火海的光芒从这些洞中透进来，小洞是星星，大洞是太阳。墨子同时也是破壁人二号，即曼努尔·雷迪亚兹的破壁人
孔子	创造了一套宇宙的礼法系统，用于预测太阳的运行

文明背景 CIVILAZATION SETTINGS

平顶金字塔

经历了三颗飞星灾难的金字塔表面被风化得坑坑洼洼，金字塔入口的石块已经被封死，旁边另修了一条长长的石阶，直接到达金字塔的顶部。金字塔顶部已经被削平，埃及式的金字塔变成了阿兹特克式金字塔。顶部有一处类似于古代观星台的平台，几架不同大小的天文望远镜被放置在平台的一个角落。平台的另一角也有几台形状奇怪的机器，像中国古代的浑天仪。

墨子的宇宙模型机器

平台中央有一个直径约两米的大铜球在缓缓转动，铜球转动的方向和速度一直在变化中，其内部安装有光源，还有一个活的记录员。铜球被大小不同的齿轮托着，放置在一台复杂的机器上，机器下方有一个方形深坑，另外有人在里面推动转盘，为上面的机器提供动力。

“烈焰”

起初，天边出现了曙光，银白色的曙光迅速扩展变亮，很快弥漫了半个天空，太阳还未升起，整片天空已经亮如白昼。地平线发出刺眼的强光，并向上弯曲拱起，形成一个横贯视野的完美弧形，那是太阳的边缘。巨型太阳占据天空的一半时，能够清晰地看到太阳表面的细节：火海不断翻涌，太阳黑子沿着无规则的路线漂浮。巨型太阳升到正空后很快向西移去，然后沉入了地平线，地面上的生命几乎被燃烧殆尽，大地在夜色下发着红色的光，蒸发的水蒸气和烟雾很快遮住了大地上的一切，世界陷入一片黑暗的混沌中。第 141 号文明在烈焰中毁灭，该文明进化至东汉层次。

第 183 号文明

登场人物 PLAYERS & NPC

格里高利教皇	戴金冠穿红袍，疑似与纣王是同一位玩家的 ID
亚里士多德	穿着古希腊长袍，有一头白色的鬈发，她就是山杉惠子，破壁人三号，比尔·希恩斯的妻子与破壁人
伽利略	留着翘山羊胡，发现太阳是由深厚但稀薄的气态外层和致密灼热的内核构成
达·芬奇	戴着形状奇怪的帽子，留着长须
布鲁诺	出场时已被教皇烧成焦尸
哥白尼	汪淼的第二个 ID

文明背景 CIVILAZATION SETTINGS

哥特式金字塔

第 183 号文明的金字塔变换为哥特式，塔顶直插天空，金字塔周围的建筑也一起改变了风格。

“三日凌空”

大地烧得通红，地面流淌着岩浆，干仓燃烧形成的细长火柱冲上天空，脱水者的皮燃烧后为火柱添加了几块诡异的蓝绿色火焰。三轮巨大的太阳在天空中向西移动的同时，也围绕着一个看不见的原点缓缓转动。当它们的一半落入地平线时，每完成一周的旋转都会为世界带来短暂的日出和日落，三轮太阳完全落入地平线后，蒸发后的水蒸气形成的云雾散射出太阳的余晖，让天空看起来像是在燃烧。第 183 号文明在三日凌空中毁灭，该文明进化至中世纪层次，由于哥白尼成功揭示了宇宙的基本结构，三体游戏将进入第二级。

第 184 号文明

登场人物 PLAYERS & NPC

伊萨克·牛顿	建立了低速状态下的经典力学体系
莱布尼茨	在与牛顿的决斗中落败逃跑
冯·诺伊曼	人列计算机的发明者，也是破壁人一号，即弗里德里克·泰勒的破壁人
维纳	在马达加斯加遭遇海盗时为掩护牛顿等人而牺牲（这是否暗示事情将“失控”？）
秦始皇	拥有一支三千多万人的大军，准备去征服欧洲，似乎是纣王（格里高利教皇）又换了 ID

三体游戏 · 人列计算机

三体游戏·大撕裂

文明背景 CIVILAZATION SETTINGS

“三日连珠”

三体世界正在分崩离析，地面开裂成蛛网的形状，裂缝迅速扩大，让金字塔也破碎为无数块巨石。当三颗太阳升到正中时，地面的一切物体开始加速上升，由尘埃、石块、人体等杂物组成的“云层”覆盖了天空，被吸到半空的海洋形成一片晶莹剔透、不断变幻形态的连绵山脉。飘浮在空中的人体碎块不断喷涌出一团团形状怪异的内脏。大气层消失后，天空也变得漆黑，被吸入太空的物体形成了一个巨大的反射着太阳光的漩涡。第 184 号文明在三日连珠的引力叠加中毁灭，该文明进化至科学革命和工业革命。在这次文明中，牛顿建立了低速状态下的经典力学体系，发明了微积分方法，再加上冯·诺伊曼计算机的发明，共同奠定了对三体运动进行定量数学分析的基础。

第 191 号文明

“飞星不动”

三颗飞星同时静止，然后向着三体世界直扑而来，几天后三颗飞星变成了三个巨大的太阳并相继掠过三体世界，三个太阳叠加的引力撕裂了整个三体世界，让三体世界分裂成两半。较小的一半成为三体世界的卫星，较大的一半在九千万年后又重新孕育出了生命。

第 192 号文明

登场人物 PLAYERS & NPC

爱因斯坦	拉小提琴的银发老人
联合国秘书长	原型是安南
科学顾问	戴眼镜的瘦高的人

巨型月亮

月亮从与晨光相反的地平线下升起，那里的天穹还是漆黑的夜空，月亮是银色的，完全升出地平线后，在地面上能够清晰地看到木纹状的图形。月亮运行得很快，在移动的过程中逐渐由满月融缺成半月，然后变成月牙。月亮落入地平线的一半时，月牙的两个尖角在地平线翘起，像宇宙巨牛的两只犄角。它就是第 191 号文明中被撕裂的那一半行星。

四百五十一年后，第 192 号文明在双日凌空的烈焰中毁灭，该文明进化至原子和信息时代。第 192 号文明是三体文明的里程碑，它最终证明三体问题的不可解，游戏的最终目标更改为飞向新宇宙，寻找新家园。

“这个故事结束后，无故事王国永远无故事了。”

——《三体 III · 死神永生》

云天明的
三个童话

默斯肯大漩涡

故事篇

登场人物 CHARACTERS

深水王子	小时候被冰沙王子诱骗去了饕餮海中的墓岛
冰沙王子	虽然很聪明，但是自幼就显示出暴虐的品性
露珠公主	聪明善良且无与伦比的美丽
针眼画师	空灵大画师的学生，深得空灵的真传，只看一眼就能记住绘画对象的每一个细节
空灵大画师	针眼画师的老师，也许是早已知道针眼的品性，并没有把东方画派的画法也教给针眼
宽姨	露珠的奶妈，一直照顾露珠长大
王宫卫队长长帆	父亲是赫尔辛根默斯肯的建筑师，在长帆很小的时候，父亲带着全家来到了无故事王国

第一个故事：王国的新画师

无故事王国的国王有两个儿子和一个女儿，分别是深水王子、冰沙王子和露珠公主。深水王子小时候去了饕餮海中的墓岛上，再也没有回来。冰沙王子性格暴虐，长大后沉默寡言、目光阴沉。国王知道冰沙王子只是隐藏了真实面目，于是把王位继承权交给了露珠公主。露珠公主聪明善良且美丽，深得百姓爱戴。

在国王的六十岁寿辰这天，冰沙王子请来了针眼画师为大家画像。针眼画师把庆典上的每一个人的细节都记了下来，并且都画到了画里。然后，王宫中的国王、王后和忠于国王的大臣们都消失了。

空灵大画师深夜撑着伞来到王宫告诉公主，冰沙王子要以针眼画师作为武器，除掉国王和忠于他的人，夺取王位。只要被针眼画师见过并画进画里，现实中的人就会消失，除非撑着这把渊龙制作的伞。于是空灵大画师把伞交给了公主，并让卫队长和宽姨陪同公主去饕餮海的墓岛找深水王子。

第二个故事：饕餮海

公主一行来到饕餮海边停下，卫队长把无故事王国的过去告诉了公主。

无故事王国过去叫故事王国，那时的王国充满了变化和惊奇，故事王国与赫尔辛根默斯肯经常来往。当时有一些商船会把饕餮鱼从赫尔辛根默斯肯带到故事王国售卖，饕餮鱼在故事王国卖得很好，但是有一天，一艘装满饕餮鱼的船在一次台风中失事沉没，船上的饕餮鱼都流进了故事王国周围的海域。饕餮鱼在海里的繁殖速度极快，它们啃食所有漂浮在海面上的东西，故事王国被饕餮鱼包围后生活日渐平淡，慢慢变成了无故事王国。

第三个故事：深水王子

露珠公主洗脸用的木盆被海水卷到了海中，木盆里的洗脸水在海面泛起肥皂泡沫。露珠公主发现饕餮鱼碰到这些香皂产生的泡沫后会立刻停止游动，变成一副懒洋洋的样子。卫队长想出了一个办法，他们乘上一只小船，公主在船尾把香皂浸到海水中，周围的饕餮鱼碰到香皂泡沫后果然不再攻击小船，他们安全地到达了墓岛。

露珠公主终于见到了深水王子，两人通过滴血认亲确认了对方的身份。深水王子跟随公主回到了王宫中。针眼画师远远看到了深水王子巨大的身形，但他无法把深水王子画下来，因为深水王子不符合透视原理，不管是在远处还是近处，深水王子的体形都是一样大。深水王子见到了冰沙王子后，马上展开了决斗。最终冰沙王子被深水王子一剑刺穿胸膛。

露珠公主把王位让给了深水王子，邀请卫队长一起去大海上航行。公主带走了最后一块赫尔辛根默斯肯的香皂，从此无故事王国再也没有人能冲破饕餮鱼的封锁。

解读篇

参与人员 CO-WORKERS

程心	带回了三个童话，在香皂试验中发现了曲率驱动的情报
艾 AA	提出用香皂试验解读赫尔辛根默斯肯香皂的情报
儿童文学作家	认为三个童话可解读的信息太多，反而无法解读出任何东西
IDC 委员会主席	安排人专门制造了一把与空灵画师的保护伞一模一样的黑色骨伞
毕云峰、曹彬	帮忙解释了 18 世纪的蒸汽机离心调速器的原理
巴勒莫	IDC 语言学小组学者，他的女朋友提供了赫尔辛根与默斯肯的位置情报
杰森	默斯肯岛上看守灯塔的老人

针眼画师的画

人们当时的解读是，把人画进画里，象征将现实世界数字化或信息化，以躲过黑暗森林打击。云天明几乎不加掩饰地传递了降维打击的信息，但当时的人类很难朝这个方向想象。真是可惜呢……

深水王子

一开始，人们认为深水王子不符合透视原理的身高，暗示可以把四维空间作为避难所，或者通过四维空间向宇宙发布安全声明。但后来明确了双层隐喻的情报隐藏模式后，深水王子身高的含义变得比较明确：某种信号不随距离衰减的信息发布系统，或一个在任何参照系下都恒定的物理量。结合故事中暗示离心调速器的“伞”的意象，可以确认，不变的身高指向的就是光速。

饕餮鱼

饕餮鱼的形象，一开始被解读为暗示着某种人造智能机器，这种机器体积很小，但可以自我复制，被放入太空后以柯伊伯带或奥尔特星云中的太空尘埃和彗星为原料大量复制自己，最终在太阳系周围形成一圈类似柯伊伯带或奥尔特星云的智能屏障。这道屏障可以拦截光粒或使太阳系的形态产生改变，以达到发布安全声明的目的。但 IDC 发现，“鱼群”要形成屏障需要上万年的时间，再加上智能机器的功能特性，实现的可能性微乎其微，最终放弃这个想法。

赫尔辛根默斯肯

人们发现赫尔辛根默斯肯这个词频繁出现，绘画用的雪浪纸、压纸的黑曜石石板和熨斗、公主的香皂、饕餮鱼、卫队长长帆等都来自赫尔辛根默斯肯。学者们通过各种途径去调查研究这个词，都没有任何线索。后来 IDC 增设了一个语言学小组，小组内一位叫巴勒莫的语言学家的女朋友发现，赫尔辛根默斯肯是挪威的两个地方，赫尔辛根是一座山，默斯肯是距赫尔辛根山最近的一座海岛。于是 IDC 小组根据这个线索来到了这个地方，他们从这附近的大漩涡中发现，赫尔辛根默斯肯与黑洞和降低光速有关。

香皂与小船

艾 AA 有一天突然想用香皂洗澡，就像故事里的公主那样。这个时代早就不使用香皂了，程心拗不过，高价为她买了一块博物馆中的“文物”。程心又叠了一艘小纸船，艾 AA 在船尾扎了一个小孔，然后放进一小片香皂，再把小船放入已经灌满水且水面平静的浴缸中，小船开始向前移动。程心发现香皂在水中溶解后，会降低小船后方水面的张力，但船前方水面的张力不变，小船会被前方水面的张力拉过去，此时水面成了太空，小船成了宇宙飞船……两人已然了悟，但为了云天明的安全，仅用眼神来交流确认。就这样，从赫尔辛根默斯肯的香皂中，她们解读出了曲率驱动的情报。

大画师的伞

IDC 主席在会议上拿来了一把黑色的有八根伞骨的伞，这把伞和空灵画师的伞几乎一样。每根伞骨末端都有一只小球，小球可以借助伞旋转产生的离心力张开，发出相应的报警声。在用伞做旋转测试时，几位公元人与会者意识到，这把伞实际喻指蒸汽机离心加速器。于是人们知道了伞的第一层隐喻——负反馈自动控制，即恒定的速度。再与深水王子的情报联合，就可以找到一个确定的组合：恒定的速度，不随参照系变化，这明显是指光或光速。

三体纪元
时间线

地球文明博物馆，太阳系冥王星

魔法时代

1453 年	高维碎片接触地球后离开，魔法师狄奥伦娜死亡，拜占庭陷落

红色时代

1967 年	叶文洁目睹父亲叶哲泰之死
1969 年	叶文洁遭陷害，来到红岸基地
1971 年	叶文洁首次通过太阳放大电波，向太空发射信号
1979 年	10 月 21 日凌晨，叶文洁收到来自三体世界的信息并回复
	同日下午，叶文洁得知自己怀孕，随后杀死发现三体秘密的雷志成，亦导致杨卫宁身亡

黄金时代

1982 年	叶文洁与伊文斯在西北某山区相遇
	三体第一舰队起航，目标距离未知
1984 年	三体世界收到叶文洁回复，确定地球位置，智子工程启动
1985 年	叶文洁告知伊文斯三体世界的存在
1988 年	叶文洁来到第二红岸基地“审判日”号，地球三体运动诞生
1990-1995 年	质子二维展开成功，智子一至四号竣工，量子感应阵列建立
2001 年	三体世界将两个智子加速到接近光速，向太阳系发射
2005 年	智子到达太阳系，锁死人类基础科学，“科学边界”学会成立
2007 年	杨冬自杀，汪淼开始接触“科学边界”和三体游戏，遭遇倒计时和宇宙闪烁威胁
	叶文洁在杨冬墓前将宇宙社会学告知罗辑
	汪淼发现地球三体组织，叶文洁被捕
	史强设计古筝行动攻击“审判日”号，伊文斯死亡
	人类得知智子的存在与三体第一舰队的位置
	叶文洁再次登上红岸遗址后病逝
	黄金时代结束，人类进入危机纪元

危机纪元

危机纪元 3 年	章北海和吴岳调入新成立的中国太空军
	联合国宣布逃亡主义非法
	程心加入行星防御理事会战略情报局，见到时任局长的维德，并提出阶梯计划
	面壁计划公布，罗辑成为第四位面壁者并遭遇刺杀
	罗辑见到庄颜，史强因白血病冬眠
	哈勃二号空间望远镜首次观察到三体第一舰队的航迹

危机纪元 4 年	云天明确诊肺癌晚期
	中国通过安乐死法案，联合国公布群星计划
	云天明意外从同学处获得一笔巨款，匿名为程心购买 DX3906 恒星的所有权
	云天明在安乐死前一刻被程心阻止，并得知对方推荐自己成为阶梯计划候选人
危机纪元 7 年	云天明通过测试，成为阶梯计划执行人，大脑被送走，但飞行器因意外偏离预定航线
	程心第一次进入冬眠
危机纪元 8 年	泰勒被破壁人击败自杀，希恩斯、雷迪亚兹、庄颜冬眠
	罗辑领悟黑暗森林法则，向恒星 187J3X1 发送“咒语”，遭 ETO 基因导弹暗杀濒死，进入冬眠
危机纪元 12 年	人类观察到三体舰队发出了十个高速探测器，于罗辑发射咒语之日起航
	章北海在太空刺杀工质飞船派专家，随后进入冬眠，增援未来
危机纪元 20 年	希恩斯与雷迪亚兹苏醒
危机纪元 21 年	希恩斯发明思想钢印，钢印族诞生
危机纪元 23 年	因水星核试验，雷迪亚兹被破壁人识破，逃回委内瑞拉，被愤怒的人民杀死
	常伟思退役
危机纪元 154 年	187J3X1 星系遭打击毁灭
危机纪元 198 年	丁仪苏醒，于北京大学物理系任教
危机纪元 204 年	丁仪建议学生白艾思进入冬眠
危机纪元 205 年	罗辑、希恩斯苏醒，面壁计划宣告终止，两人面壁者身份取消，罗辑与史强重逢
	希恩斯被妻子山杉惠子以破壁人身份击败，钢印族逃亡主义者身份公布
	章北海苏醒，成为亚洲舰队“自然选择”号执行舰长，随后立即展开操作逃亡
	丁仪考察水滴牺牲，末日之战爆发
	星舰地球成立，随后黑暗战役爆发，胜利者“蓝色空间”号与“青铜时代”号向深空不同方向逃亡
	水滴封锁太阳，人们想起罗辑的咒语，发现结果“灵验”
	罗辑称太阳被锁，自己无能为力，但仍被恢复面壁者身份，领导雪地工程
危机纪元 208 年	罗辑被失望的居民驱逐，随后在叶文洁和杨冬墓旁，通过在雪地工程中暗藏的信号发射系统对决三体世界，建立黑暗森林威慑，解除太阳封锁，其余水滴与三体舰队飞离太阳系
	面壁计划成功，危机纪元结束，人类进入威慑纪元

威慑纪元

威慑纪元 5 年	罗辑与两个半世纪前曾向地球发出警告的监听员交谈
威慑纪元 6 年	反三体组织“地球之子”袭击位于南极的引力波发射台，引起恐慌，导致发射台数量大量削减
威慑纪元 7 年	引力波威慑系统建成，庄颜带着孩子离开罗辑

威慑纪元 8 年	罗辑移居地下控制站，开始执剑，从此再未开口说话
威慑纪元 12 年	“青铜时代”号返回地球，所有船员以反人类罪被逮捕
威慑纪元 13 年	“青铜时代”号船员全体被审判，目标甄别军官史耐德冒死向“蓝色空间”号发出信息，“蓝色空间”号加速逃离，“万有引力”号开始追捕“蓝色空间”号
威慑纪元 61 年	艾 AA 发现 DX3906 拥有行星，程心因为 DX3906 的所有权问题被复苏 维德为成为执剑人射杀程心，未果 程心决心参选执剑人
威慑纪元 62 年	11 月 28 日 16 时，罗辑向程心交接引力波广播启动开关 十五分钟后，地球引力波广播系统遭到摧毁，威慑纪元结束 水滴同时攻击“蓝色空间”号与“万有引力”号，被“蓝色空间”号船员在四维空间摧毁 两舰公决启动引力波广播，公布三体星系坐标

威慑后

威慑后	第一天至第五天，关一帆等人探索四维空间，并与“魔戒”展开对话
威慑后六十天	全人类开始向澳大利亚移民，弗雷斯收留遭欺凌的程心和艾 AA 程心探望服刑中的维德，维德告诫程心离开澳大利亚
威慑后第一年	移民开始后第七个月，堪培拉惨案发生，成为一系列极端恶性事件的起点 移民完成后，智子立刻宣布将拆除发电设施，令人类因饥荒相食，程心因此失明 六天后，地球得知“万有引力”号启动了引力波广播，三体入侵宣告失败 大移民结束，人类从澳大利亚疏散，进入广播纪元 程心第二次冬眠

广播纪元

广播纪元 7 年	程心苏醒，失明已被治愈 人类观测到三体世界被摧毁 智子邀请罗辑与程心进行最后的茶道谈话，引发人类的安全声明研究热潮，无果 智子告别地球前告知程心，云天明希望与她见面 程心前往地 - 日拉格朗日点与云天明“会面”，云天明传递了隐藏重要技术情报的三个童话 结合对三个童话的解读，人类提出掩体、黑域、光速飞船三种自救计划
广播纪元 8 年	假警报事件的悲剧引发公众对光速飞船计划的质疑，掩体计划成为主流计划 程心参与掩体试验，遇到刑满释放的维德，维德要求接手星环公司，程心同意并与艾 AA 进入冬眠

掩体纪元

掩体纪元 5 年	星环集团宣布研制曲率驱动飞船的计划
掩体纪元 11 年	程心第三次冬眠苏醒
	维德依约定同意程心代表星环集团向联邦政府投降
	维德被判处死刑，程心再次进入冬眠
掩体纪元 44 年	白艾思苏醒，更名为白 Ice
掩体纪元 66 年	不明高等文明的飞船掠过奥尔特星云外侧，向太阳系发射二向箔
掩体纪元 67 年	歌者发现太阳系与三体星系的通信记录，向太阳系发射二向箔
	“启示”号与“阿拉斯加”号从海王星城市群出发，跟踪抵达太阳系的第一枚二向箔
	封装力场蒸发后，监视艇首先跌落二维，太阳系二维化开始，白 Ice 计算出逃逸速度为光速
	程心在“星环”号上第四次冬眠苏醒
	程心与艾 AA 来到冥王星，与罗辑相遇
	太阳系继续向二维跌落，程心与艾 AA 乘坐“星环”号前往 DX3906 星系，罗辑与冥王星一同被二维化

银河纪元

银河纪元 409 年	程心与艾 AA 抵达 DX3906 星系，遇到关一帆
	云天明来到 DX3906 星系
	程心与关一帆在“亨特”号上进入黑域

DX3906 星系黑域纪元

647 宇宙时间线启动

不要回答！！

《三体》不完全 Bug 攻略

《三体》

1 第十章“宇宙闪烁之二”开头，沙瑞山告诉汪淼，叶文洁 1990 年代初才又回到这座城市。实际应该是 1980 年代初。

《三体 II · 黑暗森林》

2 按褐蚁爬过的轨迹，杨冬墓碑上刻的出生时间是 1979 年，实际上根据第一部的情节，她应该是在 1980 年出生的。

3 序章中紧接着写道，在叶文洁、罗辑墓地会面之前，伊文斯与智子进行了最后一次交流。然而三体对伊文斯下达诛杀罗辑的命令，显然只能在叶文洁传授宇宙社会学之后发生……

4 危机纪元 20 年，三体舰队距太阳系 4.15 光年。“雷迪亚兹和希恩斯被同时从冬眠中唤醒了，他们被告知，等待的技术已经出现了。‘这么快？’当两人得知时间仅仅过去了八年时，都发出了这样的感叹。”他们其实是在危机纪元 8 年、泰勒自杀后冬眠的，而不是睡了八年……顺带，如果惠子和希恩斯原本相差九岁的话，她已经比对方大三岁了。

5 罗辑也是在危机纪元 8 年、准备发射咒语时因感染基因导弹被迫冬眠的，他苏醒的时间是危机纪元 205 年。至于他为什么认为自己冬眠了一百八十五年……大概是因为左侧的小标题（危机纪元 20 年）离他最近吧。

6 危机纪元 205 年，章北海劫持战舰叛逃后，东方延绪收到了水滴被无人飞船捕获且没有自毁的消息，开始劝降章北海。这里她明确提到了“六艘追击战舰”。所以到了后面，有两艘追击舰突然消失了……好吧，大刘在这里应该就已经构思好了“青铜时代”号和“量子”号的命运，并且不小心把它们也算进了追击编队里。

7 罗辑恢复面壁者身份这一节的末尾，从上帝视角讲述雪地工程从未全面启动时，提到一共部署了一千六百一十四颗核弹。最后罗辑在与三体谈判时，提到的却是三千六百一十四颗……考虑到核弹布置在距太阳两个天文单位的轨道上（周长约合 1200 个太阳直径），以及“太平洋”号制造的尘埃云直径超过太阳等信息，一千余颗似乎是更加合适的数据。使用 7 位或 8 位二进制坐标编码的话，数据容量是足够的。另外，如果的确是使用了三千余颗核弹，虽然编码位数更多、坐标精度更高，但罗辑需要强记的数据也就更多了……（不过本书正文中，我们还是使用了罗辑的说法。）

《三体 III · 死神永生》

8 维德年龄之谜。掩体纪元 11 年，书中明确地提到维德是一百一十岁，且至少从威慑纪元 61 年试图枪杀程心起，维德就没有再冬眠过。按广播纪元跨越 60 年计算，维德当上 PIA 局长时，似乎过于年轻了。所以在掌管星环集团期间，你真的没有冬眠过吗，维德？

9 广播纪元何时结束 VS 银河纪元何时开启。讨论维德年龄时无法绕开的问题。按书中所述，程心从广播纪元 8 年到掩体纪元 11 年，冬眠了 62 年 8 个月，因此广播纪元跨越 60 年左右。但从第三部标题判断，若从公布广播起（即威慑纪元 62 年 11 月）银河纪元开启，银河纪元 409 年 = 威慑后 1 年 + 广播纪元□年 + 掩体纪元 67 年 + 驶向 DX3906 的 286 年，因此广播纪元跨度为 55 年，出现 5 年左右的时间差。那么，银河纪元的正式开启，是在“蓝色空间”号、“万有引力”号观测到三体毁灭，确认宇宙黑暗森林的存在之后吗？对银河系人类来说，这可是一个很重要的时间呀。

10 关一帆身份之谜。银河系人类研发出光速飞船的时间为银河纪元 300 年左右，关一帆苏醒的时间为银河纪元 404 年，即遇到程心、艾 AA 的五年前。考虑以上时间点，关一帆这个人真的能在银河纪元 409 年出现在距地球 286 光年的 DX3906 星系吗？

11 最后，也是最重要的，程心和关一帆从小宇宙回到了大宇宙，黑域并没有关住他们。

《三体》与我们：重新相遇

奇迹开端，便有征兆。2006 年 5 月，《科幻世界》少有的开始连载一部长篇原创小说，尽管当时的人们还没有完全认识到这部名为《三体》的作品对于中国科幻未来的意义，但它的连载本身就导致了一场阅读热潮。一时间读者来信雪片般飞向《科幻世界》杂志社，甚至在次年的成都国际科幻・奇幻大会上，三体迷还专门进行了一场“人列计算机”表演。所谓“人列计算机”正是刘慈欣在《三体》中的奇想之一。

VR 世界的绮丽幻梦、悲伤沉痛的历史往事、人类对地外文明的叩问、波谲云诡的阴谋与斗争……《三体》仿佛星空之海，仅仅潮汐起伏，便令人屏住呼吸，再也难以忘怀。

两年后，在读者的热切期待中，《三体 II・黑暗森林》横空出世，给人们带来无数通宵阅读的无眠之夜和面对浩渺星空的无尽自省及战栗。

2010 年，《三体 III・死神永生》千呼万唤始出来，我们才发现，直到故事结束，人类瞥见的仅仅是这个宇宙微不足道的一隅天地——这是一个怎样的心灵所把握的世界啊。

但这远远不是结束。事实上，属于刘慈欣、属于“三体”、属于中国科幻的远航才刚刚开始启航。中国科幻银河奖、华语科幻星云奖……《三体》从不同维度标定着中国科幻的高度；英文版、德文版、日文版……《三体》远渡重洋，风靡世界；美国雨果奖、德国库尔德・拉西茨奖、日本星云奖……《三体》为中国科幻赢得一个又一个荣誉，并成为世界科幻交流的桥梁。

《三体》改变了中国科幻，也改变了世界科幻的格局，更推动了科幻产业维度的提升，甚至冲击到许多科技创新领域的思维模式。

如今，《三体》三部曲的衍生作品——《三体世界指南》即将付印。这是一部解读书，背后隐藏着一个科幻迷团队对《三体》的深爱；这也是一个故事，记录了两个文明穿梭于茫茫宇宙、横跨两千万年的命运纠葛。众多明星般的人物在时光长河中闪耀，而后熄灭；惊天动地的事件轰轰烈烈地发生，而后归于无声；精妙的技术、深邃的思想曾掷地有声，最终却消弭于黑暗。正因如此，就像《三体 III · 死神永生》最后传递给新宇宙的漂流瓶一样，我们想以时间切片的形式，让每一位读者与《三体》带来的震撼瞬间重新相遇。

这里是《三体》的世界，是科学幻想的珍宝馆，孤寂宏大浩渺，却又新奇震撼美丽，期待着你的到来。

最后再多说一句：《三体》广博深邃，编写团队学识有限，《指南》中若有错误与疏漏，均是我们的领悟不够，与《三体》及作者无关。欢迎读者朋友们批评指正。

编　者

2022 年 6 月

《三体》in 现实世界

2006 年 5—12 月	《三体》在《科幻世界》连载
2007 年 8 月	《三体》获第十八届中国科幻银河奖特别奖
2008 年 1 月	《三体》单行本出版
2008 年 5 月	《三体 II · 黑暗森林》单行本出版
2010 年 11 月	《三体 III · 死神永生》单行本出版 2011 年 8 月获第二十二届中国科幻银河奖特别奖、第二届全球华语科幻星云奖最佳长篇科幻小说奖，2013 年 9 月获第九届全国优秀儿童文学奖
2014 年 11 月—2016 年 9 月	《三体》三部曲英文版出版 2015 年 6 月获坎贝尔纪念奖，2015 年 8 月获世界科幻大奖雨果奖最佳长篇小说，成为第一个获得该奖项的亚洲作品；2017 年 6 月，《三体 III · 死神永生》英文版获轨迹奖
2016 年 11 月—2018 年 8 月	《三体》三部曲西班牙文版出版 2017 年 6 月获伊格诺特斯奖最佳翻译作品奖
2016 年 12 月—2019 年 4 月	《三体》三部曲德文版出版 2017 年 5 月获库尔德 · 拉西茨奖最佳翻译小说奖
2017 年 10 月—2018 年 8 月	《三体》三部曲俄文版出版
2019 年 7 月—2021 年 5 月	《三体》三部曲日文版出版 2020 年 8 月、2021 年 7 月，《三体》《三体 II · 黑暗森林》日文版分别获得日本星云奖最佳翻译小说奖 ……